Torsten Gränzer

Die Begegnung mit dem Geschichtenerzähler

Kurzgeschichten

Bibliografische Information der Deutschen Nationalbibliothek:
Die Deutsche Nationalbibliothek verzeichnet die Publikation in der
Deutschen Nationalbibliografie; detaillierte bibliografische Daten sind im
Internet über
< http://dnb.d-nb.de > abrufbar

Covergestaltung: C.eS (www.thearter.de)
Illustrationen: Janett Kummerow
Layout: Gonzo

TWENTYSIX – der Self-Publishing Verlag
Eine Kooperation zwischen der Verlagsgruppe Random House
GmbH und der Books on Demand GmbH

© 2016 Torsten Gränzer

Herstellung und Verlag:
BoD – Books on Demand, Norderstedt
ISBN: 978-3-7407-1327-0

über den Autor

Torsten Gränzer (Jahrgang 1971) ist seit 2008 Autor mehrerer autobiographischer Bücher. Der vorliegende Kurzgeschichten-Band findet Verwendung als bibliotherapeutische Literatur in verschiedenen Kliniken und sozialen Einrichtungen. Ein weiteres Buch veröffentlichte Gränzer im Jahr 2010 ("Whiskey, Tränen und die Onkelz"), in dem er autobiographisch das ganz persönliche Erleben der Geschehnisse rund um seine ehemalige Band Fauxpas schildert. Mit "Toddes Tage" ist 2012 ein zeitgeschichtlicher Roman erschienen, der die Erlebnisse eines Jugendlichen in der DDR beschreibt, in "Sexueller Missbrauch - Die verlorenen Jahrzehnte der Saskia Malenke" stellt er die Lebensgeschichte einer sexuell missbrauchten Frau dar. Seit 1987 ist Gränzer Sänger und Texter verschiedener Bands und Projekte. Im Jahr 2014 erschien unter dem Namen GRAENZER sein erstes Soloalbum "Schattenlicht".

mehr Informationen im Internet unter:
www.torsten-graenzer.de

Inhalt

Vorwort	5
Die Reise	6
Mitternachtssonne	12
Der Sperling	48
Der hastige Mann	54
Der Musikladen	59
Ein Weihnachtsabend	62
Die kleine Fee	69
Das verschwundene Lächeln	75
Der Maler	83
Am Rande der Sahara	92
Die Farben von Mahmya	135
Ein Tag im November	141
Die Begegnung	156
Strandgänge	166

Vorwort

Als ich gebeten wurde, ein Vorwort für das vorliegende Buch zu schreiben, fühlte ich mich geehrt, hatte aber keine Ahnung, was ich schreiben sollte. Für mich als Psychotherapeuten war das eine völlig neue Aufgabe und so verstand ich zunächst nicht, warum gerade ich dafür angesprochen wurde. Da ich auch in der Therapie gelegentlich mit Geschichten arbeite, machte mich der Titel neugierig. Kaum hatte ich mit dem Lesen begonnen, ließ mich das Manuskript nicht mehr los und so las ich es innerhalb weniger Tage. Die spannende Mischung aus Reiseerzählung, Selbstreflexion und Gesellschaftskritik wurde in den einzelnen Geschichten gut verpackt und regte mich sehr zum Nachdenken an. Unter Einbezug historischer und ethnologischer Fakten, die den Leser nicht überfordern, werden aktuelle und auch immer wiederkehrende psychische Konflikte angesprochen. Dem Leser wird die Begrenztheit des eigenen Denken und Handelns auf eine einfühlsame Weise näher gebracht. Zu zentralen Themen wie Krieg und Frieden, Liebe und Tod, seelischen Ängsten und dem Sinn des Lebens nimmt der Autor Stellung, ohne bevormunden zu wollen. So gestattet der Autor tiefe Einblicke in seine eigene Gefühlswelt und besticht dabei durch eine gnadenlose Ehrlichkeit. Auch in meiner Arbeit höre ich Menschen selten so emotional berichten. Dabei ist der Zugang zur eigenen Emotionalität das Wichtigste für ein zufriedenes Leben. In den Geschichten wird nichts beschönigt und trotzdem Mut gemacht. Trotz der ernsthaften Problematiken, gelingt es dem Autor einen humorvollen, teilweise melancholischen, Ton zu finden, der mir das Lesen zur Lust werden ließ. Allen Geschichten ist eins gemeinsam: die Achtung vor dem Leben. Toleranz und Verständnis für alle Geschöpfe auf unserer schönen, bunten Welt ziehen sich wie ein roter Faden durch die Geschichten und verbinden diese zu einem Ganzen. Ich wünsche diesem Buch viel Erfolg und empfehle es all jenen, die den Mut haben, das eigene Leben kritisch zu betrachten und ehrlich zu sich selbst zu sein. Ich werde es nicht nur in meiner therapeutischen Arbeit nutzen, sondern auch all jenen ans Herz legen, die sich ihrer Emotionalität stellen wollen.

Bertram Klitscher, Psychotherapeut

Die Reise

Ich starre auf den Bildschirm, auf dem sich ein virtuelles weißes Blatt Papier abzeichnet. Geduldig wartet das „Word"-Programm auf meine Ausführungen. „Warum schreiben Sie kein Buch? Ich würde es kaufen...", hatte die Frau gesagt, als sie sich von mir verabschiedet hat. „Schreiben Sie diese Geschichten auf, ich würde sie lesen und Andere vielleicht auch!" Dann war ich in den Zug auf Gleis 4 gestiegen und kurze Zeit später war die Bahnhofshalle des Zoologischen Gartens verschwunden und ich auf meiner Reise wieder allein gewesen. Zu diesem Zeitpunkt kannte ich diese Frau erst seit einem Tag und doch wusste sie bereits mehr über mich, als manche Menschen, mit denen ich schon seit Jahren in irgendeiner Weise zu tun hatte. Und ich weiß einiges über diese Frau. Zwölf Minuten später war dann auch ihr Zug abgefahren, irgendwohin ins Havelland. Wir haben keine Telefonnummern getauscht, keine Adressen, nichts. Sie ist mir begegnet, wie so viele Menschen und sie ist wieder gegangen, auch wie so viele. Was wird sie bei mir hinterlassen? Ich war traurig, dass sie ging, fühlte mich aber auch erleichtert und freute mich auf das, was mich in einer guten Stunde erwarten würde. Der Regionalexpress bahnte sich seinen Weg durch das hellerleuchtete, weiße Berlin. Der lichtangestrahlte Funkturm hatte im einsetzenden Schneetreiben ein weihnachtliches Aussehen bekommen. Das Fest war bereits allgegenwärtig. Vom Monitor im Abteil des Regionalexpress hatte mich ein Weihnachtsmann angesprochen. Was er mir sagen hatte wollen, habe ich nicht genau feststellen können, weil der Ton stummgeschaltet war. Ich hatte vermutete, dass er mir etwas verkaufen wollte. Natürlich sind die Händler gerade jetzt bemüht, möglichst viele ihrer angebotenen Produkte auf den Gabentischen der westlichen Hemisphäre unterzubringen. Ich soll also ein Buch schreiben. Vielleicht ist so ein Buch auch ein schönes Geschenk zu Weihnachten, für wen auch immer... Nur halte ich nicht so viel von diesen Weihnachtsgepflogenheiten und beschenke lieber jemanden dann, wenn es mir eine Herzensangelegenheit ist. Vielleicht könnte ich mit einem Buch auch mich selbst beschenken, denn das mache ich viel zu selten. Schon als Kind schrieb ich gerne meine Gedanken auf und der Wunsch, einmal ein Buch zu schreiben, hat seinen

Ursprung vielleicht sogar in dieser Zeit, wobei dieser Wunsch schnell von dem verdrängt worden war, ein berühmter Sänger oder Schauspieler zu werden. Worüber sollte ich schon ein Buch schreiben? Über mein Leben als Sänger in einer Rockband? Ein Roman über meine Kindheitserinnerungen? Prosa über tiefe seelische Abstürze, über Kränkungen, Misserfolge und deren Bewältigung? Eine fiktive Geschichte vielleicht, in die ich hin und wieder sich mir eröffnete Wahr- und Weisheiten einfließen lasse? Vielleicht schreibe ich einfach meine Biographie, aber wahrscheinlich habe ich noch nicht genug erreicht, fühle mich zu unbedeutend und bin wohl nicht bekannt genug, als dass sich für meine Ergüsse irgendjemanden interessieren könnte. Neben vielen lyrischen Texten und angefangenen Werken hatten sich in den letzten Jahren auch einige Kurzgeschichten angesammelt. Ihre einzige Verwendung hatte bisher darin bestanden, sie hin und wieder ausgewählten Menschen vorgetragen und sie ansonsten in den unergründlichen Weiten von zweihundert Gigabyte auf der Festplatte archiviert zu haben. Sollte ich vielleicht die veröffentlichen, nur, um einmal zu sehen, ob ich andere Menschen damit überhaupt erreichen kann? Meine verdammten Selbstzweifel fressen mich gerade auf. Warum schießen mir bloß wieder diese negativen Gedanken in den Kopf? Vielleicht, weil ich schon die Stimmen höre: „Nun schreibt der auch noch ein Buch, um sich zu profilieren. Seine Sucht nach Anerkennung hat einen neuen Höhepunkt erreicht." Sind Bücher selbstdarstellerisch? Können sie hilfreich sein? Das sollen Andere entscheiden. Ich merke, wie mich diese Stimmen stören. Vielleicht sollte ich endlich lernen, mit meinen Kritikern umzugehen und ihnen nicht die Macht geben, mein Selbstvertrauen in den Boden zu stampfen. Manchmal fehlt mir eben die Kraft, mich ihnen entgegen zu stellen, oder die Gelassenheit, sie einfach zu ignorieren. Auch wenn ich mein eigenes Schaffen seit einiger Zeit bereits mit anderen Augen sehe, streiten gerade die Zweifler in mir. Warum soll ich nicht irgendwann etwas geschaffen haben, auf dessen Ergebnis ich mit Stolz meinen Namen schreiben und das ich weitergeben kann? Warum soll ich andere Menschen nicht an meinen Gedanken teilhaben lassen? Vielleicht, weil die Schriftstellerei in vielen Fällen brotlose Kunst zu sein scheint? Weil sie „nichts Solides" ist, womit ich mein Geld verdienen kann? Wie oft musste ich mir anhören, „etwas Vernünftiges" tun zu sollen, was ich dann, des lieben Friedens willen, auch tat, um mich von diesem später frustriert wieder abzuwenden infolge dessen Oberflächlichkeit, Stumpfsinnigkeit oder kreativer Beschränktheit. Ich hatte diese Arbeit jedesmal mit Widerwillen erledigt, wenig Anerkennung gefunden und war mit mir selbst nicht ins Gleichgewicht gekommen. Wann finde ich denn Anerkennung? Könnte ein Buch mir welche verschaffen? Erkenne ich sie dann selbst an? Braucht nicht jeder Mensch Anerkennung und warum soll es schlimm sein, wenn ich diese mit dem, was ich gerne tue, versuche zu finden? Was ist denn Anerkennung? Geld, Schulterklopfen, ein nettes Wort, von allem ein bisschen? Orientiere ich mich zu oft am Negativen, an Neidern und Schwarzmalern, an frustrierten Menschen, ohne meine eigenen Stärken zu sehen? Ist das nicht in höchstem Maße selbstzerstörerisch, wenn ich aufgebe, nur weil ich vor einer selbsternannten Jury nicht bestehe? „Warum schreiben Sie kein Buch?", hat sie mich gefragt. Ja, warum eigentlich nicht? Ich spüre, wie diese Frau einen Motor in mir startet und den Antrieb freisetzt, den ich zu oft in meinem Leben vermisse. In diesem Moment fühle ich mich ein Stück freier und größer, atme tief durch und lasse den Abend, an dem ich dieser Frau begegnete, und den darauffolgenden Tag noch einmal Revue passieren. Ich registriere nebenbei, wie sich meine Finger über die Tastatur arbeiten…

Die Lichter von Nynäshamn kämpften sich durch das dichte Schneetreiben bis hin zur „Scandinavia", hinter deren dicken Scheiben ich sie wahrnahm. Normalerweise genieße ich die Hafenausfahrten eines Schiffes, aber Temperaturen unter dem Gefrierpunkt hielten mich davon ab, mich an die Reling zu stellen. Es war erst kurz nach 18 Uhr, aber bereits stockfinstere Nacht in Schweden. Die See lag ruhig und schon bald war auch das letzte Anzeichen von Land und Leben verschwunden. Nur der Schnee begleitete mich durch den Abend. Südschweden versank in diesen Tagen im Chaos. Züge blieben stehen oder verkehrten unregelmäßig, Fahrgäste mussten in den Abteilen übernachten, Häuser waren ohne Strom und zwischen den Inseln Öland und Gotland war ein Schiff in der Ostsee gesunken. Der Sturm hatte nachgelassen, jedoch wurden die Norrländer der immer wieder anwachsenden Schneemassen kaum Herr. Deswegen hatte ich mich dazu entschlossen, für meine Heimreise die Fähre nach Danzig zu nehmen. Vor mir lagen noch etwa achtzehn Stunden Fahrt mit dem Schiff und dann noch einmal zehn mit der Bahn. Am Abend zuvor hatten mich meine schwedischen Freunde mit einem üppigen Smörgåsbord verabschiedet und den Vormittag hatte ich in Stockholm verbracht. In einem der vielen Cafés der Stadt hatte ich einige Zeit für meine Gedanken, um dann nochmals durch die Altstadt zu schlendern, vorbei am Palast, dem Theater und all den Orten, die mir dabei so vertraut vorkamen. Trotzdem bin ich froh gewesen, als ich in die S-Bahn zur Hafenstadt gestiegen war, um mich endlich auf den Weg nach Hause zu begeben. Achtzehn Knoten brachten mich nun sanft der polnischen Küste entgegen. Die Langeweile ließ mich durch das Innere des Schiffs schlendern. Kaum jemand war nach dem Ablegen an Bord zu sehen. Die meisten Passagiere waren ohnehin LKW-Fahrer, die jetzt ein wenig Ruhe fanden. Nach dem missglückten Versuch, im Kino etwas Unterhaltung zu finden, gönnte ich mir den Luxus eines Abendessens im „Vivaldi-Restaurant". Ich bin es gewöhnt, Essen allein zu mir zu nehmen, aber einziger Gast des Restaurants zu sein, ließ schon eine etwas wehmütige Stimmung in mir aufkommen. Während das letzte Stück Fleisch meinen Teller in Richtung Gaumen verließ, durchbrach dann doch jemand die Einsamkeit des Ortes mit dem fast dezenten Licht und der etwas schwülstigen Musik. Kurze, rotgefärbte Haare und ein heller Teint ließen mich eine Russin vermuten. Sie war ganz in Schwarz gekleidet und nahm ausgerechnet am Tisch nebenan Platz. Bei der engen Anordnung der Möbel fühlte ich mich, als säße sie direkt neben mir. Für Momente glaubte ich mich unsicher, löste die Begegnung doch in diesem Augenblick einen rasanten Wechsel zwischen Unbehagen und Wohlfühlen in mir aus. Ich finde es schlimm, ständig ausloten zu müssen, ob mir eine Situation angenehm oder bedrohlich erscheint. Sollte ich sie ansehen, oder nur einen verstohlenen Blick riskieren? Sollte ich vielleicht lächeln oder einfach die Rechnung bezahlen, um mich weiterhin einsam fühlen zu können? Letztere Möglichkeit erübrigte sich, da der Kellner sich erst einmal nicht mehr sehen ließ. Der benutzte Teller stand bereits eine gefühlte halbe Ewigkeit vor mir und auch die Frau am Nebentisch blickte immer wieder zur Tür, wahrscheinlich in der Erwartung, dort endlich jemanden herauskommen zu sehen. „I think he's sleeping too. Maybe it's a ghostship…", versuchte ich, die Situation aufzulockern. „Sie sind Deutscher?", entgegnete sie mir. War mein Englisch wieder so schlecht oder trug ich einen teutonischen Stempel auf der Stirn? „Ja, ich bin Deutscher, und Sie?" „Mittlerweile bin ich es auch...", deutete sie mit dem kurzen Anflug eines Lächelns an. Ich fühlte mich wieder sicherer und vor allem ruhiger. Endlich kam der Kellner und höflich bestellte sie einen Rotwein. Weniger freundlich orderte ich ein Wasser und wir schwiegen, bis beides auf den Tischen stand. „Was für ein Schneetreiben...", sagte sie mit einem gedankenversunkenen Blick aus dem Fenster. „Fahren Sie nach Hause?" „Ja, nach Hause," antwortete ich, „in die Berliner Gegend. Genaugenommen nach Brandenburg, falls sie das kennen..." „Natürlich kenne ich Brandenburg! Das liegt doch fast vor meiner Haustür. Ich komme aus dem Havelland." Manchmal scheint die Welt wirklich klein zu sein. „Und Sie wollen auch nach Hause?", fragte ich sie. Vielleicht hatte auch sie diese ungewöhnliche und zudem zeitaufwändigere Route wegen des Schneechaos gewählt. „Wie man es nimmt. Ich fahre nach Ungarn." Etwas hatte sich in ihrer Stimme verändert. Nach einer kaum merklichen Kopfbewegung, die ich als „Nein" deutete, lenkte sie den Gesprächsinhalt wieder auf mich: „Was haben Sie in Skandinavien gemacht? Sind sie oft hier?" Ich erwähnte kurz, dass ich mir bei guten Freunden in Stockholm eine Auszeit genommen hatte. Und: „Ja, ich war einige Male in Skandinavien gewesen." Manchmal waren es Pflichtbesuche, andere Male habe ich die Weiten der Länder mit dem Motorrad erkundet. Mein Herz hängt schon sehr am Zauber des Nordens, was aber nicht heißt, dass ich mich nicht auch anderswo sehr wohl fühlen kann. Oder aber eben sehr schlecht, wie manchmal auch in Skandinavien. „Ein paar Mal war ich mit dem Motorrad hier. Einmal habe ich es sogar bis zum Nordkap geschafft..." In diesem Moment bereute ich, dass ich so bereitwillig Auskunft gab, wollte ich doch nicht, dass sie mich für jemanden hielt, der in Fernfahrer-Mentalität mit seinen Extrem-Touren prahlt. „Tatsache bis zum Nordkap?" Ich glaubte, einen Anflug von Bewunderung aus dem Gesagten zu vernehmen. „Aber sie waren nicht im Winter dort, oder etwa doch?" Nein, ich gehöre nicht zu denen, die sich über verschneite und vereiste Pisten, nur erkenntlich an Stangen, die weit aus der Schneedecke ragen, bis zum Polarkreis quälen. So sehr muss ich mich ganz bestimmt nicht mehr beweisen. Die Sommertouren zum Nordkap sind vielleicht nicht mehr so abenteuerlich wie noch vor einigen Jahrzehnten, trotzdem lassen sich auch über sie noch interessante Geschichten erzählen, vom ganz individuellen Erleben einer Fahrt über Tausende von Kilometern. „Motorradfahren war immer einer meiner Träume. Leider habe ich ihn nie wahr gemacht. Ich habe es bisher nur geschafft, Reiseberichte zu lesen und mir die Touren auf Karten anzusehen. Wie war es denn am Nordkap?" Mich hätte in diesem Moment interessiert, was sie daran gehindert hatte, ihren Traum zu verwirklichen, so wie mich viele Dinge neugierig machten, die diese Frau betrafen. Waren es diese schönen, traurigen Augen, die in mir einen Beschützerinstinkt, oder auch einen Komplex, wach riefen? War es meine Einsamkeit, die mich Sehnsucht spüren ließ? Und warum tastete ich schon wieder in den Tiefen meiner Seele umher? „Wollen Sie wirklich die Erlebnisse dieser Reise hören? Das könnte etwas länger dauern…", versuchte ich zu umgehen, tief in meiner Erinnerung wühlen zu müssen. „Laut Fahrplan legt das Schiff morgen Mittag um 12 Uhr an, bis dahin habe ich Zeit…" Ihre blassblauen Augen sahen mich erwartungsvoll an. Sie erinnerten mich an die eines Kindes, das wegen einer Gute-Nacht-Geschichte bittet. „Ja, also okay…", stammelte ich ein wenig, hatte aber nichts mehr dagegen, von mir und dieser Reise zu erzählen. „Darf ich mich zu Ihnen setzen?", fragte sie und hatte das fast leere Glas Rotwein bereits in der Hand. Und wie sie durfte! Das Interesse an ihr war in mir geweckt, verbunden mit einer tiefen Sympathie, die ich für sie empfand. Möglich, dass mich ihr Äußeres, ihre Bewegungen und die Art, wie sie sprach, an liebgewonnene Menschen aus vergangenen Tagen erinnerten. „Gut, dann werde ich Ihnen die Geschichte erzählen, von einem, der auszog, die Mitternachtssonne am Ende der Welt zu sehen." Nachdem sie ein weiteres Glas Wein bestellt hatte, begann ich zu sprechen:

„Ich war in Skandinavien, aber ich erlebte es nicht. Die endlose Spule der Straße lief wie ein Film vor mir ab, in dem ich mich nicht einmal wie ein Statist bewegte. Lediglich die Tankstellenpächter bekamen etwas von meiner Anwesenheit mit und notierten meinen Besuch in ihre Steuerbücher. Es waren einseitige Begegnungen, denn weder erfuhr ich viel von der Mentalität der Einwohner, noch hatte ich ein Blick für die Schönheit der nordischen Natur, und trotzdem hatte beides nachhaltige Einwirkungen auf mich. Wo lag der Sinn dieser Fahrt, und was hat sie mir letztendlich gebracht? Ich war fort von zuhause, aber nicht woanders. Diese Reise führte mich in meine eigene Fremde..."

Ich nahm die Frau am Tisch kaum noch wahr, fühlte mich um Jahre zurückversetzt und mir war so, als wäre ich genau in diesem Moment wieder unterwegs gewesen, auf einem anderen Schiff, das in die entgegengesetzte Richtung fährt...

Mitternachtssonne

Die Fähre gewinnt langsam an Fahrt. Immer schneller entfernt sich der Leuchtturm, der an diesem frühen Morgen nur von einigen Möwen bewacht wird. Bald wird er hinterm Horizont verschwunden sein und ringsum werde ich nur noch das Meer sehen, das sich heute sehr ruhig vor meinen Blicken ausbreitet. Wie ein grüner Spiegel liegt es unter mir. Gerade so habe ich das Schiff erreicht, die 1100er BMW GS im Ladedeck verzurrt und auch noch die Zeit gefunden, ein kurzes Gespräch mit einem sächsischen Pärchen zu führen, das mit seinen Motorrädern unterwegs zu den Lofoten ist. Drei Wochen wollen sie auf der Inselgruppe im Nordmeer verbringen. Die Glücklichen, denn sie verfügen über die nötige Zeit, ihren Urlaub gelassen anzugehen. Ich habe heute noch etliche schwedische Landstraßenkilometer vor mir. Bis zum späten Abend will ich Herräng erreicht haben, einen kleinen Ort nordöstlich von Stockholm. Vor einem halben Jahr erst hat sich Falco dort niedergelassen. Wir sind in derselben Firma tätig. Nach Jahren der Arbeitslosigkeit hatte er mich in die

Herrenwyker Prüfdienste geholt. So habe ich, zwölf Jahre nach der politischen Wende, einen für ostdeutsche Verhältnisse halbwegs gutbezahlten Job bei einer norddeutschen Firma, die es sich auf ihre Fahnen geschrieben hat, Standsicherheitsprüfungen an stehend verankerten Mastsystemen durchzuführen. Das bedeutet lediglich, dass wir Lampenmasten daraufhin überprüfen, ob sie denn nun den nächsten Sturm überstehen würden. Mit dem Patent auf eine intelligente Verfahrensweise sind nur wir befugt, Masten derartig zu prüfen, und einige Laternenbetreiber schreien förmlich nach uns. Vor allem im süddeutschen Raum und in Frankreich tun sie das. Das Resultat sind ewige Anfahrten, Woche für Woche. Wie Steckfahnen werden wir von unseren Vorgesetzten auf der europäischen Landkarte versetzt und wir folgen ihren Anweisungen mit einem Mitsubishi „Pajero", der einen Anhänger nach sich zieht, auf dem ein, in der Fachsprache „Prüfgerät" genannter, umfunktionierter Minibagger in königlicher Pose thront. Wie Vagabunden zieht es uns durch die deutschen Bundesländer und ganz Europa. Was sich anfänglich interessant anhörte und nach leicht verdientem Geld aussah, entpuppte sich für mich als langweiliger Job, fernab der Heimat und mit zermürbenden Autobahnkilometern. Hotelzimmer sind mein Zuhause, oft in den schönsten Gegenden, für die ich aber nichts mehr empfinden kann. Das Leben muss doch mehr hergeben, als diesen Fließbandjob. Aber wir kommen nicht davon weg. Zu verlockend ist das Gehalt am Monatsanfang, auch wenn dabei das zu kurz kommt, was für mich Leben bedeuten könnte. Ich habe keinen friedlichen Ort, an dem ich entspannen kann. Mein Heim besteht aus einer Matratze und ein paar Kisten in einer Einzimmerwohnung in Zentrumslage am Katharinenkirchplatz. Weder besitze ich einen Fernseher, noch einen Rundfunkempfänger oder gar Möbel. Ich nenne mein Domizil ein Loch, von dem aus ich einen wunderbaren Blick auf ein anderes Loch habe. Jenem, das seit einigen Jahren als Baugrube mit archäologisch wohl wertvollen Funden mitten in unserer Innenstadt existiert. Wozu brauche ich auch eine gemütliche Wohnung, wenn ich sie höchstens für eine Nacht in der Woche nutzen kann? An den Wochenenden bin ich ganz mit meiner Musik beschäftigt. Seit über fünf Jahren gehen meine Bandkollegen und ich gemeinsame Wege. Nur kommen wir derzeit nicht voran. Die wenigen Tage, die wir gemeinsam haben, vergehen mit mühseligen Proben und ein paar Auftritten, für die wir teilweise wieder mehrere hundert Kilometer auf der Autobahn verbringen. Mittlerweile kenne ich fast jeden Tankwart, jeden Kilometerstein, jede Unebenheit der Fahrbahn und manövriere mich ohne eine Karte über bundesdeutsche Straßen. Mein Gott, ich prüfe Lampenmasten! Auf Standsicherheit prüfe ich sie, in ganz Europa. Wer braucht das? Und wer dankt es mir? Wo sind denn meine Fähigkeiten, mein Talent? Ich spüre, wie etwas in mir verkümmert. Im Moment habe ich keine Zeit für diese Gedanken. Die Firma bewilligte uns gerade einmal eine Woche Urlaub, die ausreichen muss, um wenigstens das Nordkap zu erreichen und pünktlich wieder in Herräng zu sein. Im Anschluss an diesen Urlaub sollen wir einige Aufträge in Skandinavien abarbeiten. Extra deswegen hatte sich Falco in Schweden niedergelassen. Wir werden einige Wochen dafür brauchen und dementsprechend voll beladen ist das Motorrad, das sich jetzt eine sechsstündige Pause gönnen darf. Die Vorstellung dieser Reise war eigentlich eine andere gewesen. In aller Ruhe wollten wir uns einmal von unseren alltäglichen Zwängen lösen und mit dem leben, was die Natur zu bieten hat. Wir wollten zu Fuß durch nordische Wälder streifen, fischen, dem Braunbären begegnen und dabei einen Traum wahr werden lassen. Es sollte der Anfang eines Abenteuers werden, eine Reise voller Ruhe und Ausgeglichenheit. Wir wollten unsere Sehnsüchte neu erkunden und feststellen, ob wir überhaupt noch fähig waren, menschlich zu fühlen, um uns später in noch größere Abenteuer zu stürzen. In unseren Träumen ging es irgendwann einmal nach Kanada, nach Argentinien und Chile und in die Weite Sibiriens, all das natürlich auf den unvermeidlichen Motorrädern. Reisen als Pauschaltouristen in gemütlichen Hotelanlagen können wir uns nicht vorstellen. Alles muss eben mit Aufwand verbunden sein, mit Schwierigkeiten. Je verrückter, umso besser. Geht es uns dabei überhaupt noch gut? Meine Knochen sprechen seit langem eine andere Sprache und würden sich wahrscheinlich über eine Pause und etwas Ruhe freuen.

Nun liege ich auf einer Bank auf dem Sonnendeck. Von wegen! Die Sonne steht zwar schon hoch am morgendlichen

Junihimmel, jedoch wärmt sie mich keineswegs. Warum habe ich bloß nicht den verdammten Schlafsack mit hochgenommen? Er liegt gut verstaut in der Gepäckrolle und während der Überfahrt ist es nicht möglich, die Fahrzeuge aufzusuchen. Rechts tauchen die Umrisse des Darß auf. Oft war ich als Kind an der Ostsee gewesen und habe sehnsüchtig den Fähren hinterher gesehen, die langsam in Richtung Norden verschwanden. Schon damals sagte mir mein Gefühl, dass ich irgendwann einmal die Welt bereisen werde. Ich weigerte mich, an dem Gedanken festzuhalten, der mir suggerieren sollte, ein Leben lang in dem ostdeutschen Gefängnis zu vegetieren, das sich Deutsche Demokratische Republik nannte, ohne jemals die Freiheit besitzen zu dürfen, meinen Geist fliegen lassen und meine Erfüllung finden zu können. Skandinavien. Welch eigenartiger Zauber erwachte damals in mir, nur wenn ich dieses Wort hörte? Ich dachte an weite Wälder, Rentiere und Ruhe, an endlose Winter und natürlich auch an den Weihnachtsmann, an die Märchen von Hans Christian Andersen, in denen ich wieder Kind werden konnte und in deren Bitterkeit und Kälte trotzdem ein Hauch von Wärme und Zärtlichkeit, von Gemütlichkeit und Familienleben, auftrat. All diese Dinge, deren Wirkung ich nicht mehr zulassen kann, die mir scheinbar nichts mehr bedeuten. Ich liebe den Wald, aber ich kann ihn nicht genießen. Mit den Adlern wollte ich immer fliegen, doch irgendwer hatte meine Flügel beschnitten. Und nun gleitet diese Fähre mit mir in den Norden. In ein Abenteuer? Für die Welt mag es nichts Besonderes sein, für mich ist diese Reise die Erfüllung eines Traums. Wie lange schon träumte ich von der Einsamkeit des Nordens, die zu meinem Gefühlszustand passte, von der Mitternachtssonne, von Ruhe und Einklang mit der Natur? Wird es regnen? Im Norden ist der Regen ein ständiger Begleiter. Mich stört er nicht. Ich mag ihn, würde ihn oft der Sonne vorziehen. Sonnenschein verbreitet Frohsinn, und freundliche Menschen machen mir Angst. Ich mag ihr Lächeln, aber das Lächeln mag mich nicht. Ich kann es einfach nicht mehr, obwohl ich tief in mir vielleicht etwas Freundlichkeit besitze. Wenn ich lache, ist es eher boshaft. Ein lächelndes Gesicht wird bei mir zur Fratze. Lachende Menschen sind etwas Schönes, aber sie passen nicht in meine Welt. Der Regen steht mir gut. Leider ist keiner zu sehen.

Ich schlingere etwas, während ich mit der vollbepackten Dicken über diese verdammt glatten Rampen fahre. Der schwedische Zoll winkt mich durch. Ich weiß, was mich jetzt erwartet. Fast achthundert stinklangweilige Kilometer, erst über die E 6 nach Helsingborg, dann über die wenig spektakuläre E 4 bis Stockholm. Schon jetzt muss ich krampfhaft die Augen aufhalten. Gestern hatte ich noch ein Konzert auf der Berliner Trabrennbahn in Karlshorst besucht. Nach vier Stunden Schlaf war die Nacht für mich zu Ende gewesen. Ich achte schon lange nicht mehr auf die Signale meines Körpers. Müdigkeit ignoriere ich permanent. In der Firma habe ich es mir angewöhnt, die Arbeit in kürzester Zeit zu erledigen, um schnellstmöglich nach Hause zu kommen. Nach einem achtstündigen Arbeitstag hänge ich gerne noch einmal sechs Stunden Fahrt dran. Nur nach Hause, weg von diesen Städten, fort von diesem Job... Ich fahre an Örkeljunga vorbei und muss an unseren Wintertrip denken, der uns vor anderthalb Jahren schon einmal hierher brachte. Zwei Wochen vor Heiligabend, von den Vorweihnachtswehen und ihren Auswüchsen genervt, waren Falco und ich kurzentschlossen auf den Dicken in Richtung Norden gejagt. Eigentlich sollte das Ziel Rügen heißen, aber in Rostock konnten wir der einladenden Schwedenfähre nicht widerstehen. Die Besatzung schaute etwas ungläubig, wie später auch der Zoll, der uns gleich eine Schneesturmwarnung mit auf den Weg gab. Wir wollten davon allerdings nichts wissen und fuhren geradewegs in die dichten Wälder um Örkeljunga. Es wurde immer kälter und der Wind peitschte uns erbarmungslos. Hals über Kopf, wie wir aufgebrochen sind, waren wir nicht gerade auf eine Winterexpedition eingerichtet. Die Nacht wurde zur Zerreißprobe. Frierend krochen wir gemeinsam in ein Zelt, legten uns dicht aneinander, um wenigstens etwas Wärme speichern zu können und zählten schließlich die Stunden. Ein eigenartiger Sturm tobte um uns und es krachte aus allen Richtungen. Dann war Totenstille, um gleich darauf noch stärker zu wüten. Was passierte? Erreichte uns damals die Botschaft einer Verwandten der Hexe von Blair? Man erzählte sich ja viel von Trollen und Hexen. Schon Räubertochter Ronja hatte mit ihnen zu kämpfen. Am nächsten Morgen haben wir dann das Elend gesehen. Wenn hier Trolle am Werk gewesen sind, dann um uns zu beschützen. Dicke Bäume, die der Sturm umgeknickt und teilweise entwurzelt hatte, lagen um unsere Schlafstelle verteilt. Wir wollten uns gar nicht ausmalen, was hätte geschehen können, wenn so ein Baum aufs Zelt geschlagen wäre. Aber es war noch nicht vorbei. Der Sturm wütete immer noch und brachte jetzt den prophezeiten Schnee mit. Das Ausmaß der Zerstörungen sahen wir auf der schnell angetretenen Rückfahrt an den Schilderbrücken über den Straßen, die einfach weggeweht waren und an einem Haus, von dem lediglich die Giebelwände noch standen. Nur mit Mühe erreichten wir den Hafen. Warum taten wir uns das an? Um zu spüren, dass wir noch leben? Oder waren wir einfach nur verrückt?

Es reißt mich aus meinen Gedanken, denn ich bin mittlerweile in Jönköping angelangt und von nun an begleitet mich zu meiner Linken für ein paar Kilometer der Vätternsee. Wie immer, wenn mein Weg mich hier vorbeiführt, bin ich von diesem großartigen Anblick fasziniert und wieder fliegen meine Gedanken einige Jahre zurück. Oft, wenn ich auf einem Motorrad saß, war ich von meinen Gefühlen überwältigt. Damals fuhr ich eine Honda VT 600 C, chopperte durch die Lande, bevor ich sie gegen die Dicke eintauschte, die, bequemer, stärker, zuverlässiger und für größere Aufgaben gewappnet sein sollte. Ganze Lieder bevölkerten meinen Kopf und alles Beschwerliche fiel fast jedes Mal wie eine Last von mir herab. Natürlich war es dann doch noch in mir, aber auf dem Motorrad fühlte ich mich wie auf einer Droge, leicht und frei. Dabei erwachte jedesmal erneut der Wunsch, fremde Länder kennen zu lernen und mich überfiel dann ein großartiges Gefühl von einem Stück Freiheit, das ich nur würde entdecken müssen. Mir wurde klar, dass es mehr gibt auf dieser Welt, als das Siechtum des täglichen Alltags. Ich fuhr durch gemalt anmutende Landschaften, die mich vor Ehrfurcht wortlos werden ließen und ich hatte Gefühle, die mir die Tränen in die Augen trieben, wenn ich sah, was dieser wunderbare Planet in seiner ganzen Schönheit zu bieten hat. Ich kenne Gegenden, die teilweise so unwirtlich sind, dass es nur wenige Menschen dorthin verschlägt. Aber gerade diese Einsamkeit ist für mich das Angenehme, wenn ich mit ein oder zwei guten Freunden, die das Herz an der gleichen Stelle haben wie ich selbst, die eigenwilligen Farbenspiele der Natur entdecke und mich, auch wenn nur für eine kurze Zeit, von allen gesellschaftlichen Krankheiten loslösen kann und all jene bedaure, die es nie erfahren werden, was die Welt zu bieten hat und welches Glück wir haben, leben zu dürfen, um das alles sehen zu können. Vor einer Woche bekam ich von Falco eine Nachricht auf das Handy. Er saß an irgendeinem norwegischen Fjord und hörte den Schweinswalen zu: „Mann, wenn du das hören könntest, hier erst merkst du, was im Leben wirklich zählt!" Seine Worte berührten mich. Ich wusste zu gut, was er meinte. Hier kamen Gefühle ins Spiel. Warum erleben wir solche Augenblicke nur in unserer Einsamkeit? Ich bin überzeugt davon, dass es Menschen gibt, die unsere Sehnsüchte teilen. Es sind vielleicht nicht immer die, von denen wir es erwarten, sondern meistens die, denen wir noch nicht einmal begegnet sind. Leider sind die Mauern, die wir um unsere Höllen aufgebaut haben, zu dick, als dass jemals irgendwer hindurchdringen könnte. Keine Freunde, keine Frau, einfach niemand. Ich schütze mich. Zu weh würde es tun, wenn mich wieder ein Mensch verlässt, den ich liebgewonnen habe. Zu weh tun Enttäuschungen. Endlich taucht rechts die Silhouette von Stockholm auf, jedoch habe ich heute keine Zeit und auch nicht das Bedürfnis, dieser schönen alten Stadt, die auf unzähligen Inseln ruht, einen Besuch abzustatten. Nur noch einhundert Kilometer. Mir reicht es. Ich fliege über die kleinen Straßen und freue mich, bald endlich wieder in Gesellschaft sein zu können. Im Sveavägen angekommen sehe ich zuerst Carsten. Er ist schon seit einigen Tagen hier und will uns auf der Tour mit dem Auto begleiten. Jetzt steht er vor dem kleinen roten Holzhaus und hält seine Nase über den Grill, auf dem sich appetitliche Steaks sonnen. In diesem Augenblick ist mir Carsten sehr sympathisch, denn er hält mir das größte Stück entgegen. Dankbar, hungrig und müde nehme ich es an, nachdem die Dicke einen sicheren Stand gefunden hat und ich einen Großteil meines Gepäcks abgeladen habe. Nach dem Essen mache ich es mir in der Küche bequem. Es ist kurz vor Mitternacht und das erste Mal spüre ich heute etwas Ruhe. Schon hier wird es nicht mehr richtig dunkel und ein paar Vögel singen mir ein Schlaflied. Das Leben kann so schön sein...

Singen die Vögel schon wieder oder immer noch? Ich schleiche am frühen Morgen an den wenigen Häuschen der Siedlung vorbei. Es ist noch etwas neblig. Hinter einem kleinen Wald entdecke ich einen See. Hätte ich eben nur nicht Falcos Bagger von den Herrenwyker Prüfdiensten erspäht! Aber in der friedlichen Ruhe des morgendlichen Waldsees will ich keine schlechten Gedanken zulassen. Ich will für einen Moment diesen Augenblick genießen. Die Sonne versucht den Frühnebel zu verdrängen. Sie spielt mit den Farben und bietet mir ein einzigartiges Schauspiel. Der Nebel färbt sich goldgelb, an einer anderen Stelle dominiert ein kräftiges Grün. Ich kann mich nicht daran erinnern, jemals so satte Farben und überhaupt etwas so Schönes gesehen zu haben. Mir ist zum Heulen zumute. Nur für einen Augenblick zeigte sich dieser Anblick, denn jetzt dringt die Sonne durch den Nebel und gibt der Umgebung ihre Farben zurück. So intensiv, als wolle mir die skandinavische Natur sagen: „Ich bin immer für dich da, du musst nur hinschauen!", und: „Komm wieder!" Warum bleibe ich nicht einfach hier? „Hej!" Ich erschrecke, denn ich habe nicht bemerkt, dass sich ein alter Mann neben mich gestellt hat. Nach ein paar Sätzen finde ich heraus, dass er ursprünglich aus Deutschland kommt und mittlerweile schon seit fünfzig Jahren hier lebt. Ich erzähle ihm von meinem Gedanken, Deutschland zu verlassen, um hier sesshaft zu werden. Er sieht mich für einige Augenblicke an. Sein Blick scheint sich tief in mein Innerstes zu bohren, als wolle er mich abschätzen. Mir fällt seine hagere Gestalt auf, die von kurzen, angegrauten Haaren gekrönt ist. Die Augen verraten Zufriedenheit und seine Worte sprechen mir aus dem Herzen: „Junge, tu es. Du wirst es nie bereuen. Ich war im vorherigen Monat in Hamburg. Zu einer Behandlung, denn ich habe Krebs, weißt du... Das erste Mal seit vierzig Jahren war ich wieder in Deutschland. Es hat mich erschreckt, was ich sah. Das sind doch alles keine Menschen mehr! Nur noch mit den Ellenbogen voran, jeder will der Erste sein. Fünfspurige Autobahnen, Stress, ein Wahnsinn. Junge, tu es, warte nicht zu lange..." Diese Worte haben eine tiefe Wirkung auf mich und ich kann kaum einen klaren Gedanken fassen, während ich zum Haus zurücktrotte. Nach einem kleinen Frühstück nehmen wir Abschied von Falcos Märchenland. Ich muss zugeben, dass ich ihn in diesem Moment beneide. Herräng ist ein Ferienort und vor allem bei den Dänen sehr beliebt. Hier, in der Abgeschiedenheit, herrscht Stille. Es gibt lediglich ein kleines Restaurant am Meer. Zum Einkaufen müssen die Bewohner in den nächsten Ort, nach Hallstavik, fahren. Dorthin müssen wir auch noch, um ein Paket mit Prüfunterlagen für die Firma aufzugeben. Jetzt kann hoffentlich der Urlaub beginnen. Bis Gävle schlängeln wir uns über eine kleine Straße durch den Wald, in dem uns Falco einen Runenstein zeigt, den er kürzlich hier entdeckt hat. Ein Relikt aus längst vergangenen Tagen, vor der Christianisierung Skandinaviens. Von nun an werde ich in den nächsten Stunden nur die E 4, meine Tankanzeige, den Tacho und den Drehzahlmesser sehen. Ein Blick auf die Karte erübrigt sich, denn es gibt nur eine Richtung...

Vor unseren Augen taucht ein hässlicher Anblick auf. Zu hässlich, für den an sich schönen Ort in einer malerischen Bucht. Es ist die Aluminiumfabrik von Sundsvall. Vor ein paar Monaten waren Falco und ich schon einmal hier gewesen, natürlich mit den Herrenwyker Prüfdiensten. Damals lebte Falco noch in Deutschland und wir arbeiteten die ersten Aufträge in Schweden ab. Wir waren sofort von diesem Land fasziniert gewesen. Nachdem wir die hektischen deutschen Städte hinter uns gelassen hatten, war es so gewesen, als wären wir durch eine paradiesische Pforte gefahren. Wälder, Seen und Schären waren unser Garten Eden geworden. Wir hatten das Gefühl, in ein Land zu kommen, in dem Werte und menschliche Bedürfnisse noch etwas zählen. Natürlich sahen wir auch hier die Anflüge westlicher Dekadenz, aber wir ignorierten sie einfach. Sollte unsere Suche vielleicht ein Ende finden? Während uns innere Zerrissenheit und Unruhe plagte, sehnten wir uns nach einem Stück Frieden in nordischer Ruhe und Gelassenheit. Alles war so weit entfernt gewesen. Der Schmerz einer verlorenen Liebe, der Stress und selbst die Arbeit. Wir konnten uns nicht vorstellen, hier wieder wegzugehen, obwohl wir den Minibagger hinter uns herzogen, der, wie ein Damoklesschwert, bereit war, uns jederzeit zu erschlagen und damit in die Wirklichkeit zurückzuholen. Nur fühlte er sich hier viel leichter an... Fernab der Kontrolle unserer Chefs waren wir auf uns selbst gestellt. Es hatte schon einiges an Vorteilen, sein eigener Herr zu sein, das wurde hier mehr als deutlich. Leider reichte es immer noch nicht zum kompletten Ausstieg. Es war wohl auch die Angst, die uns festhielt. Angst vor dem, was kommen könnte, wenn wir diesen Schritt wagen würden. Wir besaßen einfach nicht den Mut, aus einem, zumindest eingebildeten, relativen Absicherung den Absprung zu schaffen. Zudem blieben etliche finanzielle Bindungen, die uns noch für einige Zeit abhängig sein ließen. Bitternis befiel uns bei diesem Gedanken.

Diese Reise liegt nun fast ein Jahr zurück. Jetzt bin ich schon wieder hier und in meinem Leben hat sich nichts verändert. Vielleicht bin ich noch verbitterter geworden. Aber es ist nicht die Bitternis, die mir gerade im Magen liegt, sondern der Hunger. Wir fühlen uns etwas zerschlagen. Die erste Nacht im Freien steht bevor und wir können froh sein, dass hier das alte Allemansrätten, das Jedermannsrecht, immer noch gilt. Es besagt, dass sich jeder frei in der Natur bewegen und auch dort übernachten kann. Voraussetzung ist natürlich, dass sie respektiert und nicht verschandelt wird. Schmerzlich muss ich für einen Moment an meine Landsleute denken, von denen einige ihren Müll einfach im Wald entsorgen... Es hat eine Weile gedauert, ehe wir diesen schönen Schlafplatz gefunden haben. Wir sind heute nur zehn Stunden gefahren. Eigentlich haben wir Luleå erreichen wollen, aber wir hatten uns im Vorfeld verschätzt. Skandinavische Landstraßen sind eben nicht mit deutschen Autobahnen vergleichbar. Nun befinde ich mich schon seit zwei Tagen auf ein und derselben Straße, ohne, dass etwas Nennenswertes passiert ist oder irgendwelche Abwechslung hineinkam. Das Bild der Gegend änderte sich nicht. Wälder, Flüsse, Seen, sehr selten Städte. Es ist eine wundervolle Landschaft, aber sie wirkt störend, weil wir sie nur durchfliegen, um ein Ziel zu erreichen, das noch über eintausend Kilometer entfernt ist. Wir fühlen uns müde, unsere Augen und unser Gehirn sind auf Notbetrieb geschaltet. Hier müssen wir wohl lernen, in anderen Dimensionen zu denken. Irgendwann hatten wir genug von der Hatz und sind einfach rechts von der E 4 abgebogen, wissend, dass die Ostsee nicht weit sein konnte. Über eine Stunde mussten wir uns jedoch durch enge Waldwege schlängeln, was mit den vollbepackten Dicken nicht immer einfach gewesen ist. Tiefe Rillen hatten sich durch den harten, schotterigen Pfad gezogen und einige Male war ich nur knapp einem Sturz entgangen. Doch die Mühe war belohnt worden. Vor unseren Blicken hatte sich eine riesige Bucht geöffnet, an deren Ausgang wir gerade noch das offene Meer erkennen konnten. Eher vermuteten wir es dort. Riesige Felsbrocken türmten sich auf und wir sprangen wie Kinder an ihnen hinauf, um den bestmöglichen Ausblick einzufangen. „Mann, dort drüben liegt Finnland. Ist das nicht verdammt schön hier?" Na klar! Was sollte ich auch dazu sagen? In diesem Moment bereute ich die Fahrt keineswegs mehr, ganz anders, als so oft in den vorausgegangenen Stunden. Dafür lohnt es sich zu leben... Nun kräuselt sich zarter, weißer Rauch über dem Einweggrill. Wir hoffen, dadurch die lästigen Blutsauger loszuwerden. Der idyllische Platz am Waldrand fordert seinen Tribut. Zumal es angenehm warm ist und die Sonne noch lange keine Anstalten macht, sich zur Ruhe zu betten. Leider können wir sie nicht sehen, da die hohen Bäume uns die Sicht nach Norden nehmen. Gegen Mitternacht liegt nur noch ein goldroter Schein über den Wipfeln, der aber ausreicht, uns den Tag vorzugaukeln. Wir laufen noch einmal auf die Felsen, aber auch hier können wir sie nicht erspähen. Warte nur, morgen werden wir dich haben, in deiner ganzen Pracht. Morgen wird der Begriff Norden für uns eine andere Bedeutung haben, denn dann sind wir im Reich der Mitternachtssonne.

Ich winde mich aus dem Schlafsack und krieche langsam aus dem Zelt. Irgendetwas lässt mich nicht zur Ruhe kommen. Aus den anderen beiden Zelten dringt ein zufriedenes Grunzen. Wenn ich nur schlafen könnte! Es ist hell, aber etwas kühl. Mir schießen blitzartig Gedanken durch den Kopf. Vielleicht sollte ich sie festhalten. Mit einem Stift und einem Stück Pappe, das ich irgendwo finde, setze ich mich auf einen Felsen ans Meer. Ich denke nicht nach, sondern schreibe einfach die Zeilen, die sich wellenartig an die Oberfläche meines Bewusstseins spülen:

Der Platz neben mir ist kalt und leer
Es ist Nacht, die Gedanken wiegen schwer
Was war nur wieder mit mir los
Bin ich schon verwest, in welcher Welt lebe ich bloß
Was habe ich nur getan
Es erdrückt mich, die Wände schreien mich an
Was hast Du getan? Was habe ich bloß getan?

Du weißt wie ich fühle, wie ich denk'
Du sahst mein Herz, ich habe es dir geschenkt
Ich hoffe, dass Du mir irgendwann verzeihst
Dass auch in Dir etwas übrig bleibt
Was habe ich getan?
Es erdrückt mich, die Wände schreien mich an
Was hast Du getan? Was habe ich bloß getan

Und es ist schwarz und leer
Und ich begreife es nicht mehr
Ich zerstöre mein Glück
Bin ich wie alle, oder bin ich nur verrückt?
Gibt es Hoffnung, habe ich noch Zeit?
Oder bleibt mir nur die Einsamkeit?
Für immer allein!

Ich habe es Dir noch nie gezeigt
Mit Dir habe ich gelacht und um Dich geweint
Die Worte, die alles bedeuten, Du hörtest sie nicht
Ich habe niemals gesagt: Ich liebe Dich
In vielen Stunden bist Du bei mir
Doch Du siehst mich nicht, bist weit weg von hier
Hast Du manchmal Sehnsucht nach mir?

Ich bin mir nicht sicher, ob ich große Gefühle in kleinen Worten beschreiben kann, doch meine Lieder sind der einzige Weg, sie auszudrücken. Meine Wut, meinen Hass, meine Melancholie, diese tiefe Traurigkeit, die mich begleitet und auch ein Stück von meinen Ängsten. Mir wird klar, wofür diese Nachtgedanken stehen. Nicht nur für eine Frau, die nur noch als Narbe in meinem Herzen existiert, sondern auch für jede andere Beziehung in meinem Leben. Es wiederholt sich immer wieder. Niemals stehe ich zu dem, der ich bin, sondern verstecke mich hinter der Maske des kühlen Gefühllosen. Niemals kann ich über die Dinge reden, die mich wirklich bewegen. Wie lange kann ich eigentlich mit dieser Lüge leben? Wie lange kann ich mich verstellen? Kann ich einen Menschen glücklich machen, wenn ich seine Liebe nur im Inneren erwidere? Verdrängen kann so einfach sein. Was jedes Mal übrig blieb, war ein tiefes Loch, ein Abgrund von Gefühlen, den ich nicht ertragen konnte. Vielleicht bin ich kein Beziehungsmensch. Doch woher stammt dann dieser Text? Welcher Teil in mir schreit vor Sehnsucht nach einer Bindung, nach einem Menschen, mit dem ich alles teilen kann? Vielleicht gibt es ja doch jemanden, wenn ich es nur einmal zulassen würde. Für einen Moment erwärmt es den Stein, der mein Herz ist. Es wird Zeit, ins Zelt zu kriechen, wenn ich noch ein wenig Schlaf genießen will. Der Schlafsack ist angenehm weich und ich fühle mich sicher und geborgen.

Nach tagelanger Fahrt verabschiedeten wir uns endlich von der E 4 und bogen bei Töre auf die E 10. Wie die Irrsinnigen fraßen wir die Kilometer. Carsten blieb uns dicht auf den Fersen und zog sich mit manch einem Überholmanöver den Unmut der Schweden zu. Auffällig ist in diesem Land, dass vorausschauend und rücksichtsvoll gefahren wird. Vor allem die Tempolimits werden weitgehend eingehalten. Mich fasziniert die Ruhe, mit der diese Menschen durchs Leben gehen. So gut wie nie treffen wir Hektiker an, selbst während der Arbeit nicht. Ich bemerke wieder, was mir fehlt. Aber kann ich Ruhe erzwingen, wenn ich rastlos bin? Ruhe ist für mich ein tiefer, innerer Zustand, den ich nicht einfach herbeiführen kann. Ich muss ihn spüren. Vielleicht müssen ja erst die äußeren Bedingungen stimmen. Die Balance zwischen dem Denken und dem Gefühl und dem dementsprechenden Handeln als Resultat daraus. Nun stehen wir am Kalixälven und bewundern diesen Fluss, wie er sich in wilder Unberührtheit durch die Stromschnellen in Richtung Süden stürzt, um irgendwann in der Ostsee zu münden. Die grauen Felsen an den Ufern und die tiefgrünen Nadelbäume lassen mich von Kanada träumen. Mit etwas Fantasie sehe ich am gegenüberliegenden Ufer Jack Londons Wolfsblut aus den Bäumen treten, um schön und stolz auf sein Reich zu blicken und in jedem Herzschlag die Freiheit zu spüren. Sehnsüchtig warte ich auf den Bären, der über die Findlinge tapst und versucht, den Lachs zu fangen. Warum können wir hier nicht mit dem Kanu weiterfahren? Jetzt könnte das Abenteuer beginnen, hier könnten wir an unsere Grenzen gehen. Aber der Zeitplan ist unerbittlich. Ich nehme mir vor, hier irgendwann noch einmal herzukommen, unbelasteter, in einer besseren Zeit. Falcos Gedanke, einmal die Ostsee zu umrunden, gefällt mir. Gemütlich könnten wir an der polnischen Küste entlang fahren, durchs Baltikum, eine Nacht in St. Petersburg verbringen, die herrliche Seenlandschaft Finnlands genießen und dem rauen Lappland widerstehen. Zurück ginge es an der zerklüfteten Westküste Norwegens, über den Trollstieg bis hin nach Bergen. Von dort aus könnten wir nach England übersetzen, dann zur irischen Insel, um später durch Spanien Gibraltar zu erreichen. Und wenn wir schon einmal dort sind, wäre es doch blödsinnig, zurückzufahren. In Marokko starten wir eine Fahrt entlang der Atlantikküste über den afrikanischen Kontinent. Afrika hatte für mich immer etwas Gefährliches, zugleich weckt es aber auch Sehnsüchte in mir. Würden wir Südafrika erreichen? Meine Gedanken verfangen sich in der Weite, wobei mir in diesem Augenblick klar wird, dass sie wohl Träume bleiben werden. Zuwenig glaube ich an mich und die Umsetzung, oft breche ich bei der kleinsten Hürde zusammen. Danach kann ich mich gerade wieder soweit hoch kämpfen, dass es reicht, um mein Leben ertragen zu können...

Wir müssten gleich Finnland erreichen. Kurz vor Pajala verfängt sich mein Blick auf der Karte am Tankrucksack und fast rase ich in ein Rentier. Dem Antiblockiersystem verdanke ich, dass ich nicht mit dem Nordvieh kollidiere, das immer noch seelenruhig vor mir auf der Straße steht und mich erwartungsfroh ansieht. Jetzt bemerke ich auch seine Kumpel, die ebenfalls die Straße nicht freigeben wollen und es wohl auf ein Kampf ankommen lassen würden. Doch plötzlich scheinen sie sich anders zu besinnen und trotten an mir vorbei, ohne mich eines Blickes zu würdigen, scheinbar ohne jeden Respekt. Merkwürdig, denn heißt es nicht, der Klügere gibt nach? Wenig später bedient uns ein junges Mädchen an der Tankstelle. Was machst du nur hier, in dieser Einöde? Müssen junge Frauen nicht raus, sich austoben, durch das Nachtleben der Städte ziehen, mit ständig wechselnden Partnern? Wohin führen nur meine Gedanken wieder? Ich gebe ihr die Visa-Karte und quäle mich anschließend auf die Dicke. Es sind nur noch zwanzig Kilometer bis Kolari, meinem ersten Ort, den ich in Finnland erreiche. Wieder kann ich ein Land auf meiner imaginären Karte abhaken.

Vor einer Stunde haben wir die norwegische Grenze passiert. Kein Schlagbaum, kein Zoll, nichts, außer einem kleinen Schild, das darauf hinwies. Europa wächst zusammen. Nur nicht in der kleinen Grenzraststätte, in der uns ein griesgrämiger Finne kein Essen zubereiten wollte. Die Gründe behielt er für sich. Zumindest tafelte er den übrigen Gästen auf, also lag seine Abneigung wohl an uns. Lediglich einen Besuch auf der Toilette gewährte er mir, die ich ihm zum Dank für seine Höflichkeit nicht gerade sauber hinterließ. Kurze Zeit später erreichten wir Kautokeino. Aber auch dort war es nicht besonders gastfreundlich. Eine Million Mücken begrüßten uns, ansonsten wirkte der Ort mit seinen wenigen flachen, rotwandigen Holzhäusern wie ausgestorben. Ich stellte mir vor, wie einsam und abgelegen dieser Ort im Winter sein muss und begann zu frieren. Wir hatte eine Weile etwas orientierungslos auf der Straße gestanden. Irgendwo sollte es ein Museum über die Samen, die Ureinwohner Lapplands, geben. Hätten wir uns aufmachen sollen, um uns etwas von ihrer Kultur zu verinnerlichen? Längst hatte ich jedoch beschlossen, in einem Gewaltritt noch heute das Nordkap zu erreichen. Während unseren Überlegungen war ein kleines Mütterchen an uns vorbeigeschlichen. Es war schwer gewesen, ihr Alter einzuschätzen, jedoch mutete ich ihr neunzig Lebensjahre zu. Sie hatte dunkelbraune Kleidung getragen, die mich an Kohlensäcke erinnerten, und einen undefinierbaren Packen dabei, den sie auf ihrem Buckel schleppte. Weder hatte sie Notiz von uns genommen, noch von den geschätzten zehn Mücken, die sich an ihrem faltigen, dunkelhäutigen Gesicht zu schaffen gemacht hatten. Sie war unbeirrt ihren Weg gegangen und, kein Blick nach rechts oder links werfend, hinter dem nächsten Hügel verschwunden, genauso still, wie sie daher gekommen war. Ich hatte mich wie in einem russischen Märchen gefühlt und bemerke erst jetzt, dass dieser Ort einen seltsamen Eindruck auf mich hinterließ...

Seitdem wir den Polarkreis überquert haben, begleiten nur noch kleine, grünlich-braune Büsche und verkümmerte Bäumchen unseren einsamen Weg. In der Ferne sehen wir einige Berge, deren Kuppen Schnee tragen. Es ist kalt geworden. Die Sonne hat sich schon vor Stunden von uns verabschiedet. Tiefe Wolken hängen über der Straße, die sich ewig weit und völlig gerade durch die karge Landschaft zieht. Nach jedem Hügel, hinter denen wir immer erneut das Weltende vermuten, gibt sich der Blick auf einen, kilometerweit entfernten, neuen Hügel frei, solange, bis wir das Vakkerfjellet erreichen, eine unwirtliche Gesteinslandschaft, deren Felsen sich gen Himmel türmen. Während einer kurzen Pause lassen wir diesen Ort auf uns einwirken und sehen einem kleinen Wasserfall zu, der sich über das Geröll in einen Bach stürzt. Weder ein Fisch, noch ein Vogel teilen diesen schauerlichen Ort mit uns. Nur in dem fließenden Wasser kann ich etwas Lebendiges erahnen. Es fließt, also lebt es, immer voran, irgendwohin. Das Wasser wird es wissen. Beidseitig drängen sich kleine Büsche an den Fluss, als wollten sie ein Stück seiner Lebenskraft einfangen. Mir fehlen plötzlich die Bäume, welche die Straße im sonnigen Schweden säumten. Was ist das? Mir wird furchtbar schwindelig, ich bekomme Atemnot. Panik befällt mich und ich habe für einen Moment das Gefühl, hier und jetzt sterben zu müssen. Kalter Schweiß steht mir im Gesicht, die Hände zittern. Was soll ich jetzt bloß tun? Ich kann den beiden anderen nicht sagen, wie es in mir aussieht und beeile mich, auf die Dicke zu kommen. „Nur nach Hause!", denke ich. Was mache ich eigentlich hier? Natürlich komme ich hier nicht weg, jedenfalls nicht schnell. Vielleicht gibt es in Alta einen Arzt. Möglicherweise kann ich ja zurückfliegen. Blödsinn, wo bleibt dann die Dicke? „Los, weiter!", rufe ich den anderen zu. Nach einigen Kilometern bin ich wieder ruhiger. Eigenartig, denn manchmal werde ich auf der Dicken in solchen Augenblicken eher hektisch, fast panisch. Meine Angst verschwindet nicht. Ich bin hier am Ende der Welt und niemand könnte mich ins Leben zurückholen, wenn mir etwas Furchtbares passieren würde. Wo kommen nur diese Ängste her? Sind es die verdrängten Emotionen, die mir zu schaffen machen? Wie lange habe ich eigentlich nicht mehr geweint? Selbst den Schmerz um meine verlorenen Lieben spürte ich nur in meinem Magen. Tränen sah niemand bei mir. Nicht einmal ich selbst. Wenn ich sie trotzdem einmal bemerkte, schluckte ich sie herunter und ich merkte, dass ich sie soweit nach unten drängte, bis sie den Kampf aufgaben und ich sie nur als ein flaues Gefühl ausmachen konnte. Irgendwann wurde dieser Vorgang automatisch und ich musste mich nicht einmal mehr anstrengen. Keine meiner Tränen wagte noch den Versuch, mich in die Knie zu zwingen. Ich hatte die Emotionen besiegt. Oder sie mich? Ist es richtig, zu verdrängen?

Eine Stunde vor Mitternacht ist es taghell, als wir in Alta endlich an den Arktischen Ozean stoßen. Hier ist das Leben noch in vollem Gange. Im Gegensatz zum Landesinneren ist es auf der E 6, die sich an Norwegens Atlantikküste entlang schlängelt, fast schon vielbefahren. Männer mähen die Rasen vor den kleinen Häusern, Kinder spielen in den Vorgärten und auch die Vögel sind äußerst aktiv. Ein Hund begleitet uns und ein Polizist langweilt sich an der einzigen Tankstelle, an der man uns für einen Hot Dog unverschämte fünfzig Norwegische Kronen abnimmt. Auch an der Anlegestelle der Postschiffe der Hurtigruten, über die größtenteils die Versorgung der Küstenregion abgewickelt wird, ist etwas Betrieb. Wann wird hier eigentlich geschlafen? Während der Zeit der Polarnacht? Ich muss hier unbedingt im Winter noch einmal her kommen und spreche zumindest Falco damit aus dem Herzen. „Wollen wir noch weiter?" frage ich. „Wir könnten es noch schaffen in dieser Nacht! Dann würden wir die Mitternachtssonne am Kap sehen!" Die beiden anderen sind dagegen. Sie haben ja recht, genug der Hetzerei! Am Altafjord, etwas außerhalb des Ortes, finden wir endlich einen ruhigen Lagerplatz. Der Ausläufer des Eismeers ist hier herrlich umrahmt von Bergen, deren zum Teil schneebedeckten Gipfel einen atemverschlingenden Kontrast zum graublauen Wasser bilden. Die Szenerie wird trotz des wolkenverhangenen Himmels von der nächtlichen Sonne eindrucksvoll ausgeleuchtet. Die Strapazen sind vergessen. Lange noch genießen wir den Anblick, bis wir uns endlich in unsere Zelte begeben. Ich kann eine Weile nicht einschlafen. Morgen werde ich das Nordkap sehen, morgen werde ich...

In dieser Nacht befällt mich ein seltsamer Traum. Ein Eisbär jagt mich durch eine Wohnung. Ich schlage Haken, wechsle die Richtung und versuche immer wieder, die Tür vor seiner Nase zuzuschlagen. Aber er ist mir dicht auf den Fersen und immer ein Schritt schneller. Ich raus, Eisbär raus, Tür zu. Ich rein, Eisbär rein, Tür zu. Komisch, aber auf dieses Spiel habe ich wenig Lust.

Es ist wieder hell. Natürlich, es ist hier ja immer hell. Heute ist es endlich soweit. Das Nordkap ruft und damit das langerwartete Ziel. Drei lange Jahre haben wir davon geträumt und heute soll also der Tag der Tage sein. Das Ende unserer Sehnsucht? Irgendetwas drängt in mir. Ich will endlich das Ende der Welt sehen. Zuvor wasche ich mich im Fjord, laufe sogar zwei Meter hinein. Großspurig angekündigt wollten wir doch im Eismeer baden. Nun stehe ich mit zitterndem Körper bis zu den Knien im Wasser. Der Schmerz zieht sich in mir zusammen und ich weiß endlich, warum das Eismeer seinen Namen trägt. Die Zelte sind schnell verstaut und mit den letzten Benzinreserven folgen wir der E 6 in nordöstlicher Richtung. Von dem herrlichen Sonnenschein der vergangenen Tage ist nichts übrig geblieben. Das Band der Straße zieht sich über kahle Felsen und durch tiefhängende Wolken. Hier ist jegliches Leben ausgestorben. Selbst die Mücken wollen nichts mehr von uns wissen. Wo sollen sie auch herkommen? Nur eine einsame Samenfrau sitzt am Straßenrand, um ihre Waren anzubieten. Während ihre bunte Tracht, die auf ihre Sippe hinweist, mich entfernt an südamerikanische Indianerstämme erinnert, ähnelt ihre Sprache eher dem Ungarischen. Die vom Fischfang, vom Ackerbau und von der Rentierzucht lebenden Samen setzen auf traditionelle Werte und hier bieten sie kunstvoll verzierte Handarbeit an. Gerne würde ich mich mit den Sitten und Bräuchen der Ureinwohner Lapplands näher beschäftigen, wenn dieser verdammte Zeitdruck nicht wäre. Wir werden langsam unruhig, weil uns unsere signalgelben Benzinwarnleuchten seit etlichen Kilometern förmlich anschreien. Schon schmieden wir die ersten Notfallpläne, dann aber taucht endlich Skaidi auf, der kleine Ort, in dem wir links nach Hammerfest abbiegen könnten. Hammerfest ist die nördlichste Stadt der Welt. Sie liegt mit dem nördlichsten Punkt Alaskas auf dem gleichen Breitengrad. Ihre Einwohner sind stolz darauf, dass die Stadt, nach einem verheerenden Brand im Jahr 1890, als erste in Europa eine elektrische Straßenbeleuchtung erhalten hatte. Als Lampenmastprüfer sehe ich dieser Tatsache eher mit gemischten Gefühlen entgegen. Hammerfest war mehrmals umkämpft gewesen und im zweiten Weltkrieg sogar, bis auf eine Grabkapelle, total zerstört. Heute fahren wir an diesem geschichtsträchtigen Ort einfach vorbei. „Hammerfest 57 km", sagt uns ein Schild. Nicht einmal für diesen Abstecher haben wir Zeit. Die Wut auf die Firma wächst in diesem Moment. Nur die Dicken werden rasch versorgt, bevor es weitergeht. In Russenes steigt das Adrenalin. Jetzt sind es nur noch einhundert Kilometer. Wir schleichen an schroffen Felsformationen zu unserer Linken vorbei, während sich rechts ein riesiger Fjord ergießt. Er liegt ruhig neben uns und in den wenigen Sonnenstrahlen, die hin und wieder unsere Gesichter wärmen, erscheint das Wasser hellblau und kristallklar. Bald ändert sich dieser Anblick. Die Sonne zieht sich zurück und der Wind wird rauer. Der Fjord wirkt dunkel und bedrohlich, genauso wie der jetzt folgende Tunnel. Er ist überschwemmt und die Räder bremsen stark ab. Wasser tropft von den naturbeschlagenen Decken und Wänden und unsere Scheinwerfer können es kaum noch mit der Dunkelheit aufnehmen. Der Wind ist zum Sturm geworden und es wird immer schwieriger, die vollgeladenen Bayrischen auf der abgefrästen Straße in der Spur zu halten. Alsbald wechselt sich diese mit einer Schotterpiste ab. Der Himmel täuscht tiefste Nacht vor und der Sturm ist unbarmherzig. Es ist fast so, als wolle uns jemand daran hindern, das Ziel unserer Reise zu erreichen. Mir gefällt es, diese Urgewalten der Natur zu spüren, obwohl sie auch etwas Beängstigendes haben. Genauso muss es hier sein, alles andere wäre langweilig! Im Nordkaptunnel ist es zwar windstill, dafür eiskalt. Tief taucht er in die Barentssee ein, um uns wenig später auf der Insel Magerøya wieder auszuspeien. Die kleinen Häuser, die sich in Honningsvåg gegen die Felswände drücken, machen auf mich einen traurigen Eindruck, genau wie die Tanks und Fischerboote, die langsam vor sich hinrosten. Schaudernd fällt mir ein, dass nur dreihundertfünfzig Kilometer von hier atomgetriebene U-Boote in einen ähnlichen Zustand vergammeln. Nur weg hier! Die Piste wird immer schmaler und schlängelt sich in Serpentinen hinauf. Auf dem nächsten

Hochplateau empfängt uns ein fast undurchdringbarer Nebel. Keine zwei Meter können wir sehen und der Abgrund neben uns reißt sein klaffendes Maul auf. Der Gegenverkehr quält sich an uns vorbei und es wird immer gefährlicher. Eine falsche Lenkerbewegung kann jetzt das Aus bedeuten. Sollen wir aufgeben? So kurz vorm Ziel? Niemals! Nach drei Kilometern lichtet sich der Nebel. Was bleibt ist der erbarmungslose Sturm. Nicht einmal die Motoren wollen die Betriebstemperatur erreichen. Mein Körper ist angespannt, die Augen schmerzen. Es wird immer ungemütlicher unter der Gore-Tex-Kleidung. Plötzlich endet die Piste. Wir haben einige Mühe, den Dicken einen sicheren Stand zu gewährleisten. Hier ist es also, das Ende der Welt. Nur noch die Eisbären- und Forscherinselgruppe Spitzbergen liegt zwischen uns und dem Nordpol. Das Nordkap ist ein blanker Felsen. Schwarze bizarre Gesteinsgebilde scheinen aus ihm zu wachsen. Ich frage mich, ob sie von Menschenhand geschaffen worden sind. Ja sicher, wie sollten sie sich sonst so kunstvoll übereinander türmen? Ein Schauer kriecht über meinen Rücken. Dieser Platz erinnert mich an einen Ort im Reich der Toten. Jedenfalls stelle ich mir im Moment das Jenseits so vor. Dieser Sturm ist unglaublich. Wir haben Mühe, uns aufrecht zu halten. Es ist nicht so, wie wir es uns vorgestellt haben, auf dem Felsen sitzend und den Lauf der Mitternachtssonne genießend. Stattdessen versuchen wir uns zur Kante des Felsens vorzukämpfen, um endlich das Nordmeer zu sehen, das tief unter uns liegt. Aber bald lassen wir von diesem Unterfangen ab, da wohl nur ein Wahnsinniger hier die Klippen herunterklettern würde. Plötzlich gibt die Nebelwand ein Stück weit nach und wir werfen doch noch einen Blick auf das Eismeer. Mein Gott, wir sind tatsächlich an einem der Enden der Welt. Wir haben es geschafft! Immer weiter trieb es mich, um irgendwo anzukommen. Nun bin ich hier und mir wird klar, dass ich eigentlich woanders hin will. Ich suche keinen Ort, ich suche mich. Finde ich den Ausweg aus meiner Hölle?
Eigentlich soll die Reise nun in den Osten gehen, nach Grense Jakobselv, an die russische Grenze. Dann weiter nördlich nach Vardø, um Europas nördlichste Festung zu besuchen, die noch niemals erobert worden ist. Dazu wurden uns dort ein paar herrliche Kilometer Schotterpiste durch tiefschwarze Landschaft versprochen. Keiner von uns will jetzt reden. Wir

fühlen wohl ähnliches. „Das wird nichts mehr, wir sollten südlich fahren, vielleicht ein Stück in Finnland runter und dann mit der Fähre nach Stockholm. Aber auch das wird wohl eng mit der Zeit. Die Firma...", meint Falco. „Lass uns erst mal los!"

Grün schimmert die Zeltwand. Ich bin froh, dass ich mir eine neue Ausrüstung zugelegt habe. Sie war zwar verdammt teuer, dafür ist sie aber bequem und trocken. Es lebt sich verhältnismäßig nobel im Arctic-Schlafsack, der auf der Isomatte in einem Tunnelzelt von Vaude liegt, ganz anders, als einst auf unserem Wintertrip. Aber auch der hatte uns damals nicht umgebracht. Vielleicht verweichliche ich immer mehr. Es ist gerade einmal acht Uhr abends in der norwegischen Einöde, kurz hinter Karasjok. Wir liegen in den Zelten und das Nordkap steckt uns in den Knochen. Wir waren noch ein Stück an der Küste entlang gefahren, um bei Lakselv wieder ins Landesinnere abzutauchen. Nach einigen Kilometern war Falcos Kupplungszug gerissen. Natürlich haben wir keinen Ersatz dabei gehabt und es wäre sicher schwierig gewesen, hier, mitten in der Wildnis, einen zu bekommen. Selbst per Luftfracht hätten wir wohl einige Tage warten müssen. Wir hatten uns dazu entschlossen, den kürzesten Weg nach Herräng zu nehmen, also fast die gleiche Route retour. „Dann wird eben ohne Kupplung geschaltet!", hatte Falco gemeint und das Problem schien gelöst. Der Weg hat wieder durch die komplette Einsamkeit geführt. Nicht einmal Tiere waren ausfindig zu machen. Nur diese verdammten Mücken sind allgegenwärtig. Vorhin habe ich das Zelt mit Helm und geschlossenem Visier aufgebaut. Diese Viecher sind völlig immun gegen sämtliche chemische Abwehrmittel, die wir bei uns haben und auch starker Zigarettenrauch hielt sie nicht auf. Ich hörte sie förmlich lachen. Uns war nichts anderes übrig geblieben, als uns in die Zelte zu verkriechen. Wir haben hier keine Lust auf eine Unterhaltung. Jeder sitzt mit seinen eigenen Empfindungen in seinem Verlies, umlagert von einigen Tausend Wächtern, die nur darauf warten, dass wir ihnen ein Stück nacktes Fleisch anbieten, damit sie ihrem parasitären Tagwerk nachgehen können. Der Schlaf lässt heute auf sich warten. Vorhin klingelte das Mobiltelefon. Ein Konzertveranstalter aus Lübeck hatte wissen wollen, ob ich mit meiner Band wieder Konzerte gebe und hatte mir zu verstehen gegeben, dass er sich freuen würde, wenn er uns bei sich begrüßen können dürfe. Er hat mich in meinen Gedanken um die Einsamkeit gestört, und nun stört mich die Einsamkeit in meinen Gedanken um ihn und das Konzert. Wie viel Zeit ist eigentlich seit dem letzten Auftritt vergangen? Es kommt mir wie eine Ewigkeit vor. Ich verspüre keine Lust auf irgendwelche Konzerte. Sie sind wieder mit Stress verbunden, mit Aufwand, mein Körper jedoch schreit nach Ruhe. Doch da ist die Musik, die ich unbedingt weiterbringen will, weil sie mich weiterbringen kann. Vielleicht tut eine gewisse Art des Stresses mir ja auch gut, dann nämlich, wenn ich meine eigenen Bedürfnisse, die Erfüllung meiner Träume und Ziele vorantreibe. Aber gewiss nicht der, den ich habe, wenn ich meinem Job nachgehe, den ich hasse, bei dem ich geistig stagniere und der mir zudem keine Zeit lässt, mich um die Verwirklichung meiner Ziele zu kümmern. Vielleicht reicht es ja schon, wenn ich mir ab und zu einen Ruhepol schaffe, um dann mit neuer Kraft wieder durchzustarten. Natürlich werden wir das Konzert geben, vielleicht machen wir sogar eine kleine Tour im Herbst. Wenn sie gut läuft, ist sie sicher ein willkommener Gegenpol zur wahrscheinlich einsetzenden Depression...

Immer bedrohlicher rollt die dunkle Wand heran. Eine riesige Himmelswalze, die alles schwarz einfärbt, was hinter ihr liegt. In der Ferne sehen wir, dass über Schweden die Sonne scheint. Wir versuchen, der Bedrohung zu entkommen, aber wir verlieren diesen Wettlauf, denn die Finsternis verschlingt uns hinterhältig. Der Regen ist jetzt so stark, dass ich Falco im Rückspiegel nicht mehr erkennen kann. Vor mir schlagen die taubeneiergroßen Perlen dicht auf den Asphalt und ich kann die nächste Kurve nur erahnen. Glücklicherweise befinden wir uns auf einer breiten Hauptstraße, von der wir nicht so leicht in den Graben rutschen können. Hin und wieder sehen wir ein Auto am Straßenrand stehen, dessen Insassen es vorziehen, das Unwetter abzuwarten. Mittlerweile ist aus dem Regen Hagel geworden und auch der kommt in bisher unbekannten Dimensionen auf uns nieder. Noch halten die Klamotten dicht. Vielleicht sollten wir doch einmal anhalten, aber keine Ortschaft zeigt sich in der Nähe. Immer wieder zucken Blitze aus den sehr tief hängenden Wolken dorthin, wo ich die Wälder vermute. Es wäre wohl blanker Selbstmord, sich hier Schutz zu suchen. Also fahren wir durch und hoffen auf die nächste Ortschaft. Diese verdammten Wolken nehmen immer mehr von meiner Sicht. Sie haben uns bereits verschluckt und scheinen uns nicht mehr freigeben zu wollen. Etwas grelles Weißes taucht für Sekundenbruchteile vor meinen Augen auf. Noch kann ich nicht genau definieren, was das ist. Plötzlich riecht jeder Atemzug widerlich verbrannt und ein eigenartiger Geschmack macht sich in meinem Mund breit. Er scheint vom Gaumen zu kommen, um sich langsam auf die Zunge zu legen. Jedes Mal, wenn ich die Augen schließe, taucht dieses seltsame Licht auf. Was zum Henker ist das? Ich werde fast irrsinnig. Nun muss ich einfach anhalten. Ich quäle das regennasse Bein über den hohen Gepäckaufbau der Dicken. Falco steht einen Meter hinter mir und wir öffnen die Visiere nur einen Spalt breit. Ich kann ihn kaum verstehen: „Mann, dass du noch lebst...!" „Was ist los? Sag mal, riechst du das auch? Was ist das für ein Gestank?" Er sieht mich entgeistert an. „Mann, du wurdest fast vom Blitz erschlagen. Er kam von rechts aus einer Wolke, ist dann über die Straße und dann links wieder in die Wolke rein. Sah aus, als wäre er dir durch den Helm geschossen!" Jetzt werden mir die Knie weich. Für einen Moment droht der Boden unter meinen Stiefeln zu wanken und ein beklemmendes Gefühl der Angst setzt sich frei. Hat er mich etwa erwischt? Der Geruch, na klar, das war Ozon. Warum rase ich wie ein Verrückter durch dieses Unwetter? Bin ich mir so wenig wert? Kurze Zeit später erreichen wir die Brücke, die uns über den Torne-Fluss in das Nachbarland der Finnen bringt. Endlich Schweden, dieses freundliche Schweden. Die Menschen haben wieder ein Lächeln auf den Lippen und das erwärmt plötzlich mein Herz. Irgendwie habe ich für den Moment das Gefühl, als käme ich nach Hause. Zu Hause, wo ist das nur? Dieser Begriff hat für mich etwas Warmes, Schönes und zugleich Trauriges. Vielleicht erinnert er mich so sehr an meine Kindheit. Das Zuhause stand immer für Wärme, zumindest in meinen ersten drei Lebensjahren. Doch danach verband ich es nur noch mit Trauer. Trauer, die ich nicht ausleben durfte, und Wut. Warum, verdammt nochmal, musste mich der Mensch verlassen, den ich am meisten liebte? Ich war so winzig klein gewesen und hätte ihn doch so gebraucht! Und wieder versuchen meine Tränen den Innenraum des Helms zu verlassen. Nein, nicht heute! Das Unwetter habe ich doch in Finnland gelassen! Dieser wunderschöne Sonnenschein, der sich über den Grenzfluss legt, ist von nun an wieder unser ständiger Begleiter. Es ist eigenartig, dass wir in südlicher Richtung zur Ostsee fahren. Ich sehe vor meinen Augen die große topographische Wandkarte in den Grenzen der DDR, die im Heimatkundeunterricht immer in meinem Blickfeld hing, und da war die Ostsee nur im Norden zu finden, abgeschnitten kurz über der Insel Rügen. Die gestrichelten Linien der Fährverbindungen führten ins unerreichbare Nichts. Der Boden scheint hier fruchtbar zu sein, denn ab und zu öffnet sich vor unseren Augen der Anblick eines goldenen Kornfeldes, das schillernd in der Sonne liegt. Und wiederholt fallen mir zwei Raben auf. Diese Begegnung hatte ich hier schon einige Male. Immer, wenn ich sie am Straßenrand entdeckte, erhoben sie sich in die Lüfte, um mit kräftigen Schwingenschlägen davonzufliegen. Waren es Hugin und Munin, die sich aufmachten, um Odin von den einzelnen Stationen unserer Reise zu berichten? Wann werde ich göttliche Weisheit erlangen? Oder sollte ich mir langsam im Klaren drüber sein, dass ich nur ein Mensch bin? Mit allen Fehlern, die ich habe, die aber eigentlich keine sind, sondern nur das Resultat der Begegnungen in meinem Leben. Mir wird klar, dass ich mir nie Schwächen zugestehe. Ich will immer perfekt sein, makellos für jedermann. Ist das überhaupt möglich? Selbst Odin war nicht vor dem Untergang gefeit. Wonach strebe ich eigentlich? Ich will immer weiter, immer höher, wie auf dieser Reise. Sollte ich nicht einfach anfangen zu leben?

Kalix ist eine typisch nordschwedische Stadt, die mir auf Anhieb sympathisch ist. Die Motorradklamotten haben die Spuren des Unwetters hinter sich gelassen und eine freundliche Asiatin serviert uns Pizzas, die zwar spärlich belegt sind, jedoch unsere Mägen mit ihrer Wärme endlich wieder freundlicher stimmen. Gleich im Anschluss genieße ich eine halbe Stunde lang eine Alltäglichkeit, die in den letzten Tagen zum Luxus geworden ist. Die erste Toilette seit zwei Tagen ist etwas ganz Besonderes... Die Zelte stehen direkt am Wasser. Wir sind auf einer Halbinsel am Nordende der Ostsee, unweit von Kalix.

Ich fahre noch einmal zurück zum Supermarkt. Falco und Carsten dürstet es und ich will jetzt eigentlich nur mal allein sein. Klar, ich hole noch Bier, und ein paar Süßigkeiten für mich. Das Süßeste ist wohl die Kassiererin im Supermarkt von Kalix. „Hej, you 're from Germany! I like it very much! I was in Berlin, two years ago. It was great!" Wenn du wüsstest, wie es bei uns aussieht... Wollen wir nicht lieber ein bisschen Zeit miteinander verbringen? Komm, ich nehme dich sofort mit nach Deutschland. Oder besser noch, ich bleibe hier, wenigstens einen Tag lang. Vielleicht reden wir ein bisschen, oder schlafen einfach nur miteinander, bis es mich wieder forttreibt. Ich lasse diese Gedanken unausgesprochen, grinse blöd und verabschiede mich.

Falco liegt auf seiner Dicken und trinkt das von mir mitgebrachte Bier. Können wir über Gefühle reden? Jahrelang hatten wir uns gegenseitig beweisen müssen, wie hart wir seien. Einer war immer etwas verrückter als der andere und wir waren jederzeit darum bestrebt gewesen, uns gegenseitig zu übertrumpfen. Wie lange kenne ich ihn jetzt eigentlich? Zehn Jahre? Es war schon eine wilde Zeit gewesen, immer auf der Suche nach dem nächsten Kick, einer Party, einer Frau und etwas zu trinken. Unsere Heimat waren die Kneipen gewesen, doch die Herrlichkeit war gebröckelt, als uns das Leben die ersten Fallen gestellt, als Schulden sich angehäuft hatten, die Motorräder nur noch mit betrunkenen Reitern unterwegs gewesen und Kinder viel zu früh geboren worden sind, um in einer unglücklichen Umgebung aufzuwachsen. Für mich war hier die finsterste Zeit meines Lebens angebrochen. Ich war mehr und mehr dem Alkohol verfallen und hatte mit den Folgeerscheinungen, wie körperlichen Schädigungen und der Abhängigkeit, zu kämpfen gehabt. Mir ist nie klar geworden, wie ich so tief hatte abstürzen können. Es hatte mir nicht einmal geschmeckt, aber es war so herrlich enthemmend. Nüchtern hätte ich nie ein Mädchen angesprochen, hätte nie Emotionen gezeigt. Besoffen war alles so einfach gewesen. Irgendwann war es allerdings immer widerlicher geworden und ich hatte nichts mehr unter Kontrolle gehabt. Gleichgültig geworden hatte ich weder eine Peinlichkeit ausgelassen, noch ernsthafte Freundschaften aufrechterhalten können. Drei Jahre hatte ich gebraucht, vom Tage, an dem mir meine

Alkoholabhängigkeit bewusst geworden war, bis zu dem Zeitpunkt, an dem ich meinen unweigerlich letzten Whiskey trank, nach zwölf durchzechten Jahren und einem harten Weg der Entgiftung und, noch viel schlimmer, der Entwöhnung. Wenn ich an diese Dinge denke, kommt es mir vor, jemand anderes hätte sie erlebt. Dieser Mensch konnte doch schlecht ich gewesen sein. Wo waren denn meine Träume? Ich will den Menschen etwas geben, meine Gedanken, meine Gefühle, und sie geben mir vielleicht ihre Anerkennung zurück, die in mir das Gefühl auslöst, kein Niemand mehr zu sein. Könnten es Menschen sein, die mich aus meiner Einsamkeit holen? So abgrundtief, wie ich sie hasse, so sehr brauche und liebe ich sie. Wenn sie mich doch auch lieben könnten! Liegt es vielleicht an mir, indem ich nichts zu und niemanden an mich heran lasse? Woher kommt die Stagnation in mir? Was ist mit dem Traum von meiner Band und mit der Idee, Bücher zu schreiben? Sind es mir die Menschen nicht wert, die mir sagen, dass ich mit dem, was ich singe und schreibe, genau ihre Gefühle träfe? Bin ich es mir selbst nicht wert? Nie würde ich mir eingestehen, dass auch ich etwas Gutes und Schönes erschaffen kann. Mich selbst abwertend kann ich weder Lob noch Dank annehmen. Das hätte ja womöglich ein gutes Gefühl in mir auslösen können, doch davor habe ich Angst... Vielleicht hatte ich viel zu schnell erwachsen werden wollen. Mit dem Erwachsenwerden jedoch hatte ich lediglich das Trinken verbunden. Es war ein Ausdruck von Stärke und Härte im Nehmen. Zwei Flaschen Hochprozentiger am Stück zeugten immerhin von einer guten Kondition. Und meine Träume? Sie waren irgendwann mit dem Whiskey davongeflossen...

Ich schaue zu den Möwen. Sie sitzen auf den Lampenmasten der Mole. Sie erinnern an die Möwen auf dem Leuchtturm, die ich gesehen habe, als ich aufgebrochen war. Nur die Masten stören meine Idylle. Diese verdammten Masten! Sicher werde ich hier noch einmal herkommen, mit den Herrenwyker Prüfdiensten, um festzustellen, wie weit der Korrosionsvorgang bereits vorangeschritten ist... Das Meer liegt ruhig vor mir und glitzert silberblau in den letzten Sonnenstrahlen, die sich zwischen den wenigen Wolken noch einmal in ihrer Pracht entfalten. Der helle Himmel wird auch in dieser Nacht wieder über uns wachen. Es ist so verdammt schön hier, so ruhig. Ich will einfach nicht zurück. Momentan kann ich mir vorstellen, hier zu leben, vielleicht in einem kleinen Häuschen, mit einem Hund. Warum hatte ich eigentlich nie einen Hund? Zwei Frauen verabschiedeten mich vor dieser Reise. Nach meiner letzten gescheiterten Beziehung ist es für mich unmöglich, auf jemanden vollkommen einzugehen. Ständiges Misstrauen und Furcht begleiten mich, mehr noch, als vorher. Mit Sarah habe ich jemanden, mit dem ich über fast alle Dinge reden kann, nur eben nicht über meine Empfindungen zu ihr. Zu sehr haben wir uns verletzt in einer Zeit, in der wir versucht hatten, eine Partnerschaft einzugehen. Trotzdem begegnen sich unsere Wege oft. Vielleicht, weil sie mindestens genauso traurig ist wie ich, genauso unzufrieden, genauso sehnsüchtig. Aber wir finden keinen Weg zueinander. Mit der anderen, mit Anja, schlafe ich. Das ist alles. Völlig emotionslos, ohne viele Worte. Ich weiß nicht einmal ihren vollständigen Namen. Noch immer befinde ich mich im Tal der ungeweinten Tränen, was es mir so verdammt schwer macht, mich einem Menschen hinzugeben. In diesem Moment rufe ich Sarah an: „Ich glaube, ich bleibe einfach hier." Nein, ich möchte nicht in mein widerliches Leben zurück, mit all diesen Mastenprüfern, Vorgesetzten und Freunden, die keine sind. „Du kannst mich doch hier nicht alleine lassen!" Allein? Bei diesem Wort durchfährt mich ein tiefer Stich. Zu sehr kenne ich seine Bedeutung. Nach dem Tod meines Großvaters fühlte ich mich nur noch allein. Mit meinen Emotionen, meinen Sorgen und meinen Ängsten, genauso wie jetzt. Mit Mutter hatte ich nie reden können. Ich war sechsundzwanzig lange Jahre allein, ohne Vater und mit einer Mutter, die ihre Gefühle verdrängte. Wollte ich nicht nur von Sarah hören, dass sie mich vermisst? Vielleicht. Plötzlich kann ich mir nicht mehr vorstellen, einfach hier zu bleiben.

E 4, nichts als E 4. Wir erleben die Rückansicht der Hinfahrt. Einer der Höhepunkte ist die Einkehr bei McDonalds. Irgendwie haben diese amerikanischen Selbstbedienungstempel eine magische Anziehungskraft auf Falco und mich. Nicht unbedingt wegen des hervorragenden Essens, sondern eher wegen der schnellen Verpflegung, den sauberen Toiletten und des kurzen Smalltalks mit der Kassiererin in einem holprigen Kauderwelsch aus Schwedisch und Englisch. „Hej, three cheeseburger, a big mac and a small Coke please. Tack and Hejdo." Mir ist egal, dass mir in den nächsten zwei Stunden etwas übel werden könnte, infolge der gewöhnungsbedürftigen amerikanischen Esskultur, die es hier glücklicherweise nur in weitgehend entschärfter Form gibt. Die Übelkeit heute soll jedoch von einem anderen Ort herrühren, direkt aus Herrenwyk, via Telefonat: „Die Aufträge in Schweden sind auf unbestimmte Zeit verschoben! Ihr werdet pünktlich am Montagmittag in Frankfurt am Main erwartet. Ihr trefft euch mit Hannes in der Gutleutstraße, dort übergibt er Euch die Unterlagen!" Hätten wir doch nur die Handys zu Hause gelassen! Wir fühlen uns verschaukelt, betrogen und hintergangen, aber so läuft es immer in dieser Firma. Planungen werden in letzter Sekunde über den Haufen geworfen und wir haben nur zu reagieren, wie eine Maschine auf einen umgelegten Schalter. Eigentlich müssten wir dieses Spiel nach einigen Jahren in den Herrenwyker Prüfdiensten begriffen haben. So oft haben wir uns vorgenommen, einfach das Gehirn abzuschalten, Anweisungen Folge zu leisten, auch wenn sie uns idiotisch erscheinen, und nur noch am Monatsanfang das Geld zu zählen. Irgendwann jedoch meldet sich immer wieder der Verstand und setzt sich durch, indem er schreit: „Tu es nicht!" Mit diesem inneren Konflikt kann ich wahrscheinlich nicht lange leben, mit jenen Entscheidungen, die über mich selbst getroffen werden, die aber weder Firmeninteressen dienen können, noch jeder Logik entsprechen. Das hat teilweise nichts mehr mit unterschiedlicher Sichtweise der Dinge zu tun, sondern eher mit Inkompetenz und einem hohen Maß an Ignoranz. Wie lange werde ich das noch durchstehen? Wie lange muss ich ruhig bleiben und welche Alternativen habe ich? Besitze ich überhaupt den Mut, diesen Job aufzugeben, der mich knechtet und bei dem ich allmählich geistig verkümmere? Im Klartext heißt es jetzt für mich, dass ich schnellstmöglich nach Deutschland zurückkehren muss, um noch ein paar freie Stunden haben zu können, die ich allerdings sicher nicht genießen kann...

Ich ziehe die letzten Federn des Vogels unter dem Schnabel der Dicken hervor. Ich habe ihn noch heranfliegen sehen, aber weder abbremsen, noch ausweichen können. Im nächsten

Moment waren mir Federn ins Gesicht geflogen. Er liegt jetzt friedlich in meiner Hand. Ich fühle mich elend, fast schuldig. „Du dummer, kleiner Kerl, Du musst die Straße doch kennen!" Er sieht mich aus seinen toten Augen an. Ein paar Meter neben der Straße beginnt der Wald. Dorthin bringe ich ihn. Das war sein Zuhause und hier soll er ruhen. Weg von der Straße, die seinen Lebensraum in zwei Hälften schnitt und ihm jetzt zum Verhängnis geworden war. Vögel liebe ich seit meiner Kindheit. Mich fasziniert ihre Freiheit, über Grenzen zu fliegen, ohne in einer gefesselten Seele gefangen zu sein. Ich beneide sie um ihre unbeschwerte Lebensart und kann mich an ihnen erfreuen. Manchmal, nur für einen Augenblick, gelingt es ihnen, etwas Wärme und etwas Schönes in mir auszulösen. In meiner Kindheit besaß ich Wellensittiche. Sie waren der Trost in meinem Leben und in meiner Einsamkeit. Der letzte starb vor einigen Jahren und eigenartigerweise hatte ich es geschafft, um ihn zu weinen. Selbst der Tod von nahestehenden Menschen hatte in mir keine Träne hervorgelockt, ich hatte ihn lediglich zur Kenntnis genommen. Nur dieser kleine, grüngelb gefiederte, Kerl hatte eine Schleuse in mir geöffnet, als er in meiner Hand gestorben war. Egal wie betrunken, wie wütend oder traurig ich gewesen bin, er hatte sich gefreut, wenn ich nach Hause gekommen war und vor Begeisterung Kapriolen geschlagen. Auch er war von mir gegangen, wie so viele in meinem Leben. Tot, wie dieses arme Wesen, das ich jetzt unter einem Baum zur Ruhe bette.

Wir haben uns verloren. Falco jagt voran. Beim letzten Tankstop hörte sich seine Maschine nicht mehr gut an. Er will so schnell wie möglich Herräng erreichen. Ich bleibe noch etwas in Carsten Nähe, jedoch packt es mich kurze Zeit später ebenfalls und ich drehe den Gasgriff nach hinten. Ich schlängele mich durch die Autokolonnen, die hier wieder dichter werden. Links geht es im Tiefflug an ihnen vorbei, und auch mal rechts auf dem Standstreifen. Die Vibrationsarmut der Dicken um die einhundertfünfzig Stundenkilometer und das geschlossene Visier des 4er BMW-Helms erwecken in mir die Illusion, mich an der Steuerungseinheit eines Videospiels zu befinden. Träge und gleichgültig lenke ich mein Cockpit in rasender Geschwindigkeit durch die feindlichen Raumschiffe. Wenn ich an einem zerschelle? Na und? Game over. Try again?

Ich bemerke nicht, dass aus der vierspurigen Straße eine zweispurige geworden ist. Erst als ich in letzter Sekunde dem Gegenverkehr ausweichen kann, bin ich wieder wach. Kurz vor Hallstavik verfange ich mich in einer Polizeikontrolle. Sofort fallen mir sämtliche Schlechtigkeiten und Verfehlungen ein. Hoffentlich werfen die keinen Blick auf die Reifen, deren Noppenprofil nur noch zu erahnen ist. Kein Wunder, nach über zwanzigtausend Kilometern Betrieb. Vor dem Nordkap waren sie mit mir schließlich schon in Andalusien gewesen... „Haben Sie Alkohol getrunken? Würden Sie bitte einmal pusten?" Mehr wollen die nicht? Na dann... Schließlich bin ich schon seit vier Jahren nicht mehr betrunken mit dem Motorrad gefahren. Freundlich verabschiede ich mich. Nichts wie weg hier, bevor denen noch einfällt, das Spandauer Fabrikat einmal näher unter die Lupe zu nehmen. Wenig später biege ich in den Sveavägen in Herräng ein. Kurz darauf ist auch Carsten da. Falco läuft mit uns zu einem Felsen. Hier soll der Sonnenuntergang besonders schön sein. Wir bekommen ihn allerdings nicht mehr zu sehen und es spiegeln sich lediglich ein paar Flecken in Orange, die noch am Himmel stehen, im ruhigen, dunklen Wasser des Ostseeausläufers wieder. Ich will nur noch meine Knochen ausstrecken. Wieder geht ein Tag zu Ende. Eine seltsame Stille beschleicht mich und bringt die tickende Unruhe in mir für einen Moment zum Schweigen. In der kleinen Küche liege ich eingehüllt in meinen Schlafsack und möchte hineinheulen. Warum nur? Was macht mich wieder so traurig? Der Schlaf lässt mich nicht weiter darüber nachdenken. Meine Tränen brauchen noch etwas Zeit...

Stockholm liegt an diesem Samstagmorgen im Frühnebel. Die Stadt ist noch nicht erwacht. Sie räkelt sich nicht einmal in Schlaftrunkenheit. Wahrscheinlich träumt sie von den letzten Jahrhunderten, deren Geruch mir förmlich an jeder Ecke in der Nase liegt. Nicht eine Bombe ist hier im letzten Weltkrieg gefallen, so dass dieser Stadt nichts von ihrem Flair verloren gegangen war. Ich fege durch die menschenleeren Straßen. Sicher war wieder die ganze Nacht gefeiert worden, wie es hier wohl normal ist. So viele Menschen, wie nachts in Stockholm unterwegs sind, sehe ich in meiner Heimatstadt nicht einmal tagsüber, was ich bei den hohen Getränkepreisen sehr erstaunlich finde. Das gelbe Licht der Tankanzeige lässt mich schlagartig wach werden. Zu dieser Stunde sind nur wenige Tankstellen geöffnet, aber ich habe Glück und mit der letzten Benzinreserve erreiche ich doch noch eine. Seit vier Uhr bin ich wieder unterwegs. Die letzte Etappe ist angebrochen. Es geht heimwärts. Carsten will erst später losfahren, sich ausschlafen und frühstücken. Vielleicht hätte mir das auch gut getan, aber ich bin zu unruhig gewesen. Jetzt läuft der Motor wieder auf Dauerbetrieb, fast wie mit eingeschaltetem Autopiloten. Ich habe nur die Aufgabe, die Dicke zwischen meinen Gedankensprüngen durch die langgezogenen Kurven der E 4 zu manövrieren. Kurze Tankstops unterbrechen den Flug. Mir fällt auf, dass schon wieder fünfzehn Stunden seit der letzten Nahrungsaufnahme vergangen sind. Mit dem Essen nehme ich es nicht so ernst. Als jemand, der praktisch auf der Autobahn und in Hotels lebt, nehme ich eben das zu mir, was irgendwann vorbeifliegt. Auch Jahre, nachdem ich damit aufgehört habe, meinen Körper mit Whiskey zu vergiften, plagen mich chronische Magenschmerzen. Die Speiseröhre glüht, bis mit einigem Schluckauf eine ekelhafte Flüssigkeit in meine Mundhöhle gestoßen wird. Oft bleibt mir dann nichts anderes übrig, als mich zu übergeben. Ganz einfach, den Finger in den Hals und raus mit dem ganzen Elend. Danach fühle ich mich erleichtert. Dazu kommen in stetigem Wechsel Verstopfungen oder Durchfall, je nachdem, wofür sich mein verkorkster Körper entscheidet. Liegt das vielleicht an der leichtfertigen Lebensweise? Oder will etwas aus mir heraus? Suchen sich meine Emotionen, die ich immer flach halte, jetzt einen anderen Ausgang? Ist es meine Wut, die ich erbreche, meine Trauer, die mir die Brust zuschnürt, meine Tränen, die mich schwindelig werden lassen? Ist es meine Sehnsucht, die das Herz schmerzen lässt?

„Wo kommst Du denn her?" Ich? Vom Nordkap. Hinter mir steht ein Weltreisender an der Zapfsäule. Unzählige Aufkleber von Ländern, die ich gerade einmal vom Namen her kenne, schmücken die selbstgeschweißten Aluminiumboxen seiner „Africa Twin". Ich schätze ihn auf Mitte Fünfzig. Sein Dialekt und das Kennzeichen verraten mir, dass er aus dem norddeutschen Raum stammen muss. In einer Kaffeelänge berichtet er mir von den Vorzügen Boliviens und den Nachteilen Perus, von der Schönheit und Einsamkeit der

Pampa und von einer Finnin, mit der er eine Tochter hat und die er jetzt besuchen will. Mein Leben erschien mir an Jahren bisher viel zu kurz, denn ich wollte die ganze Welt sehen. Ich wollte alles sehen, und alles erleben. Aber so wie er? Immer allein, und irgendwo in Finnland lebt eine Tochter? Bin ich ein einsamer Wolf? Ich mag Wölfe, aber auch sie ziehen im Rudel. So abenteuerlich und romantisch die Legende auch klingen mag, es ist eine furchtbare Vorstellung. Wie viele Jahre lebe ich jetzt eigentlich so? „Mach's gut, und grüß Deine Tochter!" Ich muss jetzt hier weg. Irgendwie kann ich es nicht mehr erwarten, nach Hause zu kommen. Vielleicht wartet ja dort jemand auf mich. Ich will es herausfinden. Mit etwas Glück könnte ich die Fähre nach Saßnitz erreichen, dann wäre ich gegen 22 Uhr zuhause. Doch das Schiff ist ausgebucht. Als ob dort nicht noch ein Motorrad draufgepasst hätte! Nun kann ich auf Carsten warten, um mit ihm gemeinsam nach Rostock überzusetzen. Die ganze Hetzerei war also umsonst gewesen. Drei Stunden später liegen wir auf dem Sonnendeck der Scandlines-Fähre. Diesmal habe ich den Schlafsack dabei. Die Tortur hat ihre Spuren hinterlassen. Meine Knochen können nur noch in der Sitzposition der Dicken schmerzfrei verharren. Es dauert nicht lange und die schaukelnden Bewegungen lullen mich in den Schlaf. Warum sehen mich denn alle so dämlich an? „Mann, du hast geschnarcht wie ein Otter! Das haste garantiert in der Kombüse noch gehört!" Für einen Moment sind mir Carstens Bemerkung und die Blicke der jungen Frauen ziemlich peinlich. Wahrscheinlich sollte ich mir endlich die Nasenscheidewand richten lassen...

Die Sonne steht sehr tief über der See und macht sich bereit, einem anderen Teil dieser Erde ihre Wärme zu schenken. Könnte ich ihr doch nur folgen. Vor mir taucht der Leuchtturm aus dem Wasser auf. Wird mich mein altes Leben dort wieder gefangen nehmen? Heute begrüßt mich keine Möwe. Ich muss, nein, ich werde etwas ändern. Schwerer als das Gepäck wiegen die Fragen, fast zu schwer, um einen geraden Weg einzuschlagen. Kann ich das überhaupt? Muss ich nicht auch Umwege fahren, um anzukommen? Wo also liegt mein Weg? Werde ich meine Träume leben? Was habe ich überhaupt für welche und was brauche ich, um glücklich zu sein? Was ist wichtig? Werde ich Musik machen? Oder schreiben? Kann ich mich von meinen Zwängen und Ängsten lösen und kann ich mich von der Stagnation in meinem Gehirn befreien, um wieder für mich zu lernen? Werde ich irgendwann beziehungsfähig sein und mich und andere lieben können? Wann kann ich befreit aufatmen, um mein Dasein zu erleben und wann wird dieses Leben endlich mein Leben sein? Wir haben die Mitternachtssonne am Kap nicht gesehen. Sie war irgendwo im Dunst verschwunden gewesen, wie alles in mir. Aber ich werde sie noch sehen, wenn sie erst ganz zaghaft und dann mit einem gewaltigen Lichtstrahl in meine Nacht einbrechen wird, um diese zu vertreiben. Die Antworten liegen auf meinem Weg und vor allem liegen sie in mir, in meiner Vergangenheit und in der Gegenwart. Ich rolle von der Fähre und gebe der Dicken die Sporen. Mein Herz treibt mich voran, in eine ungewisse Zukunft, und vielleicht sogar in neue Welten. Es fährt mit mir südwärts, ins Epizentrum meiner Gefühle. Nun weiß ich, in welche Richtung meine Reise mich führt.

Die Gläser waren bereits eine Weile leer. Sie schaute aus dem Fenster, wo es außer tiefschwarzer Nacht nichts zu sehen gab. Selbst die Schneeflocken hatten ihr Treiben eingestellt. Nach einigem Schweigen fragte sie: „In welche Richtung führte Sie Ihre Reise?" Ich sah sie an, war aber nicht bereit, den weiteren Verlauf zu schildern. So klar war mir das in diesem Moment auch nicht. Vielleicht führte sie mich an den Ort, den ich erreichen wollte, vielleicht auch nicht. Mit jeder Entscheidung, die meinem Leben eine andere Richtung gab, begann eine neue Episode. Wohin also führte mich diese Reise? Letztendlich auf dieses Schiff, in dieses Restaurant, in dem ich mit ihr saß und redete. „Die Geschichte, sie ist so unvollendet!", meinte sie und hatte scheinbar kein Verständnis dafür, dass ein klarer Abschluss nicht zu erkennen war. Wer weiß, vielleicht hatte ich ja damals eine Erkenntnis. Oder war es eher ein Gefühl oder eine Tendenz, in welche Richtung ich mein Leben lenken wollte? Selbst, wenn manches klar erschien, gab es doch oft genug unsichtbare Ketten, die mich daran hinderten, etwas in meinem Leben zu verändern. Mein Weg schien vorherbestimmt zu sein, oft durch Bänder aus frühester Jugend gehalten, die scheinbar unzerstörbar waren. Zu diesem Zeitpunkt wusste ich das alles allerdings noch nicht, ich ahnte es höchstens... Ich lebe die Abschnitte meines Seins und vieles ergibt erst rückblickend einen Sinn. Mit Veränderungen, Trennungen und neuen Verbindungen trete ich in neue Episoden ein. Zusammengenommen sind sie Teile eines großen Ganzen, eines Wunderbaren - des Lebens, das für mich ein ganz individuelles Bild zeichnet. „Nun, vielleicht hatte ich am Ende dieser Reise eine Vorstellung, vielleicht ist auch alles dementsprechend eingetroffen, möglicherweise musste ich einen anderen Weg gehen...", gab ich ihr zu verstehen. Sie sah mich an und für einen kurzen Moment funkelten ihre Augen: „Wer soll es wissen, wenn nicht Sie!?" Ich lächelte leicht, als ich sie ruhig fragte: „Wo wären Sie hingegangen?" Sie starrte eine Weile in ihren Wein, bevor sie zugab: „Ich weiß es nicht. Ich weiß es wirklich nicht..." „Es ist doch unwichtig, welchen Weg ich eingeschlagen habe. Für Sie kann es doch nur bedeutsam sein, wo sie hingehen, wo Ihr Glück liegt, wie sie sich ihm nähern..." Nun wollte ich einfach nicht mehr über mich reden, denn ich glaubte, dass sie nun an der Reihe sein würde, etwas von sich preiszugeben. „Was machen Sie eigentlich beruflich?", wechselte sie das Thema. Genau genommen wechselte sie es nicht, sondern lenkte es nur wieder auf mich. „Gute Frage, das kann ich gar nicht so genau sagen. Ich habe viel gemacht, um meinen Lebensunterhalt zu verdienen. Viele Jobs, die alle einen Sinn für mich ergaben, und wenn es letztendlich nur die Erkenntnis war, dass ich sie nie wieder machen wollte. Die einzige Konstante in meinen Leben ist die Musik. Seit frühster Kindheit verfolgt mich der Traum, Menschen zu begeistern, mit ihnen in Kontakt zu treten, sie zum Lachen und Weinen zu bringen. Als Beruf würde ich das aber nicht bezeichnen, denn weder habe ich einen Abschluss vorzuweisen, noch verdiene ich damit meinen Lebensunterhalt. Ich erzähle einfach Geschichten, manchmal singe ich sie, manchmal spreche ich. Und manchmal höre ich einfach nur zu..." Der scharfe und aufmerksame Blick, den sie mir schenkte, faszinierte mich jedes Mal aufs Neue. Ich bemühte mich, ihm standzuhalten, besonders in dem Moment, als sie fragte: „Dann sind Sie also ein Geschichtenerzähler?" Ich war mir nicht sicher, ob ich Anerkennung oder Mitleid aus ihren Worten herausgehört hatte. „Wenn Sie es so nennen wollen, ja...", entgegnete ich und fragte mich ernsthaft, ob ich mich hätte schämen müssen, weil ich nichts „Solidem" nachging. Mich faszinierten schon immer Bücher und auch Worte an sich. Worte sind Macht, eine Macht, die Bewusstsein verändern kann, so viel mehr als jeder Zwang und jede Waffe. Der Macht der Worte waren sich Menschen immer bewusst. Sie sprechen Gebete, beschwören, äußern ihre Wünsche und tun Buße. Griechen und Römer nannten ihre Bibliotheken „Arsenale der Seelenmedizin". In einem Kairoer Hospital wurde im dreizehnten Jahrhundert der Koran gelesen. Dadurch sollten die medizinischen Behandlungen unterstützt werden. Was ist nicht alles durch Bücher möglich? Sie können zu Begegnungen werden, mit der Welt und mit sich selbst. Das Spüren des eigenen Erlebens, ausgelöst durch Worte oder auch Musik, kann großartige Entwicklungsprozesse auslösen. Ich hatte es doch selbst erlebt... „Und wem erzählen Sie Geschichten?", unterbrach sie mich in meinen Gedanken. „Allen, die sie hören wollen. Und manchmal auch Menschen, die sie nicht hören wollen. Mir ist es wichtig, mit ihnen ins Gespräch zu kommen, vor allem mit denen, die dafür bereit sind. Nicht immer erzähle ich die Geschichten, manchmal erzählen auch die anderen und ich höre einfach nur zu. Ich möchte wissen, was Menschen fühlen..." Dass sie sich auf mich und das, was ich tat, einließ, schmeichelte mir und ließ mich dazu hinreißen, dass ich ihr mit Begeisterung davon erzählte: „Manchmal gehe ich dahin, wo Menschen Hilfe benötigen. Dort erzähle ich dann Geschichten. Natürlich möchte sie nicht jeder hören, aber ein Versuch lohnt sich immer, denke ich. Das eigene Leiden und Geschichten können Auslöser für Veränderungen im Leben sein." Sie sah mich zweifelnd an, was für mich fast schon zur Gewohnheit geworden ist, wenn ich jemanden erzähle, was ich tue. Doch ich bin davon überzeugt, dass es hilfreich sein kann, auch wenn ich in diesem Moment vielleicht nicht überzeugend wirkte. „Geben Sie mir doch bitte mal ein Beispiel! Geben Sie mir ein Beispiel für eine Geschichte, die Sie Menschen erzählt haben, die Hilfe brauchten und die dann etwas verändert hat!" Sicher gehört mehr dazu, sein Leben zu verändern und eine Geschichte kann nur einer von vielen Auslösern sein, aber ihre Hartnäckigkeit gefiel mir: „Gut, ich erzähle Ihnen eine Geschichte. Die Geschichte eines kleinen Vogels..."

Der Sperling

Nachdenklich blickte ich in den strahlenden Tag, der sich anschickte, der Welt einen „Guten Morgen" zu wünschen. Die Haustür fiel hinter mir ins Schloss und mir war zum Heulen zumute. Ich hielt es einfach nicht bei ihr aus. Nur für Momente konnte ich ihre Nähe genießen. Diese wundervollen Nächte, die wir zusammen verbrachten, die Zärtlichkeiten und Liebkosungen, welche wir dabei austauschten, diese endlosen, erfüllenden Gespräche, die wir führten, nichts von allem konnten mich dazu veranlassen, auch den Tag mit ihr zu verbringen. Etwas trieb mich nach Hause, oder zumindest an den Ort, an dem ich glaubte, es zu sein. Eben wollte ich mich entschließen, auf mein Motorrad zu steigen, als ich ein geradezu klägliches Piepsen vernahm. Schnell wurden meine Sinne wach. Ich musste nicht lange schauen, bis ich den kleinen Vogel entdeckte, der neben meinem Motorrad im Gras saß und mich anschaute. Wahrscheinlich wäre ich auf ihn drauf getreten, wenn er sich nicht bemerkbar gemacht hätte. Es war ein kleiner Sperling. Ab und zu flatterte er mit den Flügeln und ließ sein hohes schrilles Piepsen vernehmen. Mir entfuhr ein: „Hey kleiner Spatz, was machst Du denn da?" Schnell sah ich mich um, ob es jemand mitbekommen hatte, wie ich mit dem Vogel redete. Eine Antwort erwartete ich natürlich nicht, obwohl ich mir die Frage ernsthaft stellte. Vielleicht war der kleine Sperling ja verletzt? Er war sicher verletzt, so hilflos, wie er dort umherflatterte! Was sollte ich tun? Mit Sorge dachte ich an die vielen streunenden Katzen, die oft im Hof herumlungerten. Scheinbar waren die nur darauf bedacht, andere Tiere zu erlegen. Plötzlich tauchten vor mir blutige Bilder auf. Ich phantasierte, wie es wäre, wenn so ein garstiges Geschöpf über diesen kleinen, hilflosen Vogel herfallen würde. Und wenn es so kommen würde, dann hätte ich Schuld, wenn ich weggefahren wäre und ihn einfach sitzengelassen hätte. Das konnte ich mit meinem Herzen nicht vereinbaren. Wieso empfand ich bloß so für diesen Vogel, der gerade einmal zwei Minuten vorher in mein Leben getreten war? Sollte ich ihn erst einmal mitnehmen und zu ihr in die Wohnung bringen? Plötzlich hatte ich das Gefühl, dass sie mich auslachen könnte und nicht verstehen würde, wie es mir ging, mit diesem kleinen, hilflosen Vogel. Tierlieb war sie eigentlich, nur eben zu den meisten Menschen sehr hart… Nein, das hier musste ich selbst irgendwie erledigen. Mir fiel der Park vor der Stadt ein. In natürlicher Umgebung wurden dort verletzte und kranke Tiere gepflegt, ältere erhielten ihr Gnadenbrot. Sicher würde mir dort jemand helfen können. Entschlossen nahm ich den Sperling vom Boden auf. Der fand das scheinbar überhaupt nicht gut, denn er wehrte sich und protestierte entschieden. Bald merkte das kleine Tier jedoch, dass es gegen die übermächtige Hand nicht ankam und ergab sich seinem Schicksal. Nun konnte ich den Vogel in aller Ruhe vorsichtig in die Innentasche meiner Jacke betten. Kurz darauf fuhr ich auf die Straße, die aus der Stadt führte. Vögel nahmen in meinem Leben immer einen besonderen Status ein. Wenn ich an sie dachte, verband ich damit ein Gefühl von Freiheit. Ich sah mächtige Adler über mir am Himmel kreisen, in der grenzenlosen Leichtigkeit ihres Seins. Möglich, dass ich sie darum beneidete. Aber war nicht die Freiheit selbst für Adler nur relativ? Vielleicht war es nur das Fliegen, das sie in meinen Augen frei machte. Mussten nicht auch sie für ihr Futter sorgen? Trugen sie nicht nahezu jeden Tag ein Überlebenskampf aus, mussten ihre Jungen füttern und den Fortbestand ihrer Art sichern? Und starben sie nicht auch schließlich, wenn sie zu alt und zu schwach geworden sind? Im Gegensatz zu mir rettete sie kein soziales Versorgungssystem und gab ihnen noch ein paar Tage, Wochen oder Jahre länger zu leben. Fühlte ich mich deshalb dem kleinen Vogel in meiner Jacke verpflichtet? Eine geschlossene Bahnschranke unterbrach meine Gedankengänge. Vorsichtig öffnete ich meine Innentasche. Zwei dunkle Augen blickten mich erwartungsvoll an. Hoffentlich verletzte er sich darin nicht. Schnell schloss ich die Tasche, wartete, bis sich die Schranke öffnete und fuhr weiter. Als ich endlich in der kleinen Siedlung vor der Stadt ankam, war ich froh, gleich die Verantwortung für das Tier abgeben zu können. Ich suchte mir einen Weg durch den Park, vorbei an großen Volieren mit Eulen und Bussarden und an Gehegen mit anderen Tieren. Ja, hier würde es der kleine Spatz gut haben. Nach einiger Zeit fand ich endlich eine Tierpflegerin, eine Frau mittleren Alters, die damit beschäftigt war, Laub zwischen den Bäumen zu harken. Sie hatte mich wohl nicht kommen sehen, denn sie erschrak ein wenig, als ich sie ansprach. Ich nahm den Spatz aus meiner Jacke und hielt ihn ihr hin. Während ich ihr die Geschichte erzählte, streichelte ich seinen Kopf. Er hatte wohl aufgegeben, sich zu wehren. Irgendwie hatte ich ihn in seiner Hilflosigkeit bereits lieb gewonnen. Die Tierpflegerin schaute ihn sich kurz an. In nicht gerade freundlichem Ton gab sie mir zu verstehen, ihn schnellstens dorthin zurückzubringen, wo ich ihn her hatte. „Das ist ein Jungvogel, der gerade flügge wird. Er lernt das Fliegen, verstehen Sie?" Ich kam mir nun reichlich blöd vor. Wollte sie mir gar etwas Boshaftes unterstellen? Einen letzten Vorstoß wagte ich dennoch: „Aber, dort streunen so viele Katzen umher. Wenn ihn nun eine schnappt?" Fast mitleidig sah sie mich an, jedenfalls empfand ich es so, als sie erwiderte: „Dann ist es eben so. So ist nun einmal die Natur." Ich fühlte mich peinlich berührt, wegen meiner Unwissenheit, wegen meiner Naivität. Nachdenklich ging ich zurück. Mir gingen die Worte der Tierpflegerin nicht aus dem Kopf. War ich nicht auch so etwas wie ein Vogel, der nicht flügge wurde? Warum zog es mich fast magisch aus dem Bett, der Wohnung und der Umarmung einer Frau, die ich glaubte zu lieben, zu meiner Mutter in ein scheinbar sorgloses Leben? Dieser Vogel in meiner Tasche immerhin bemühte sich, das Fliegen zu lernen. Doch wann flog ich? Vielleicht hatte ich ja nur mein eigenes Empfinden auf den kleinen Vogel übertragen. Einige Male hatte ich immerhin schon mit den Flügeln geschlagen und versucht, mich aus dem Gefühl der Umklammerung zu befreien. Aber jedesmal war Mutter stärker. Genaugenommen hatte sie jahrelang darauf hingearbeitet. Sie schützte mich vor meinen Gefühlen, hielt mich für zu schwach, Wahrheiten zu ertragen. Sie redete mich schwach und gab mich nicht frei. Doch war sie nicht selbst schwach und schützte eigentlich nur sich? War es nicht zu schwach, dass sie sich nicht ihren eigenen Konflikten stellte und sich mit ihrer eigenen Einsamkeit auseinandersetzte? Es wären sicher unangenehme Fragen gewesen, die sie sich hätte stellen müssen. Scheinbar war es leichter, die Schwäche in mir zu sehen, als die eigene Hilflosigkeit. Ich glaube, sie schützte sich selbst, vor einer Wahrheit, die sie nicht ertrug. Meine Schwäche war ihre vermeintliche Stärke. Sie wusch, sie kochte, beschützte mich vor Katastrophen, nur reden konnte ich mit ihr nicht. Nicht über das, was mich bewegte, meine Ängste, meine Träume, meine Wut. Für Mutter war es eher wichtig, dass ich rundum versorgt war, Geld verdiente und genug zu Essen hatte. Auf emotionaler Basis jedoch ließ sie mich verkrüppeln. So, wie ich die Flügel dieses kleinen Sperlings verkrüppeln wollte. Natürlich gab es die Gefahr, dass er sich verletzte, aber ich war dabei, ihm noch weitaus größeren Schaden zuzufügen, indem ich ihn hinderte, sich auf das Leben vorzubereiten, ja sein Leben zu leben. Ich stieg aufs Motorrad und fuhr ziemlich schnell davon. Je mehr ich darüber nachdachte, umso wütender wurde ich. Mit welchem Recht hielt mich meine Mutter so klein? Warum redete sie mir ein schlechtes Gewissen ein, wenn ich mich von ihr lösen wollte? Warum hinterließ sie mir ein Leben in Angst? Aus Egoismus? Sie hatte es mir vorgelebt, klein zu sein. Sie wusste immer, was gut für mich sein sollte, tat aber niemals etwas für sich. Für sich hatte sie nie gekämpft. In diesem Moment fühlte ich mich um mein Leben betrogen.

Immer noch nachdenklich kam ich wieder auf dem Hof an. Ich öffnete die Jacke und nahm den Vogel aus ihr heraus. Vorsichtig setzte ich ihn auf das oberste Ende eines Wäschepfahls. Er hüpfte sofort hinüber und sah sich um. Ich hatte das Gefühl, dass er sich freute, der Dunkelheit meiner Innentasche entronnen zu sein und wieder frische Luft atmen zu können. Ich ging ein Stück vom Wäschepfahl und ließ ihn allein. In einem Torbogen versteckte ich mich und beobachtete die Situation. Was würde er tun? Er blickte sich noch eine Weile um und sprang dann plötzlich vom Pfahl. Für einige Momente hielt er sich in der Luft, bevor er auf der Wiese landete. Nachdem er dort einige Zeit gesessen hatte, bewegte er die Flügel wieder schneller und sprang umher. Ich bemerkte, wie kurz darauf zwei weitere Vögel angeflogen kamen. Der eine setzte sich auf den gleichen Wäschepfahl, auf den ich den jungen Vogel gesetzt hatte. Der andere flog direkt zu ihm ins Gras. Dann flatterte er immer wieder auf und ab und wenig später verschwand er für einige Zeit, um bald darauf wiederzukommen. Mein Sperling schien gute Eltern zu haben. In diesem Augenblick war ich mir ziemlich sicher, dass ich beruhigt nach Hause fahren konnte, weil alles wohl so geschehen würde, wie es geschehen sollte. Möglicherweise hatte ich an diesem Tag etwas gelernt. Aber warum stand ich immer noch so unschlüssig in dem Torbogen? Sollte ich wieder zu ihr in die Wohnung gehen? Vielleicht war die Zeit dafür noch nicht reif, das Erkannte umzusetzen. Ich setzte mich auf das Motorrad und fuhr los

Nun war ich es, der aus dem Fenster starrte, aus dem immer noch nichts zu sehen war. Es dauerte eine kleine Weile, bis wir wieder ins Gespräch kamen. „Damit kann ich etwas anfangen. Ich glaube, ich hätte meiner Mutter auch einiges zu sagen...", kam etwas gedankenversunken von gegenüber. „Kommen eigentlich in all Ihren Erzählungen Motorräder drin vor?" Nicht in allen.", erwiderte ich. „Aber kann es sein, dass diese Geschichte etwas mit dem einsamen Motorradfahrer aus der Nordkapgeschichte zu tun hat?", bohrte sie weiter in mir. „Wer weiß das schon?", lächelte ich, merkte aber, dass sie mich verstanden hatte. „Was haben Sie eigentlich in Schweden gemacht?", bekundete ich weiter Interesse an ihr. „Meine Schwester wohnt oben in Kiruna. Sie ist Krankenschwester und vor vier Jahren dorthin gezogen. Sie hat dann einen Arzt geheiratet. Vor einigen Wochen hat sie entbunden. Ich wollte meinen kleinen Neffen kennen lernen und sie sehen. Es war einfach der richtige Zeitpunkt dafür und wer weiß, wann und ob wir uns wiedersehen…" Etwas in diesen Worten beunruhigte mich. Was trug diese Frau mit sich? Warum glaubte sie, ihre Schwester nicht wiedersehen zu können? Ich wagte es nicht, sie direkt danach zu fragen. Vielleicht würde sie es mir ja noch erzählen, hoffte ich und gleichzeitig wünschte ich mir, dass es nicht so schlimm sein würde, wie ich es mir in meinen Gedanken ausmalte. Denn was, außer der Tod, könnte uns auf ewig von jemanden trennen? „Lassen Sie uns doch gehen!", schlug sie vor und ich hatte nichts dagegen einzuwenden, zumal der Kellner sich schon wieder seit einer halben Ewigkeit nicht sehen gelassen hatte. Wir liefen über einige Gänge und stiegen schließlich die Treppen bis zum zweiten Deck hinab. „Sie haben den Kleinen ‚Oskar' genannt. Er ist ein süßer Kerl und ein glückliches Kind, das in einer intakten Familie aufwächst, denke ich…", erzählte sie mir, bevor wir durch eine halboffene Tür ins Kino traten, in dem ich vorhin schon für eine Weile auf einem der Plätze gesessen hatte. Die Sitzreihen hoben sich wie in einem Theater empor und jetzt hatte der Raum in seiner spärlichen Beleuchtung sogar eine romantische Atmosphäre. Ich hatte nichts dagegen, hier mit ihr allein zu sein. Scheinbar sollte in dieser Nacht kein Film mehr gezeigt werden. „Wollen wir uns setzen?" fragte sie und nahm in der unteren Reihe auf einem der roten Klappstühle Platz. Als ich mich direkt neben sie gesetzt hatte, fuhr sie fort: „Meine Schwester, sie ist die Jüngere von uns beiden. Ich war nur für zwei Tage oben bei ihr, dann habe ich mich zum Bahnhof bringen lassen und bin mit dem ersten Zug fortgefahren. Etwas in mir fühlte sich beengt. Ich gönne meiner Schwester alles Glück dieser Welt, aber ich habe das nicht ertragen. Glück und Harmonie, ich weiß gar nicht, wie sie das schafft. Wir haben so etwas ja nie erlebt. Vater verschwand, als ich drei Jahre alt war und meine Schwester hat ihn nie kennen gelernt…" Sie sah mich plötzlich an. „Aber warum erzähle ich Ihnen das alles?" „Vielleicht, weil ich Ihnen ja auch etwas erzähle?" Sie lächelte ein wenig, als sie sagte: „Okay, Sie sind wieder dran! Erzählen Sie mir etwas!"

Der hastige Mann

Eine gute Bekannte erzählte mir von ihren Begegnungen mit dem hastigen Mann. Sie trafen sich, meist einmal in der Woche, um über das zu reden, was sie bewegte. Zumindest sollten die Treffen diesen Zweck erfüllen, denn dem hastigen Mann ging es nicht besonders gut. Er kam zu den Verabredungen oft zu spät. Manchmal waren es fünf Minuten, manchmal fünfzehn. Es geschah jedoch nie, dass er gar nicht kam. Der hastige Mann berichtete dann über seinen Tag. Er war am Morgen schwer aus dem Bett gekommen, aß kein Frühstück, schaffte es aber, noch schnell eine Tasse Kaffee zu trinken. Im Hausflur begegnete er einem Nachbarn, aber auf dessen freundliches „Guten Morgen" erwiderte er nur ein sehr flüchtiges Nicken mit dem Kopf, bevor er ins Auto sprang und zur Landstraße hetzte. Dort traf er auf viele andere hastige Männer und Frauen. Als ginge es um das nackte Überleben, hasteten sie über die Straße und waren bereit, das Risiko eines Unfalls mit schweren oder sogar tödlichen Verletzungen auf sich zu nehmen. Daran dachten die meisten jedoch nicht. Sie schüttelten nur verständnislos den Kopf über einen Mann, der neben seinem Auto am Straßenrand stand und über die Wiesen blickte. Einer zeigte dem sogar einen Vogel. Vielleicht bin sogar ich an diesem Tag dem hastigen Mann begegnet, als ich dort stand und den Sonnenaufgang beobachtete. Der hastige Mann konnte ihn wohl nicht sehen, ebenso wenig wie den Regenbogen, welcher der Landschaft ein märchenhaftes, nahezu paradiesisches Aussehen verpasste. Der Mann saß bereits im Büro, inmitten von Aktenbergen. Weitere Papiere wurden unaufhörlich zu ihm hereingereicht und gerne hätte er etwas ganz anderes getan, aber er machte sich an die Arbeit und wusste dabei überhaupt nicht, womit er hätte beginnen sollen. Es war alles so unübersichtlich geworden, dass er zum Feierabend wenig geschafft hatte. Trotzdem blieb er noch eine Weile, um einiges zu ordnen. Der Rücken schmerzte ihm und sein Kopf kam ihm so vor, als würde ein schwerer Stein auf ihn drücken. In seinen Gedanken war er schon beim Termin mit meiner Bekannten, der ihm irgendwie wichtig zu sein schien. Jedoch konnte er sich nicht von seiner Arbeit lösen und fuhr viel zu spät los. Mit den roten Ampeln hatte er gerechnet, nicht jedoch mit den Rettungskräften auf der Landstraße. Ein

Auto lag in der Böschung, ein weiteres stand zertrümmert an einem Baum. Es dauerte eine Weile, bis der Mann am Unfallort vorbei kam und es war zu sehen, dass die Retter nicht mehr helfen konnten. Sie hatten ein Tuch über den Fahrer gelegt, dessen Auto am Baum stand. Der hastige Mann glaubte, dass das flaue Gefühl in seinem Magen ihm in diesem Augenblick sagen wollte, dass er wohl nur zu wenig gegessen hatte. Er fuhr schnell weiter und fast auf das ihm vorausfahrende Fahrzeug auf. Aus dem sicheren Käfig seines Autos beschimpfte er dessen Fahrerin, weil die ihm zu langsam unterwegs war und ihn aufhielt. Hätte sie ihm gegenübergestanden, wäre er vermutlich ruhig geblieben, bestimmt sogar. Nun aber war sie schuld, dass er zu spät zu seiner Verabredung kam, und natürlich auch der Idiot, dem man vorhin ein Tuch übers Gesicht gelegt hatte. Wären die nicht gewesen, hätte er sicher noch irgendwo etwas essen können. Auch seine Kollegen, deren Arbeit er oft mitmachen musste, hatten Schuld daran, dass er nun zu spät kam. Als er dann völlig atemlos meiner Bekannten gegenübersaß, schwiegen sich beide eine Weile an. Ihr war so, als wäre der hastige Mann in diesem Moment so gar nicht hastig und hätte, wenn auch nur für den Augenblick, einen Hort der Ruhe gefunden. Woher denn die Eile käme, die ihn sein ganzes Leben begleite, wollte meine Bekannte von ihm wissen, als sie vorsichtig ins Gespräch kamen. Der hastige Mann vermochte es jedoch nicht zu sagen. Oft fühlte sie seine Aggressionen, seine innerlich ungebändigte Wut, die aber nur in ganz kleinen Stößen aus ihm herauskam. Er jedoch versuchte, diese Wut mit aller Kraft, die er besaß, zurückzuhalten. Oft aber hatte der Mann diese Kraft nicht mehr. Warum er seiner Wut keinen Platz gab, sagte er nicht. Vielleicht befürchtete er, dass etwas Schlimmes passieren könne, vielleicht hatte er sogar panische Angst davor. Das aber wusste wohl nur er. So verliefen viele Gespräche zwischen meiner Bekannten und dem hastigen Mann. Er schilderte immer und immer wieder die gleichen Tagesabläufe, sein körperliches Unwohlsein, seine Krankheiten, die er glaubte, zu haben. Was ihm fehlte wusste er nicht, auch nicht, was ihm vielleicht zu viel war. Er schlang Essen in sich hinein, hatte Bluthochdruck und nahm Tabletten gegen seine Angst. Das Leben schien an ihm vorbeizuziehen. Über Träume, Wünsche und Bedürfnisse sprach er nicht. Einmal stellte meine

Bekannte mir den ruhelosen Mann vor. Ich weiß nicht genau, ob er mich wahrnahm, denn unser Treffen war nur von sehr kurzer Dauer. Nirgends konnte er länger verweilen, als er glaubte, es unbedingt tun zu müssen. Wir sind uns also nicht wirklich begegnet. Sein Leben erinnerte mich an eine Flucht. Der Mann zog sich immer weiter zurück. Er ging nicht gerne unter Menschen. Nur selten sah man ihn noch auf Veranstaltungen oder Festen. Gerade so schaffte es der Mann, an jedem Morgen zur Arbeit und abends zurück zu fahren. Dann aber meldete er sich immer öfter krank. Es besuchte Ärzte, die ihm nicht helfen konnten und schien in einer ausweglosen Situation zu stecken. Meine Bekannte versuchte geradezu verzweifelt, ihm zu helfen. Sie wollte, dass er die Fähigkeit erlangte, sich entspannen zu können und wäre zu gerne mit ihm in die Tiefen seiner Seele eingetaucht, um ihn besser verstehen und vielleicht einen gemeinsamen Weg mit ihm finden zu können. Überhaupt war der Termin mit ihr der einzige, den er noch wahrnahm. Die Wohnung verließ er kaum noch. Auch dort kam er nicht zur Ruhe und fühlte sich schwächer und schwächer. Irgendwann dann verließ der hastige Mann auch meine Bekannte. Er verabschiedete sich, sagte, dass er weiter müsse und sah ganz schlecht dabei aus. Einige Zeit später erfuhr meine Bekannte, dass er gestorben war.

Vielleicht wollen Sie ja wissen, warum es der hastige Mann so eilig hatte. Leider konnte er es ihr nicht mehr sagen. Schade, denn ich wüsste es auch gerne und bin ein wenig traurig…

„Eine schlimme Geschichte! Ich mag sie nicht! Ich meine, warum musste er denn gleich sterben? Gab es denn keine Hilfe für ihn? Hätte nicht jemand etwas tun können? Was war das denn für eine Bekannte, die ihn einfach gehen ließ?" Ich spürte ihre Erregung und dachte einen Moment nach. „Meinen Sie nicht, dass es seine eigene Entscheidung war? Ich meine, die Entscheidung zu gehen? Kann denn ein Mensch länger begleitet werden, als er es zulässt?" Ich sprach diese Worte ruhig, doch sie schüttelte energisch den Kopf: „Man hätte ihm helfen müssen! Jemand hätte irgendetwas tun müssen!" Eine

Weile verstrich, während ihre schönen Augen ins Nichts starrten. „Was geht in Ihnen vor?", wollte ich wissen, während ihr Blick wieder meine Augen suchte. Warum war sie nur so tief berührt? „Ist es nicht schlimm, ständig auf der Suche zu sein und keinen Ruhepol zu finden?" ‚Ja', dachte ich, aber was hatte das alles mit ihr zu tun? „Ich musste an meinen Vater denken. Vielleicht war er auch so ein Mensch, einer, der nirgendwo zu Hause sein konnte, zumindest damals. Sonst hätte er uns doch sicher nicht alleine gelassen! Mutter sagte uns manchmal, was für ein schlechter Kerl er gewesen sei, der nie Zeit gehabt und getrunken hätte. Er war wohl oft bei anderen Ungarn im Wohnheim gewesen, hatte sich dort besoffen und ist spät oder gar nicht nach Hause gekommen. Ich weiß nicht, ob er Mutter sogar geschlagen hat. Sie redete selten über ihn. Nur ab und zu ließ sie sich zu einigen Worten hinreißen, die alles andere als nett waren." Sie runzelte ihre Stirn, während sie weitersprach: „Mutter hat ohnehin nicht oft von früher erzählt. Ich weiß nur, dass sie und Vater Ende der 60er Jahre nach Deutschland gezogen sind, oder besser: in die DDR. Sie hätten es als Ungarn nicht leicht gehabt, hätten wie mit einem Brandmal gelebt. Das sei sogar bis zu offenen Anfeindungen gegangen, in der ach so toleranten DDR mit der oft gepredigten Freundschaft zu den Bruderländern… Ich habe es nie verstanden, was an uns schlechter gewesen sein soll, als an den Deutschen. Ich war in der Schule und später von Freunden gut angenommen worden. Meine Eltern hatten es dagegen wohl auch im Betrieb schwer. Mein Vater hat in einem Chemiewerk gearbeitet. Es hatte immer wieder Probleme gegeben, und das nicht nur dort. Er hat auch oft Ärger mit der Polizei gehabt." Ihre Stimme nahm einen dunklen Klang an: „Ich weiß nicht, ob es diese Verhältnisse waren, die ihn trinken ließen oder ob alles viel weiter zurück liegt. Bei Mutter durfte ich das Wort ‚Vater' mitunter kaum erwähnen. Er ist einfach von uns gegangen. Von einem Tag auf den anderen war er nicht mehr da. Erst viel später haben wir erfahren, dass er wieder nach Ungarn gegangen ist. Ich wüsste gerne, was ihn dazu getrieben hat und ob es wirklich diese Verhältnisse in der DDR waren oder ob der Grund in der Beziehung zu unserer Mutter lag, oder was ihn sonst bewegt hat." Ihre Worte hatten mich betroffen gemacht. Ich sagte ihr, dass auch ich mit ungarischen Kindern zur Schule gegangen sei, wir uns gut verstanden hätten und wirkliche Probleme erst viel später sichtbar geworden waren in latenter Fremdenfeindlichkeit gegenüber Mosambikanern, Kubanern und Vietnamesen. Auch sagte ich ihr, dass ich hin und wieder ausländerfeindliche Sprüche bis hin zur Hitlerglorifizierung gehört hatte, aber nicht dachte, dass Ausländer in der DDR so sehr damit zu kämpfen gehabt haben. „Mutter sagte es einmal: Ob es bei Behörden gewesen sei oder im Konsum um die Ecke, sie hätte wohl immer damit zu tun gehabt. Ich bekam davon nicht so viel mit. Aber besonders nach der Wende sprachen viele im Osten Deutschlands eine eindeutige Sprache. Ich fand das alles sehr bitter und dumm. Wann werden wir denn verstehen, dass wir Probleme nur gemeinsam lösen können auf dieser verdammten Welt?" Diese Frage hatte mich auch immer wieder beschäftigt und ich hatte oft versucht, sie für mich zu beantworten: „Vielleicht, wenn wir unseren Kindern anderes vermitteln, als es bei uns getan wurde. Vielleicht, wenn wir sie vorurteilsfrei erziehen. Dazu müssten aber erst wir unsere Denkweisen verändern, denn Kinder merken sicher, wenn wir ihnen etwas vormachen, wenn wir Dinge anders beschreiben, als wir sie fühlen und wenn wir versuchen, Werte zu vermitteln, an die wir nicht glauben. Wir sollten daran glauben, dass wir die Macht haben, etwas zu verändern. Oft genug haben es ja Menschen schon geschafft, in welche Richtung auch immer..." Sie nickte zustimmend: „Ja, ich denke auch, dass in Kindern die Zukunft liegt. Es wird viel getan, aber leider erreichen wir die Basis selten, uns selbst nämlich. Denn wie sollen wir auch bei den Verhältnissen in dieser Welt vor Neid und Missgunst gefeit sein, wenn wir täglich mit Ängsten leben müssen? Ängste, die uns sogar dazu antreiben, zu töten, um letztendlich zu überleben." Bei ihren Worten wusste ich, dass auch ich meinen Frieden mit dieser Welt noch lange nicht gemacht habe, dass ich an Veränderungen glaube und dass es sich lohnt, dafür zu kämpfen. Ich erzählte ihr wieder von einer Bekannten. Diesmal von einer anderen: „Eine Freundin von mir hat einmal mit Kindern eine Klanggeschichte aufgeführt. Die habe ich mir gut gemerkt und ich finde, dass Kinder auf dieser Ebene gut erreichbar sind. Es gibt oft Momente, in denen ich resigniere, was die Beeinflussbarkeit unserer Umgebung betrifft. Im Grunde glaube ich jedoch, dass wir die ganze Welt verändern können, wenn wir unsere Kinder erreichen…"

Der Musikladen

Es war bereits Nacht im Musikgeschäft in der Hauptstraße. Nur eine Straßenlaterne, die durch das Fenster hereinschien, durchbrach das Dunkel im Inneren des Raums. Dort lagen die Instrumente in ihren Regalen. Jedes für sich war stolz, einen ganz eigenen Klang entwickeln zu können. Es war schon eine lustige Runde, wenn sie nachts endlich dazu kamen, sich zu unterhalten und zu musizieren, wie es ihnen in den Kram passte. Da war die Flöte, die oft sehr elegant wirken wollte, auch wenn sie manchmal etwas schiefe Töne von sich gab, oder die Klanghölzer, denen es nicht schwer fiel, wie Pferde davon zu galoppieren. Nicht weit entfernt lag das Becken, das manchmal ganz sanft und leise spielte, dann aber auch wieder laute und eindringliche Töne von sich gab. Dem Tamburin hingegen machte es Spaß, auch schon einmal den Takt anzugeben, woraufhin die anderen einstimmten. Letztendlich war da noch die Triangel, welche mit ihren sanften Tönen oft das spontane Konzert beschloss. Etwas abseits stand eine Trommel, welche Conga hieß. Sie war noch nicht lange hier, hatte der Inhaber des Geschäfts sie doch erst kürzlich von einer langen Reise mitgebracht. Nacht für Nacht sah sie dem Treiben aus sicherer Entfernung zu. Die anderen Instrumente sahen zwar die große Trommel, jedoch hielten auch sie Abstand. Die Conga war ihnen nicht geheuer, sie war so groß und auch irgendwie anders. Eines Nachts, die Flöte, die Klanghölzer, das Tamburin, die Becken und die Triangel waren wieder am Musizieren, fasste sich die Conga ein Herz und ging zu ihnen hinüber. „Hallo," sprach sie, „ich bin die Conga. Ihr spielt so schön. Darf ich es auch probieren?" „Hm…", sagte die Flöte und sah sich um. „Ich weiß nicht…", sprachen die Klanghölzer. Nur die Triangel war freundlich und wollte die Conga kennen lernen. Das Becken zögerte. Die Flöte und die Klanghölzer waren schließlich einverstanden, aber das Tamburin sträubte sich: „Ich mach doch keine Musik mit einer, die aus dem Busch kommt! Schließlich haben meine Vorfahren schon im alten Ägypten musiziert und sogar Cleopatra mit ihren Klängen erfreut!" Die Conga war erschrocken, verletzt und traurig zugleich. Wie konnte das Tamburin nur so gemein daherreden? Entsetzt zog sie sich zurück. Die Flöte, die Klanghölzer, das Tamburin, die Triangel und das Becken begannen wieder zu musizieren, nur klang es viel unsicherer und leiser als sonst. Eine eigenartige Stimmung hatte sich breit gemacht. Hatten sie der Conga vielleicht unrecht getan? „Ich glaube, dass war nicht fair von uns!" meinte das Becken. „Wir sollten uns bei der Conga entschuldigen!" „Du hast Recht!", sagte die Triangel. Das Becken meinte: „Wir haben ihr Unrecht getan. Und eigentlich bin ich ja auch nicht von hier. Meine Vorfahren kommen aus China. Vielleicht ist die Conga ja ganz nett. Es wäre doch gut, wenn wir sie kennen lernen, sie hat sicher interessante Dinge zu erzählen und vielleicht können wir voneinander lernen." Die Flöte und die Klanghölzer stimmten zu. Nur das Tamburin sträubte sich: „Na dann macht doch! Aber ohne mich! Nie werde ich mit so einer Musik machen!" Entschlossen stapfte das Tamburin davon. Jedoch blieb es nach kurzer Entfernung stehen und beobachtete interessiert, was wohl noch passieren würde. Derweil gingen die Triangel und das Becken zur Conga. „Entschuldige bitte , wir haben nicht nachgedacht. Möchtest Du mit uns Musik machen? Wir würden uns wirklich freuen!" Die Conga war glücklich, und noch viel mehr war sie es, als sie zusammen mit dem Becken, der Triangel, den Klanghölzern und der Flöte anfing, zu musizieren. Erst ganz vorsichtig, dann immer lauter und fröhlicher. Es machte ihnen Spaß, voneinander zu lernen. Die Conga erzählte ihnen von ihrer fernen Heimat und hörte gespannt zu, wenn die anderen ihre Geschichten erzählten. Sie machten aus ihren Erlebnissen Musik, die voller Gefühl war, mal traurig und dann wieder voller Freude. Als das Tamburin sah, wie viel Spaß die anderen am Musizieren hatten, wurde es erst wütend, und später ganz traurig. Nun stand das Tamburin allein da. Und wie es die anderen so beobachtete, winkte die Triangel ihm zu: „ Komm doch rüber!" Auch die Flöte meinte: „Spiel mit uns!" Die Klanghölzer und das Becken nickten Zustimmung: „Ja, komm nur." Das Tamburin konnte sich erst nicht entschließen, kam aber doch vorsichtig näher. Sollte es wirklich...? Jetzt lächelte auch die Conga und klopfte einen leisen Takt. Sie sagte: „Ich möchte gerne mit Dir spielen!" Das Tamburin hatte ein schlechtes Gefühl. Warum nur war es oft so gemein? Vielleicht war die Conga ja wirklich ganz nett. Nun ging das Tamburin zu den anderen Instrumenten. So saßen sie bis zum Morgen zusammen, die Flöte, das Tamburin, die Triangel, das Becken, die Conga und die Klanghölzer und musizierten fröhlich und erzählten.

„Wissen Sie, ich war nicht nur in Schweden, um das Kind meiner Freundin zu sehen. Ich bin ausgerissen, fast selbst wie ein kleines Kind. Mir ist es zu Hause zu eng. geworden Mein Mann, mein Sohn, die Wohnung und das Gefühl, dass alles zuviel wäre. Ich wollte mir auf dieser Reise klar werden, wen oder was ich wirklich will. Ich habe überlegt, nach Ungarn zu reisen, um die Wurzeln meiner Familie zu finden und vielleicht auch, um einige Dinge zu verstehen. Ich will wissen, wo ich herkomme. Vater stammt aus einem kleinen Ort bei Székesfehérvár. Dorthin ist er auch wieder gegangen, zurück zu seiner Familie. Oder besser: zu seinen Eltern, Onkeln, Tanten und Geschwistern. Ich dachte ja eigentlich, wir wären seine Familie gewesen.
Mutter hatte nach ihm nie wieder einen Mann gehabt. Ich hatte mich irgendwann daran gewöhnt, ohne Vater zu leben, dachte ich zumindest. Mutter hatte noch manches Mal Kontakt zu einer seiner Schwestern. Hin und wieder habe auch ich mit meiner Tante telefoniert. Sie hat mir erzählt, wie schwer er es in seiner Kindheit wohl gehabt hätte, wie oft er geschlagen worden wäre und auch, dass er sich sehr nach seinen Kindern sehnen würde. Er hatte es aber nie gewagt, mit uns in Kontakt zu treten und Mutter hätte das sicher nicht gewollt. Und ich habe mich auch nie bei ihm gemeldet... Er soll wohl sehr einsam sein und viel trinken. Und nun will ich ihn besuchen, jetzt über Weihnachten. Er weiß nicht, dass ich es vorhabe und ich bin mir nicht sicher, ob das der richtige Weg ist. Ich weiß nicht einmal, was ich für ihn empfinde..." In diesem Moment hielt sie inne und ich glaubte, dass sie ihren Tränen nahe war, als sie weitersprach: „Vielleicht ist es ja ein schönes Weihnachtsgeschenk für meinen Vater, vielleicht will er mich ja auch gar nicht sehen und ich würde meine größte

Enttäuschung erleben. Ich habe nicht einmal ein Geschenk für ihn. Was könnte ich ihm denn schenken? Vielleicht eine Geschichte? Haben Sie denn keine Geschichte für mich? Vielleicht eine Weihnachtsgeschichte?" Zum Weihnachtsfest hatte ich schon seit Jahren meine ganz eigenen Gedanken. Nahezu unabänderlich wiederholen sich tief in einer Kultur verwurzelte Bräuche. Eine der Traditionen in der christlichen Welt ist das Weihnachtsfest: Tage der Besinnlichkeit, des Friedens, aber auch der erhöhten Selbstmordrate. Weihnachten gehört der Familie und neben den schönsten Erfahrungen, die in einer Familie gemacht werden können, stehen aber auch die schrecklichsten. Gerade zu Weihnachten werden viele Erinnerungen wieder wach, vieles ist in uns bewegt. Das weiß ich selbst zu gut. „Meinen Sie, dass Sie eine meiner Geschichten verschenken sollten? Vielleicht ist Ihre ja viel interessanter. Für Sie und für Ihren Vater...", gab ich ihr zu bedenken. „Im Moment interessiere ich mich aber sehr für Ihre Geschichten...", antwortete sie und ich war mir nicht sicher, ob es meine Geschichten oder meine Geschichte war, für die sie sich interessierte. Oft war beides nicht zu trennen und irgendwie wollte ich ja auch, dass sie sich für mich interessierte. Sie sollte ihre Weihnachtsgeschichte bekommen...

Ein Weihnachtsabend

Er hielt es einfach nicht mehr aus, nahm sich seinen Hund und lief mit ihm aus der Wohnung. Warum er auf einmal so plötzlich sein eigenes Haus verlassen musste, hätte er nicht einmal sagen können. Es erschien ihm, als sei er in einer anderen Welt gestrandet, die so vertraut, und doch eigenartig fremd war. Die Nacht empfand er als angenehm warm, so gar nicht weihnachtlich. Nur ihr sternenklarer Himmel und die geschmückten Fenster und Bäume in den Vorgärten wiesen auf das Fest hin. Was wohl in den Häusern vor sich ging? Wie feierten die Menschen hier Weihnachten? In Familie, mit Geschenken, mit Gesängen? Oder so, wie er es kannte? Er dachte nicht gerne an damals. Zu unangenehm erschien ihm das, was dann tief aus seinem Innersten an die Oberfläche hätte gelangen können. Langsam ging er die Straße hinunter. Dem Hund schien egal zu sein, dass heute der Geburtstag des Jesu gewesen sein sollte. Er kümmerte sich nicht um festliche Rituale, er schien seine eigenen zu haben. Hier und da hob er das Bein besonders hoch, um seinen Artgenossen zu zeigen, in wessen Revier in der kleinen Siedlung sie sich befanden. Er schnüffelte ein wenig an einigen Grashalmen der Rasenanlagen, welche sich vor den roten Backsteingebäuden erstreckten. Früher wohnten hier Bedienstete der Justizvollzugsanstalt, die hinter den Gebäuden lag. Auch er hatte als Kind hier gelebt. Jetzt, nach vielen Jahren des Umherirrens, hatte es ihn schließlich wieder hierher verschlagen und er war dabei, sich ein neues, ein eigenes, Leben aufzubauen. So richtig wusste er nicht, wie das ging und was dazu gehören sollte, aber immerhin war er nicht alleine, auch wenn er sich gerade so fühlte. Vor einiger Zeit hatte er eine Frau kennengelernt. Sie saß jetzt oben in seiner Wohnung mit den anderen, die an diesem heiligen Abend bei ihnen zu Besuch waren. Es war nicht gerade eine illustre Gesellschaft, die sich bei ihm eingefunden hatte. Seine Mutter saß eher still in einer Ecke, die Schwiegereltern unterhielten lautstark die Belegschaft und sein Bruder war mit der Verlobten auch irgendwie anwesend. Der Vater seiner Freundin hatte vorhin für die Nachbarskinder den Weihnachtsmann gespielt. Um sich in die entsprechende Stimmung zu versetzen, hatte er vorher noch schnell ein Bier und zwei Korn getrunken. Auch während der Vorstellung bei den Nachbarn hatte dann weitergetrunken. Die Kinder schien es nicht gestört zu haben, dass der Weihnachtsmann in der einen Hand den Sack mit den Geschenken und in der anderen eine Flasche Bier gehalten hatte. Zudem hatte er gestunken, aber vielleicht war es für die Kleinen etwas Gewohntes, denn auch bei ihren Eltern hatten die Schnapsflaschen bereits auf dem Tisch gestanden. Zurück in seiner eigenen Wohnung hatte es nicht anders ausgesehen. Einige hatten schon einen ziemlichen Pegel erreicht. Mutter hatte immer noch in der Ecke gesessen und eine Zigarette geraucht. Es schien ihm, als hätte sie sich nicht wohlgefühlt. Zugegeben hätte sie es nie. Wenn er sie fragte, wie es ihr ginge, entgegnete sie jedes Mal, dass bei ihr immer alles in Ordnung wäre, egal was passiert war und wie sehr er auch etwas anderes wahrnahm. Glücklich sah seine Mutter nie aus. Warum ging sie nicht einfach? Warum sagte sie nie, dass sie diese Gelage störten? Schließlich sah er es ihr doch an, denn er kannte sie ja schon so lange…

Er selbst trank schon seit einiger Zeit keinen Alkohol mehr. Nur hatten sich seine Probleme nicht dadurch gelöst, dass er abstinent lebte. Alles, was der Alkohol einst überdeckt hatte, als Schutzschicht gegen Unangenehmes und Verstärker für Angenehmes zugleich, kam nun immer geballter zutage. Er merkte, dass einiges mit ihm nicht stimmte, konnte aber nie wirklich feststellen, was es war. Glücklicherweise hatte er Menschen getroffen, die sich die Zeit genommen hatten, herauszufinden, welche Last er mit sich trug. Es war niemand aus seiner Familie gewesen und auch keine Freunde, von denen ohnehin sehr wenig übrig geblieben waren, sondern völlig fremde Menschen, die ihm neue Sichtweisen vermittelt und damit eine andere Welt neben der seinigen gezeigt hatten, die ihm noch dazu neue Chancen eröffnete. Das umzusetzen fiel ihm oft noch schwer, so wie am heutigen Abend, an dem sich viel Altes mit dem Neuen vermischte. Aber war das Neue nicht auch das Alte? Waren es nicht Dinge, an die er schon lange glaubte, er aber nur zu schwach war, sie umzusetzen? Lange Zeit war ihm nicht bewusst gewesen, warum er überhaupt getrunken hatte. Er machte sich kaum Gedanken mehr darüber und ließ es einfach geschehen. Wie es nun weiterginge, wusste er nicht, nur einer Sache war er sich sicher: Er wollte nie wieder trinken, sich nie wieder solch Schaden zufügen, wie er es bereits getan hatte, geistig, seelisch, körperlich…

Der Hund spielte mit einem Ast. Er tollte wie wild damit über den Rasen und hatte wohl nichts dagegen, jetzt nicht in der verräucherten Wohnung sitzen zu müssen. Nun brachte er den Stock zu ihm und fing an zu jaulen. Das Tier schien beschäftigt werden zu wollen. Er nahm ihm den Stock aus dem Maul und warf ihn. Der Hund rannte hinterher und fing ihn, noch bevor das Holz den Boden berührte. Schon war er damit zurück und legte es vor den Füßen seines Herren ab. Dem jedoch war nicht nach Spielen zumute. Er wollte im Moment ungestört sein und seinen Gedanken nachgehen. Hell erleuchtet waren die Fenster der Häuser, als er die Straße weiter entlang ging. Er sah die Lichterketten der Weihnachtsbäume darin, dazu die

Schwibbögen, die den Fenstern ein festliches Aussehen gaben. Nun fühlte er sich nur noch allein, doch er hatte Angst, nach zurück zu gehen. Seine Einsamkeit fand wohl in ihm selbst statt. Was hätte er ihnen denn erzählen sollen, warum er plötzlich aufgesprungen war und das Haus verlassen hatte? Wie hätte er denn den Fragen ausweichen sollen, warum er nichts tränke, ohne, dass dabei seine Emotionen sichtbar geworden wären? Wie hätte er denn mit der Häme und dem Spott umgehen können, die von seinem vielleicht zukünftigen Schwiegervater gekommen wären? Er wusste doch genau, was der von Menschen hielt, die nichts tranken. Konnte er so überhaupt anerkannt werden? Und was sollte er seiner Mutter sagen, zu der er noch nie ein gutes Verhältnis hatte? Wollte sie überhaupt etwas über ihn wissen? Geredet wurde in seiner Familie noch nie, Konflikte nicht geklärt, Ängste verdrängt und Emotionen nicht gelebt. Das Band der Familie war stark, aber noch stärker war die Sehnsucht. Wonach? Vielleicht nach der Geborgenheit, sich fallen lassen zu können, nach Jemanden, der ihm zuhörte und ihn in den Arm nahm. Kaum merklich lief ihm eine Träne über die Wange. Schnell ging er weiter.

Fast unbemerkt hatte sein Weg ihn bis vor das Kinderheim geführt, in dem er noch vor ein paar Tagen gearbeitet hatte. Ein Stück weit konnte er ins Fenster hinein sehen. Er sah die prächtige Spitze des dekorierten Baums und wusste genau, wie der darunter aussah. Schließlich hatte er den Baum doch selbst mit den Kindern geschmückt. Diese Kinder hatten seinem Leben eine Zeitlang wieder einen Sinn gegeben. Wie gerne er selbst eines gehabt hätte, war für ihn spürbar gewesen, als sie seine Nähe gesucht hatten. War er aber fähig, einem Kind das geben zu können, was er nie selbst erlebt hatte? Er nahm Klänge eines Akkordeons und einer Flöte wahr. Was er hörte, kam ihm bekannt vor: „Leise rieselt der Schnee..." Die Kinder sangen das Lied, wie es wohl nur Kinder singen können, mit der ganzen Kraft ihrer jungen Herzen, voller Freude, aber auch mit Wehmut. Wie viele traurige Geschichten hatte er von diesen Kindern erfahren müssen, über Eltern, die sie nicht liebten, die sie schlugen, vernachlässigten und missbrauchten? Oft fühlte er sich dabei an seine eigene Geschichte erinnert. Auch er hatte das Gefühl, nicht geliebt zu werden und der einzige Mensch, bei dem er als Kind gespürt hatte, willkommen zu sein, war viel zu früh gestorben. Seine Mutter schien immer überfordert mit ihm gewesen zu sein, sein Vater, den es für ihn nicht mehr gab, war nur noch in seinem Schmerz präsent. Er hatte keine schönen Erinnerungen an dieses Fest. Oft war es geprägt gewesen von Wut und Zorn, von Gefühlen, über die niemand mit ihm redete. Lange hatte er Weihnachten nicht mehr gefeiert. Er hatte es ertränkt wie viele, viel zu viele, seiner Tage im Alkohol. Zu oft hatte er damals den Whiskey getrunken. Wenn jemand bei ihm gewesen ist, und wenn niemand bei ihm gewesen ist und um zu vergessen. Manchmal, um seiner Sehnsucht näher zu sein. Aber auch das war lange her.

Plötzlich ertrug er den Gesang der Kinder nicht mehr. Er ging langsam fort vom Kinderheim, überquerte die Straße zu einem Sportplatz, der verlassen am angrenzenden Wald lag. Seltsames ging in ihm vor. Immer wieder hörte er die Melodie des Liedes von dem ruhenden See und die Stimmen der Kinder, die diesem Stück Leben gaben. Er merkte, wie ihm schwindelig wurde und er immer schwerer atmete, bis ihm fast die Luft wegblieb. Angst stieg in ihm hoch, weil sein Körper so heftig reagierte. Fast panikartig sah er sich um, ob ihm jemand helfen konnte. Er schaute in den Himmel, aber auch dort erschien ihm niemand. Kein Gott gab sich zu erkennen und auch kein Weihnachtsmann kam mit einem Schlitten und Rentieren vom Nordpol. Und irgendwie wollte er auch nicht, dass ihn jemand so sah, in seiner Einsamkeit, in seiner Hilflosigkeit. In diesem Augenblick schüttelte es seinen Körper so heftig, bis sich in ihm eine Schleuse öffnete und ganze Sturzbäche von Tränen sich an die Oberfläche spülten. Er konnte kaum noch atmen, so nah war er seinen Gefühlen in diesem Augenblick. Seine Beine wurden schwer und er suchte sich Halt an einem Geländer auf den Stufen des Sportplatzes. Mit einer Hand hielt er sich an ihm fest, während Wogen der Trauer und Wut ihn erschütterten. Die andere Hand kraulte dem Hund, der jetzt ganz ruhig war und sich dicht an ihn heran gestellt hatte, das Fell. In diesem Moment hörte er auf, über seine Gefühle nachzudenken. Nein, er spürte sie nur noch. So intensiv, wie lange nicht mehr…

Seine Augen brannten, aber das merkte er erst jetzt, nachdem er minutenlang hemmungslos geweint hatte. Es ging ihm irgendwie anders als vorher. Die klare Winterluft drang tief in seine Lungenflügel ein. Der Druck in seinem Kopf war verschwunden und er nahm die Geräusche, die aus dem Wald drangen, viel deutlicher wahr. Gerne hätte er diesen Moment mit jemanden geteilt. Er war dankbar für diese Tränen, die ihn so erleichtert hatten. Sicher, die Narbe in seinem Herzen spürte er immer noch, aber sein Gang war aufrechter geworden, als er sich schließlich wieder bewegte. Er fühlte, dass er in diesem Moment etwas Großes und Belastendes verloren, aber noch etwas viel Größeres gewonnen hatte, seine Gefühle nämlich. Für ein paar Momente war er fähig gewesen, sie zuzulassen. Nun hatte er das große Bedürfnis, seine Frau in den Arm zu nehmen, allein. Er streichelte dem Hund über den Kopf und ging zurück. Er war sich jetzt sicher, was ihn störte und was er nicht mehr wollte. Nun wusste er, was er zu tun hatte…

Manches Mal zitterte mir die Stimme, wenn ich diese Geschichte jemandem erzählte. Ich versuchte, sie zwar mit dem nötigen Abstand zu betrachten, jedoch konnte ich meine eigene Biographie nicht einfach wegwischen. Ich sagte meinen Zuhörern selten, ob es sich um eine selbst erlebte oder eine fiktive Geschichte handelte, die ich ihnen erzählte. Manche dieser Geschichten schrieb das Leben, andere die Phantasie. Aber hat beides nicht immer etwas miteinander zu tun? Und haben sie nicht mit uns zu tun? Sind nicht unsere Phantasien unsere Wünsche, Träume und Ängste? Phantasiegeschichten sind durchaus Leben, dessen bin ich mir sicher. „Eine Phantasiegeschichte würde mich auch sehr interessieren. Haben Sie denn eine für mich? Eine Art Gute-Nacht-Geschichte, die mich gut schlafen lässt. Es ist so lange her, dass ich eine gehört habe. Oft habe ich mir meine Einschlafgeschichten selbst erzählt. Mir hat sehr selten jemand eine vorgelesen, deshalb las ich oft, bis mir die Augen zufielen. Ich habe versucht, meine Träume zu beeinflussen, indem ich mir schöne Dinge vorstellte." In diesem Moment fühlte ich mich ihr sehr nah. Denn genau das hatte ich in meiner Kindheit auch getan, wenn ich mich einsam gefühlt habe. Ich hatte mir einfach vorgestellt, ein Held zu sein, oder wenigstens ein Sänger oder Schauspieler. So träumte ich mich in den Schlaf und so manches Mal erschienen mir meine Wünsche im Traum wieder. Das waren meine schönsten Nächte. Etwas melancholisch und fast ohne Hintergedanken sagte ich zu ihr: „Bettkantengeschichten sollten auch an einer Bettkante erzählt werden. Na, vielleicht nicht bei Erwachsenen, oder doch…?" War hier mein Mund gerade schneller, als mein Verstand? Sehr wohl hatte ich Gedanken an eine Reise mit ihr zu meinen Wünschen, die sich im Moment abseits der ohnehin nicht vorhandenen guten Kinderstube befanden. Schnell fügte ich hinzu: „Ich wurde schon einmal gebeten, eine Gute-Nacht-Geschichte zu erzählen. Vielleicht sollte ich Ihnen davon erzählen…"

Die kleine Fee

Eines Abends, als ich meiner Frau, die schon im Bett lag, einen Gute-Nacht-Kuss geben wollte, merkte ich, dass sie etwas bedrückte. Sie hatte traurige Augen und wirkte sehr ruhig. „Hast Du etwas?", fragte ich sie. „Ich bin irgendwie traurig, keine Ahnung, warum. Ich kann nicht schlafen, bitte erzähle mir ein Märchen!" „Hm", entgegnete ich, „was möchtest Du denn für ein Märchen hören?" „Eines mit einer Fee, und einem Wolf, mit einem Wald und einer Wiese, und mit einer Hexe." „Na, da muss ich mal überlegen…", entgegnete ich, legte mich neben sie und fing an zu erzählen, was mir gerade in den Kopf kam:

„Es war einmal, vor langer, langer Zeit, als es noch keine großen Städte gab und die Wälder tief und grün waren, eine kleine Fee, die in einem dieser großen Wälder wohnte. Die Fee spielte jeden Tag auf einer Wiese am Bach mit ihren Feenfreundinnen. Es war eine der schönsten Wiesen, die man sich vorstellen konnte. Blumen in allen Farben und mit großer Pracht streckten sich empor, Schmetterlinge flogen lustig umher und manchmal setzte sich einer frech auf die Nase der kleinen Fee. Dazu sangen die Vögel die schönsten Lieder. Die Freundinnen der kleinen Fee waren schon älter und konnten bereits zaubern. Sie selbst war noch sehr jung und hatte das Zaubern noch nicht gelernt. Die anderen Feen machten sich deshalb oft lustig über sie und spotteten manchmal ein wenig. Die kleine Fee ließ sich aber nichts anmerken und spielte immer wieder mit ihnen. Doch eines Tages, als die anderen Feen sich wieder die schönsten Geschichten zusammenzauberten, stand die kleine Fee traurig daneben und wünschte sich so sehr, auch zaubern zu können, wenigstens ein ganz kleines bisschen. Die anderen Feen waren so beschäftigt, dass sich keine die Zeit nahm, der kleinen Fee das Zaubern beizubringen, so dass sie irgendwann einfach die bunte Feenwiese verließ und in den tiefen Wald lief. Es wurde dunkel und die kleine Fee bekam etwas Angst. In ihrer Eile hatte sie sich den Weg nicht gemerkt. Sie lief weiter und weiter und fing auch schon ein wenig an zu weinen. Dann sah sie ein Licht und lief, so schnell sie konnte, darauf zu. Schüchtern schaute sie durch das Fenster. Drinnen sah sie eine wunderschöne Frau, die gerade etwas Holz auf den Kamin legte. Zaghaft klopfte sie an die Tür. ‚Komm' rein,' sagte die Frau, ‚ich weiß, dass Du kommst!' Langsam betrat die kleine Fee das Haus. Es war klein und wirkte in dem dunklen Wald etwas einsam. Die Frau war wirklich wunderschön, so dass die kleine Fee sie etwas beneidete. Nur etwas in ihrem Gesicht ließ die kleine Fee ein wenig erschrecken. Trotz der Wärme in dem kleinen Zimmerchen wirkten ihre Augen kalt. ‚Du möchtest also zaubern lernen!', bemerkte die Frau. ‚Woher weißt Du das?', fragte die Fee. ‚Ich habe es in meinem Kamin gesehen. Von hier kann ich den ganzen Wald überblicken und sehen, was jeder tut. Deine Spielkameradinnen waren sehr böse zu Dir! Wollen wir sie bestrafen?' Der kleinen Fee war nicht wohl bei dem Gedanken. ‚Ich kann Dir das Zaubern beibringen', sagte die Frau. ‚Ich weiß, was in Dir vorgeht. Früher wurde ich auch oft ausgelacht. Irgendwann habe ich das Zaubern gelernt.' Nun horchte die kleine Fee auf. ‚Wie zaubert man?', wollte sie wissen, aber die Frau war in ihren Gedanken und sprach weiter, als wäre die kleine Fee gar nicht dort. ‚Als erstes zauberte ich mir eine Maske, so dass niemand meine Tränen sehen konnte. Ich setzte sie jedes Mal auf, wenn mir Menschen zu nahe kamen. Irgendwann war die Maske so fest auf meinem Gesicht, dass ich sie immer seltener herunternehmen konnte. Dann fing ich an, die Menschen zu verzaubern. Erst lockte ich sie an, und zeigte ihnen alle Schönheiten, die ich bieten konnte. Doch dann verwandelte ich sie und brach ihnen ihr Herz und nahm ihnen ihren Stolz.' Die kleine Fee wurde traurig bei diesen Worten. ‚Warum möchtest Du den Menschen das Herz brechen?' ‚Weil es mir Spaß macht!', sagte die Frau. ‚Ich bin eine Hexe, weißt Du? Hexen tun so etwas, zumindest hat man mir das so gesagt. Und nun mache ich es so.' ‚Aber', sagte die Fee, ‚was ist denn mit den Menschen? Sie sind doch traurig!' ‚Nein,' sagte die Frau, und lachte böse, ‚sie sind nicht traurig. Sie sind froh, dass ich ihnen ihre Gefühle nehme. Sie werden irgendwann wie ich.' ‚Aber das ist doch nicht schön, wenn man in einer Welt leben muss, in der es keine Gefühle gibt!' sagte die Fee. ‚Tust du das, weil Du Deine Maske aufgesetzt hast?' ‚Vielleicht…', sagte die Frau, und war gar nicht mehr freundlich. ‚Weißt Du eigentlich noch, wie Du unter dieser Maske aussiehst?', fragte die Fee weiter. Die Frau wurde noch etwas böser und meinte schließlich, dass die kleine Fee ihrer Wege gehen solle. Die Fee ging hinaus, und die Frau rief ihr hinterher: ‚So wirst Du nie das Zaubern lernen! Du bist zu schwach, verstehst Du? Zu schwach!!!' Die kleine Fee dachte sich, dass sie es vielleicht gar nicht mehr wollte, wenn sie dadurch anderen die Herzen brechen würde."

Hier unterbrach ich meine Geschichte und schaute zu meiner Frau. Sie hielt die Augen geschlossen und regte sich nicht. Als ich langsam aufstehen wollte, fragte sie mich, warum ich nicht weiter erzählen würde. „Aber Du hast doch schon geschlafen...", entgegnete ich. „Nein, ich höre zu! Die kleine Fee steht vor dem Haus der Hexe und nun? Ich will wissen, was sie nun macht!" Ja, dachte ich, das will ich auch wissen. Ich lehnte mich zurück und erzählte weiter:

„Nun stand die kleine Fee wieder im Wald und wusste nicht wohin. Plötzlich hörte sie ein fürchterliches Krachen neben sich, danach ein Heulen und einen Schrei, der ihr durch alle Glieder fuhr. Sie sah furchterregende Zähne und weit aufgerissene Augen. Als sie sich vom Schrecken ein wenig erholt hatte, sah sie, dass ein Wolf vor ihr stand. Er fletschte die Zähne und sah bedrohlich aus. Die kleine Fee hatte fürchterliche Angst und wäre am liebsten versteinert. Sie nahm allen Mut zusammen und fragte: ‚Was ist mit Dir? Warum jagst Du mir so einen Schrecken ein? Warum machst Du so ein böses Gesicht und fletschst die Zähne?' Der Wolf sagte eine Weile nichts und starrte auf die Fee. Schließlich meinte er: ‚Nicht nur Du hast Dich erschreckt, auch ich hatte Angst. Und wenn ich Angst habe, schreie ich eben. Viele Jahre laufe ich schon allein durch den Wald. Deshalb weiß ich nicht, was ich tun soll, wenn mir jemand begegnet. Oft hatten alle Angst vor mir und erschraken sich. Niemand mochte mich, und irgendwann stahl mir eine Hexe das Herz.' Die Fee wurde traurig und ging einen ganz kleinen Schritt auf den Wolf zu. Der Wolf ging einen noch kleineren Schritt zurück, blieb aber schließlich stehen. Die Fee ging weiter auf den Wolf zu und legte ganz vorsichtig ihren Arm um seinen Hals. So blieben sie eine Weile stehen. ‚Was machst Du eigentlich hier im Wald?' fragte der Wolf. ‚Ich bin weggelaufen weil ich das Zaubern nicht lernte und so nicht mit den anderen Feen spielen kann.' ‚Ja', sagte der Wolf ‚ich bin auch weggelaufen, und ich lief und lief und habe selten angehalten. Und wenn ich einmal rastete, dann nur ganz kurz, aber ich habe mit niemanden geredet. Du bist die erste, mit der ich seit langer Zeit spreche.' ‚Ich fühle mich allein im Wald ohne die anderen', sagte die kleine Fee. Daraufhin entgegnete der Wolf: ‚Ich fühle mich auch sehr einsam'. Die Fee schluchzte: ‚Und ich werde nie das Zaubern lernen', und drückte sich dabei noch etwas enger an den Wolf. ‚Ich glaube, Du hast es gerade gelernt...', sagte der Wolf. Die Fee sah ihn verwundert an und sah, wie ihm eine Träne übers Gesicht lief. ‚Siehst Du', sagte er, ‚Du hast mir gerade mein Herz zurückgegeben.' Sie saßen noch die ganze Nacht so, erzählten, lachten viel, und weinten manchmal. Dann brachte er die Fee auf ihre Wiese zurück. Nun konnte sie zaubern, zusammen mit den anderen. Oft noch kam der Wolf auf die Wiese um sich lange mit der Fee zu unterhalten."

Als ich diese Geschichte beendet hatte und selber etwas müde war, lag meine Frau still neben mir, hatte ein zufriedenes Gesicht und grunzte ein wenig. Sie schlief fest und ich glaube, dass ich an diesem Abend auch ein wenig gezaubert habe...

„Danke, das war eine sehr schöne Geschichte. Ich werde jetzt schlafen gehen, ich wünsche Ihnen eine gute Nacht." Erst wollte ich es bedauern, aber vielleicht war es auch gut, dass sie ging. Möglicherweise hatten wir in dieser Nacht schon genug geredet. Es ist wohl eine Kunst, das richtige Maß zu finden, um die Belastbarkeit des anderen nicht übermäßig zu strapazieren und auch auf die eigene zu achten. Manchmal fällt es mir schwer, diese Grenze zu erkennen. Ich sah ihr nach, noch lange, nachdem sie hinter der Tür verschwunden gewesen war. Fanden meine Geschichten Anklang? Sie konnten ansprechen oder nicht, konnten Dinge berühren, die besser geruht hätten, aber auch sehr befreiend wirken in den Reaktionen, die sie auslösten. Was für den einen Zuhörer hilfreich sein konnte, war für den anderen mitunter schädlich. Manchmal befand ich mich auf Gratwanderungen mit dem, was ich tat. Ich konnte aber nur für mich die Verantwortung übernehmen, nie für meine erwachsenen Zuhörer, die in ihren Reaktionen oft wie Kinder waren, fast genauso wie der Erzähler. Niemand war mehr zu sehen auf dem riesigen Schiff. Es schien seinen Weg durch die See allein zu finden. Sie hatte Recht, es war Zeit. Ich stand auf, ging in die Kabine, für die ich fünfhundertsechzig Kronen bezahlt hatte, und versuchte, in den Schlaf zu kommen. Die Ostsee war ruhig und das sonore Geräusch des Antriebs ließ mich mehr und mehr in Ruhe versinken. Vielleicht hatte dieses Gespräch auch bei mir Dinge frei gesetzt, die ich schon lange einmal loswerden wollte. Es ist nicht immer einfach, vor Menschen zu treten und ihnen meine Geschichten zukommen zu lassen. Oft schon war ich mit meinen Zuhörern ins Gespräch gekommen und hatte diese dann selbst tief berührt verlassen. Einige Male hatte ich dann eine Weile gebraucht, um wieder Halt zu finden. Ich war dabei auf Menschen getroffen, die nichts oder erst nach langer Zeit von sich erzählt und mir vorher nahezu teilnahmslos gegenüber gesessen oder sich über vermeintliche Belanglosigkeiten unterhalten hatten. Dann wiederum hatte es Jene gegeben, die in wahren Redeflüssen von den größten Katastrophen ihrer Leben berichteten, manchmal mit einem Lächeln auf den Lippen, weit entfernt jedoch von ihren Gefühlen und vor allem von dem, was diese Ereignisse mit ihnen gemacht hatten. Ich zweifle manchmal an meiner Aufgabe, weil ich mein eigenes Glück gefährdet sehe. Aber ich liebe sie auch, weil ich endlich auch Zugang zu meinen Gefühlen finde. Nur frage ich mich manchmal, ob mich das alles stärker macht oder ob ich irgendwann daran zerbrechen werde…

Ich schaute nach Osten um den Sonnenaufgang zu erspähen, aber dichte Wolken hielten ihre Schleier über die See. Knappe vier Stunden hatte ich geschlafen. Ich bedauerte es ein wenig, dass mir der Anblick vom Erwachen des Tages über dem Meer versagt blieb. Nicht lange, nachdem ich mein Tablett auf einem der Tische im „Driver's Restaurant" abgestellt und, nicht ganz so nobel wie am gestrigen Abend, auf einem der braunen Stühle Platz genommen hatte, erspähte ich sie. „Guten Morgen!", rief sie mir schon von weitem zu. „Es sieht Klasse aus.", bemerkte ich, als sie sich mit einem Kaffee zu mir setzte. „Was?" erwiderte sie mit fragendem Blick. „Ihr Lächeln… Ich sehe es heute zum ersten Mal und finde es richtig gut. Mir geht es besser, wenn ich auf lächelnde Menschen treffe…" „Ich habe sehr gut geschlafen, wenn auch nicht lange… Ich habe viel nachgedacht heute nacht und mich dabei nicht unwohl gefühlt. Vielleicht zaubert das ein Lächeln auf meine Lippen." „Tja, so ein Lächeln ist wohl nicht selbstverständlich…", entgegnete ich. „Lassen Sie mich raten: Sie könnten mir dazu eine Geschichte erzählen?" „Wollen Sie die hören?", fragte ich sie. Sie gab mir die Antwort, ohne ein Wort zu sagen. Die Art, wie sie sich zurücklehnte und mich aufmerksam ansah, ließ mich fast unwillkürlich anfangen zu sprechen:

Das verschwundene Lächeln

Gutgelaunt ging er aus dem Haus. Auf dem Weg zur Arbeit begegneten ihm an fast jedem Morgen die gleichen Menschen. Den meisten konnte er nicht ins Gesicht schauen, denn sie hielten die Köpfe gesenkt. Konnte er dennoch den Blick von jemanden erhaschen, so wich dieser ihm schnell aus und neigte den Kopf zur Seite oder sogar nach unten. ‚Was war nur mit all diesen Menschen los?', wunderte er sich, denn diese Stimmung verfolgte ihn den ganzen Tag. Die Bäckerin, der Fahrkartenkontrolleur, der Mann an der Tankstelle, niemand schien seine Arbeit gerne zu machen. Viele wirkten frustriert und der Mann konnte sich nicht erklären, warum das so war. Es war ein so herrlicher Sonnentag und er beobachtete Kinder auf dem Weg zur Schule, sah Vögel aufgeregt umherfliegen und Hunde im Park tollen, zumindest die, welche nicht hinter ihren Besitzern hertrotten mussten.
Die Welt war in kräftige Farben getaucht und ein beruhigendes Wohlbehagen legte sich um sein Innerstes und ein Lächeln zeigte sich in seinem Gesicht. Es war zwar kaum merklich, aber es war da. Er dachte an seinen Morgen und an das Kind, das seit einigen Monaten bei ihm lebte. Es war noch ein Baby, das gerade dabei war, die Welt zu entdecken und das sich nahezu unbändig freuen konnte, wenn er an das kleine Bettchen trat. Dann schenkte es ihm ein unbefangenes Lächeln, voller Vertrauen und Lebensfreude. In den Augen des Kindes glaubte der Mann ganze Sternenbilder zu erkennen, so sehr strahlten sie ihn an. Schon der bloße Gedanke an diesen Anblick ließ es ihm gut gehen. Nun suchte er auch in seiner Alltagswelt, die sich zwischen Büros, Verkehrsmitteln, Ämtern und Läden befand, nach einem Lächeln, das ebenso schön war, wie er es von dem kleinen Kind erfahren durfte. Lange jedoch musste er schauen, ehe er überhaupt eines fand. Dann jedoch sah er tatsächlich eines, nur glaubte er, dass dieses Lächeln nicht echt war. Es wirkte aufgesetzt und angepasst und so gar nicht wirklich. Diese Art von Lächeln wollte er nicht. Es löste Unbehagen in ihm aus. Viel lieber hätte er gewusst, was die junge Frau bedrückte, welche dieses Lächeln mit sich trug. Auch das Lächeln des Autoverkäufers, der ihm ein viel zu teures Gefährt verkaufen wollte, machte ihn eher misstrauisch. Nein, auch dieses Lächeln wollte er nicht. Warum gab es aber

so viele Menschen, die nicht lächelten? Warum hatte er das Gefühl, dass viele von ihnen nicht wirklich aus sich heraus kommen konnten? Hatten diese Menschen kein Lebensgefühl? Was hatte es ihnen denn genommen und was für Kummer schleppten sie mit sich herum? Am nächsten Tag begann der Mann damit, die Leute zu befragen, wo denn ihr Lächeln geblieben war: „Ich kann mir ein Lächeln nicht leisten, ich bin arm", sagte der, welcher die Raten für sein Haus nur noch knapp zahlen konnte und die Anschaffung eines neuen Autos verschieben musste. ‚Warum nur sieht dieser nicht, was er besitzt, sondern nur das, was ihm scheinbar fehlte?', dachte der Mann. „Ich sehe nur besorgte Gesichter. Mir hat schon lange niemand ein Lächeln geschenkt. Warum also sollte ich lächeln. Dafür bin ich wohl auch mittlerweile zu schwach...", sagte der, welcher an einer Krankheit litt, während der, der sich reich nannte, behauptete: „Das ist Zeitverschwendung! Wenn ich heute jemanden ein Lächeln gebe, will er morgen vielleicht noch mehr von mir!" ‚Trotz des ganzen Geldes scheint dieser nicht wirklich etwas zu besitzen', dachte der Mann bei sich und ging nachdenklich weiter. Und dann sah er plötzlich im Fernseher dieses afrikanische Kind, das scheinbar nichts besaß, außer sein nacktes Leben. Dieses Kind aber strahlte bis zu beiden Ohren, genauso unbekümmert, wie sein eigenes. Hier hatte er endlich dieses Lächeln wieder gefunden und er sah noch eine Weile auf den Fernseher, weil das Kind jetzt ausgelassen mit seinen Freunden tanzte. ‚Mit so wenig kann jemand also wenigstens für den Moment glücklich sein...', dachte der Mann. Und jetzt fiel ihm auf, dass er den ganzen Tag, während er all die Leute befragt hat, nicht einmal selbst gelächelt hatte. Von nun an versuchte er, Jedem freundlich zu begegnen. In den meisten Situationen verschaffte ihm sein Lächeln ein angenehmes Gefühl. Er ging auf die Menschen nicht besonders tiefgründig ein oder baute ein inniges Verhältnis zu ihnen auf. Für ihn war es nur wichtig, wie er seinem Gegenüber begegnete. Er erfuhr nicht, dass die Frau den ganzen Tag an ihn gedacht hat, an den Mann, der sie so wunderschön angelächelt hatte. Es gab aber auch einige, die nicht zurück lächelten, sogar einige, denen er es anmerkte, dass sie nicht angelächelt werden wollten. Erst empfand er es als ungerecht, dass er etwas geben sollte, was er selbst von so wenigen empfing. Und dennoch lächelte er immer öfter, denn er war innerlich froh und wollte davon etwas abgeben, selbst denen, die das Lächeln verlernt hatten. Irgendwann nahm er sich ein Blatt Papier und schrieb seine Gedanken darauf:

„Ein Lächeln kostet nichts und bringt viel. Es bereichert den, der es erhält, ohne den, der es schenkt, ärmer zu machen. Es dauert nicht länger als einen Augenblick, aber die Erinnerung daran ist manchmal ewig. Niemand ist reich genug, um es nicht brauchen zu können und niemand arm genug, um es nicht verschenken zu können. Es schenkt Glück im Heim und ist ein zartes Zeichen der Freundschaft. Ein Lächeln gibt den Bekümmerten Auftrieb und den Schwachen Kraft. Wenn Du einmal jemanden triffst, der Dich nicht anlächelt, sei großzügig und lächle ihn an, denn niemand braucht ein Lächeln mehr, als der, der es den anderen nicht zu geben weiß." Darunter schrieb er etwas kleiner: „Der Verfasser ist unbekannt, freut sich aber, wenn dieses Blatt verbreitet wird." Dann nahm er den Zettel und gab ihn mir und ich gebe ihn nun Dir…

Einige der Fernfahrer waren am Frühstücksbüfett eingetroffen. Es kam soviel Bewegung auf das Schiff, dass es mir unangenehm erschien. „Lassen Sie uns doch hinausgehen, auch wenn es wohl etwas kühl ist.", bat sie mich. Auch sie schien wieder etwas von der Stimmung des gestrigen Abends einfangen zu wollen, etwas von dem, was unweigerlich zwischen uns passierte. Kalte Luft schlug uns draußen entgegen, aber die Windstille machte den Ort erträglich. Ich atmete tief ein und genoss es, wie die klare Luft in mich drang und mir das Gefühl gab, meine Lunge zu reinigen. Wir lehnten uns an die Reling. Um das Schiff herum war kaum etwas zu erkennen. Weder Land, noch ein anderes Schiff ließen sich ausmachen. Nicht einmal der Horizont war zu sehen. Ihre dicke Jacke hatte sie fast bis zur Nasenspitze zugezogen. Aus der Kapuze drang eine Strähne ihres weichen roten Haares. Zumindest vermutete ich, dass es weich war und gerne hätte ich es in diesem Moment berührt. „Ich glaube, Mutter wäre sehr enttäuscht, wenn sie wüsste, dass ich Vater besuchen will. Ich durfte in ihrer Gegenwart seinen Namen kaum erwähnen. Sie wurde sofort wütend und irgendwann habe ich dann aufgegeben, mit ihr über ihn zu reden. Ohnehin hatte ich das Gefühl, dass sie mich dafür verantwortlich machte, wie ihr Leben verlaufen ist. Ich habe mich in manchen Momenten sehr unerwünscht gefühlt. Es wurde aber nie über diese Dinge geredet, bis heute nicht. Ich habe meine Mutter oft sehr hilflos erlebt. Sie aber meinte, alles allein schaffen zu können. Wenn mich irgendwann jemand gefragt hätte, wie meine Kindheit gewesen sei, dann hätte ich immer ‚gut' gesagt. Ich hätte immer gesagt, dass ich eine besonders liebe Mutter habe. Dass sie mich aber oft wütend gemacht hat und ich es ihr nie gesagt habe, das ist mir erst letzte Nacht bewusst geworden… Ich habe oft um ihre Liebe gekämpft, vergeblich. Nein, Mutter ist nicht so eine liebe Frau, wie ich dachte. Es gab Momente, da habe ich sie gehasst. Und vielleicht hasse ich sie sogar heute noch!" Sie wischte sich mit der Hand über die Augen. Ich wusste, wie schmerzhaft es sein konnte, wenn solche Gefühle an die Oberfläche drangen, aber auch, dass es gut und befreiend, ja reinigend sein konnte, sie zuzulassen. Ich sah über die See und versuchte, sie nicht in ihrem Erleben zu stören und trotzdem für sie dazusein, wenn sie mich brauchte. Ihre Stimme war ruhig, als sie fortfuhr: „Ich habe nie geweint, nie. Anfangs als Kind ja, aber irgendwann habe ich es mir abgewöhnt. Und obwohl Mutter sehr hart zu mir war, habe ich immer versucht, ihr alles recht zu machen... Wissen Sie, es ist schon komisch. Nie habe ich über diese Dinge geredet und nun treffe ich Sie auf dem Schiff und ich vertraue Ihnen das alles an. Warum nur?" Sie hielt einen Moment inne, bevor sie hinzufügte: „Nein, Mutter ist keine liebe Frau, sie ist eine verbitterte Frau..." Langsam schob sich eine weitere Fähre mit dem riesigen Schriftzug der „Polferries" in einiger Entfernung an unserem Schiff vorbei. „Baltivia" war an ihrem Bug zu lesen. Ich wunderte mich ein wenig, denn eigentlich hätten wir ihr schon vor einigen Stunden in der Nacht begegnet sein müssen. Wahrscheinlich hatte das chaotische Wetter für die Verspätung gesorgt. Ich fragte mich, was für Menschen auf ihr unterwegs waren, welche schicksalhaften Begegnungen es dort drüben gerade geben möge und wie wohl meine Reise verlaufen wäre, wenn ich sie nur einen Tag später angetreten hätte. Wahrscheinlich hätte ich nie von dieser Frau erfahren, von ihrem Vater in Ungarn und der Mutter, die so verbittert war. „Kennen Sie eine Menschen, der nur lieb ist?" fragte ich sie. „Meinen Sie nicht, dass Menschen, die immer freundlich und lieb sind, auch viel verdrängen, so wie andere Menschen, die verbittert oder hasserfüllt sind, vielleicht auch ihre Liebe unterdrücken? Ich kann mir vorstellen, dass Ihre Mutter etwas sehr Liebevolles in sich hat, so weit sie sich davon auch entfernt haben mag. Denn ich denke, dass eine Verbindung zwischen Eltern und Kindern ein Leben lang hält, was immer auch passiert. Wie sollten wir sie auch ablegen können?" Sie sah der „Baltivia" hinterher, die langsam unseren Blicken entschwand. „Ich wollte bei meinen Kindern immer alles anders machen, nicht so, wie ich es erlebt habe. Es sollte nie Gewalt geben und ich hatte mir vorgenommen, über alles zu reden, was uns bewegt. Bei meinem Sohn habe ich es auch immer versucht. Ich habe ihn oft gefragt, was mit ihm sei, wenn er verschlossen war. Er sagte jedes Mal: ‚Nichts Mutti, es ist nichts…', so wie schon meine Mutter es tat und nun merke ich, dass auch ich selbst wie meine Mutter bin…" ‚Schon frustrierend', dachte ich. „Ich glaube, das tragen wir alle in uns. Wir sind wie unsere Eltern, so wenig wir es wahr haben wollen. Und auch wenn wir uns jahrzehntelang gegen diese Erkenntnis wehren, irgendwann kommen wir doch zu unseren Wurzeln zurück…" versuchte ich, ihr zu zeigen, dass auch ich mich damit schon oft auseinandergesetzt hatte. Sie schüttelte den Kopf: „Trotzdem möchte ich einiges anders machen. Manchmal hasse ich mich dafür, wie ich bin…" Ich sah sie an und konnte ihre innere Zerrissenheit spüren, vielleicht, weil ich sie selbst zu gut kannte: „Aber Sie können doch nichts dafür, dass diese Dinge so geschehen sind. Als Kind hatten sie doch kaum die Möglichkeit, etwas zu verändern. Da macht es sich ihre Mutter ziemlich einfach, Ihnen die Verantwortung zuzuschieben… Ich denke, wie anfällig wir später für bestimmte Dinge werden, liegt vorrangig an den Ereignissen, die uns in unserer Kindheit begleitet haben. Daran, wie in unserer Herkunftsfamilie mit Gefühlen umgegangen worden ist, wie sehr unser Erleben ernst genommen wurde und inwiefern wir überhaupt die Möglichkeit hatten, es zu äußern…" Einige Momente vergingen, bis sie sagte: „Manchmal fühle ich mich eben doch schuldig…" „Wofür denn?", wollte ich wissen, aber nun schwieg sie. Gerne hätte ich meinen Arm um sie gelegt. Nicht, um sie zu stützen, sondern, weil ich nun selbst vielleicht ein wenig Halt gebraucht hätte. Aber ich hielt mich zurück, so gerne ich diese Frau in diesem Moment umarmt hätte. So standen wir eine Weile, in unseren Gedanken versunken, in der Kälte des frühen Vormittags. Sie war es, die das Schweigen durchbrach: „Ich frage mich oft, welcher Weg der richtige ist. Ich frage mich, ob wir einfach sind, wie wir sind, unabänderlich und ob wir nach unseren tief verwurzelten Bedürfnissen leben sollten, um dann ständig an Grenzen zu stoßen oder passen wir uns an, nehmen Grenzen als gegeben hin und versuchen, unsere Denkweisen zu verändern? Wahrscheinlich liegt die Wahrheit, wie so oft, irgendwo dazwischen…" Diese Frau beeindruckte mich tief. Ihre Offenheit, ihre Gedankengänge und die Fähigkeit, die sie besaß, mich zum Nachdenken zu bewegen, hatten Wirkung auf mich. Sie strahlte zudem eine tiefe Schönheit aus. Nicht eine scheinbar makellose, gekünstelt wirkende Schönheit, sondern eine innere, die sich auf ihr Äußeres zu übertragen schien. Ich fand nichts, was diesen Eindruck hätte trüben können. Und doch schien ihr Innerstes mit dem Äußeren nicht überein zu stimmen, das spürte ich deutlich. Ich hatte das Gefühl, in ihr würde ein brodelnder Vulkan voller Gefühle wohnen, der auf seinen Ausbruch wartete. Fast tonlos fuhr sie fort: „Oft habe ich versucht, mich anzupassen, nur um Anerkennung zu erfahren, um akzeptiert zu werden. Trotzdem habe ich mich nie wohl gefühlt, weil ich einfach andere Bedürfnisse habe. Vielleicht ist sogar meine Ehe eine Lüge, ich weiß es nicht. Kann ich nicht akzeptiert werden, wie ich bin? Von meiner Mutter, von meinem Mann, von allen, die ich kenne? Warum will mich denn jeder verbiegen...?" „Müssen Sie sich denn verbiegen?", fiel ich ihr ins Wort. „Es ist aber schwer, nicht akzeptiert zu werden. Ich wäre oft gerne jemand anderes. Aber können sich unsere Bedürfnisse verändern? Kann ich überhaupt jemand anderes sein?", wollte sie ausgerechnet von mir wissen. „Ich weiß es nicht, ich glaube nicht. Warum wollen Sie das?" Für einen Moment glaubte ich, ein wenig Wut in ihr wahrnehmen zu können, denn ihre Stimme hob sich: „Ich will mich verändern, um akzeptiert zu werden, um in dieser Welt klar zu kommen und um mich glücklich zu fühlen..." Ich fand es schade, denn ich mochte sie, genau wie sie vor mir stand und wagte noch einen Vorstoß: „Warum wollen Sie sich verändern? Um anderen zu gefallen? Wie lange soll denn das gut gehen? Meinen Sie nicht, dass Sie glücklich sein können, wenn Sie sich selbst treu sind? Glauben Sie nicht, dass Sie ein liebenswerter Mensch sind?" Zumindest lag eine gewisse Überraschung in ihrem Blick, als sie fast schon stammelte: „Finden Sie? Meinen Sie, ich sei liebenswert...?" „Ja, unbedingt..." Wahrscheinlich waren wir jetzt beide froh, dass wir unsere Blicke auf die See richten konnten. Es verging eine ganze Weile, bis ich sie leise sagen hörte: „Ich habe das Gefühl, nicht mehr mit meinem Mann reden zu können, war der Meinung, dass ich einen anderen brauchen würde. Aber war ich nicht auch diejenige, die sich sehr verschlossen hatte? Ich habe doch noch nie mit einem Menschen so geredet, wie mit Ihnen heute... Ich glaube, ich habe ihn sehr verletzt..." Dessen war ich mir fast sicher. Natürlich verletzen wir, mit dem was wir sagen und mit dem, was wir tun. Manchmal vorsätzlich, oft unbeabsichtigt oder aus einer Not heraus. Können wir es denn jedem recht machen? Wir tun uns alle immer wieder gegenseitig etwas an. So ist es nun einmal. „Wenn doch nur meine Mutter mir irgendwann zugehört hätte. Wenn sie mich irgendwann verstanden hätte...", sagte sie leise und mehr zu sich als zu mir. „Das Leben und die Einstellung Ihrer Mutter ändern Sie wahrscheinlich nicht mehr. Und wenn, dann könnte auch nur sie es für sich tun. Sie können aber selbst etwas verändern an der Situation. Sie können anfangen, sie selbst zu sein. Der Rest wird sich einfach ergeben. Dann wird sich zeigen, welche Menschen auf Sie zugehen und welche sich entfernen. Selbst wenn es schmerzhaft ist, Klarheit kann auch sehr erleichternd sein, denke ich. Ich glaube, dass wir unsere Umwelt nur bedingt ändern können. Ich weiß auch, dass Trennungen sinnvoll sein können, wobei ich mich damit selbst sehr schwer tue... Ich meine, ist es nicht wichtig, was wir aus unserem eigenen Leben machen, egal, was alle anderen dazu sagen? Vielleicht ändern sich Bedürfnisse mit der Zeit, vielleicht auch mit dem, was wir erreicht haben." Noch immer ruhten unsere Blicke auf der See, während sie sagte: „Für viele Menschen ist es doch sicher wichtig, viel zu erreichen!" „Das kommt wohl auf den Menschen drauf an. Ich will noch einiges erreichen. Was wären wir auch ohne Ziele?" Ein tiefer Blick aus ihren faszinierenden, blauen Augen traf mich, als sie mich fragte: „Was wollen Sie denn erreichen?" Diese Frage hatte ich erwartet, wenn nicht sogar befürchtet. Ich befand mich an einem Punkt in meinem Leben, an dem ich meine Ziele neu definieren wollte. Wenn Träume sich verabschieden, ist es sicher nicht einfach, sofort neue zu finden. Ich wusste es nicht genau: „Ich habe sicher mehrere Ziele. Manche sind etwas wacklig. Auf jeden Fall aber möchte ich mit Menschen im Kontakt sein. Mit Menschen, wie Ihnen. Ich möchte sie erreichen, und ich möchte von ihnen erreicht werden. Ich möchte mich nie wieder einsam fühlen müssen..." „Sie meinen, so einsam, wie ich mich bis gestern noch gefühlt habe?", fiel sie mir ins Wort. Ich wusste nicht, wie ich die Bemerkung deuten sollte und ob ich das überhaupt wollte. Glücklicherweise fragte sie gleich weiter: „Und deswegen erzählen Sie Menschen Geschichten? Um nicht einsam zu sein?" Mit ihrem Gedanken konnte sie durchaus richtig liegen. Ich war oft einsam gewesen und habe mich unverstanden gefühlt. Wo konnte ich mich schon besser verstanden fühlen, als unter „meinesgleichen"? Ich habe schon einige interessante Menschen kennen gelernt. Menschen, mit bewegenden Geschichten und besonderen Fähigkeiten. Viele von ihnen hatte ich seltsamerweise in der Psychiatrie getroffen. „Ich erzähle Geschichten, weil sie uns vereinen können...", sagte ich zu ihr. „Ich erzähle Geschichten, damit wir im Gespräch bleiben. Und ich höre zu, um andere Geschichten zu erfahren. Mein Leben wäre nicht so erfüllt, wenn ich nicht an den Erfahrungen anderer Menschen teilhaben dürfte. Ich lerne aus ihnen und versuche, daran zu wachsen. Es sind sehr tiefgründige und oft in ihrer Emotionalität sehr gehemmte Menschen, die ich getroffen habe. Manche von ihnen hatten glücklicherweise eine andere Ausdrucksform ihrer Gefühle gefunden. Ich habe da sofort ein Gesicht vor mir, einen Menschen, mit so großer Emotionalität, mit so ungebändigten Gefühlen innerlich, die meistens nur durch sein Auge und seine Hände ihren Weg zu mir gefunden haben. Darf ich Ihnen von ihm erzählen?"

Der Maler

Er war ein Mann, Anfang Vierzig und ein ganz besonderer Mensch. Besonders deshalb, weil er die Gabe mitbekommen hatte, ausgezeichnet mit dem Pinsel umgehen zu können. Er malte Pflanzen, Parks, Gebäude und die Landschaft aus seiner Umgebung. Am liebsten malte er jedoch das Meer, das im Süden liegt. Er malte farbenprächtige Bilder von hellen Stränden, Pinienwäldern, schillerndem Wasser und azurblauem Himmel, manchmal mit mediterranen Bauwerken und hohen Bergen, die sich bis ins Meer erstreckten. Menschen allerdings malte er sehr selten. Er hatte die Fähigkeit, auch lange nach seinen Aufenthalten in diesen Ländern, Bilder nahezu detailgetreu wiederzugeben. Dabei ließ er so geschickt seine eigenen Stimmungen in die Bilder einfließen, dass jedes Mal so prächtige Werke entstanden, die für den Betrachter geradezu erlebbar wurden. Der Maler saß oft in seiner kleinen Dachgeschosswohnung, von der er weit über die Stadt bis hin zu den vor ihr liegenden Feldern und Wäldern sehen konnte. Wenn dunkle Wolken am Himmel aufzogen, sah er sie zuerst, bemerkte aber auch, wenn bald die Sonne wieder scheinen würde. Er hatte nicht das, was die Leute „richtige Arbeit" nannten, jedoch arbeitete er jeden Tag an seinen Bildern und kümmerte sich um seine Tochter, die gerade vier Jahre alt war. Es gab sogar Menschen, die ihm einige seiner Werke abkauften. Eines Tages jedoch veränderten sich die Bilder des Malers. Sie wurden düster, verschwommen, fast bizarr, jedoch ohne an Kraft einzubüßen. Manch Betrachter fand sie überhaupt nicht mehr schön, andere erschraken sogar. Dann bald kehrte wieder Ruhe in die Bilder ein und schnell vergaß man, dass der Maler diese, für die meisten Menschen furchterregenden, Bilder gemalt hatte. Eine Weile verging und fast jeder glaubte, dass es dem Maler gut ginge, obwohl man ihn immer seltener sah. Trotzdem hatte sich bei ihm etwas verändert. Er benahm sich scheinbar seltsam, doch nur seine Frau und seine Tochter bekamen dies zu spüren. Häufig war er, ohne einen sofort erkennbaren Grund, wütend und nahezu außer sich. Ein anderes Mal verkroch er sich, zitternd vor Angst. Seine Frau fühlte sich dadurch sehr belastet und immer seltener schafften es beide, miteinander zu reden, geschweige denn, sich zu verstehen. Bald darauf trennte sich die Frau von dem Maler. Sie zog mit dem Kind aus der Wohnung und fand schnell einen anderen Mann. Von nun an gab es kaum noch ruhige Momente im Leben des Malers. Immer häufiger fiel er in die Zustände, die er selbst am wenigsten verstand. Er aß kaum noch und seine Bilder veränderten sich wieder, bis er nur noch die malte, welche von den meisten Menschen als schrecklich empfunden wurden. Seine Wohnung erschien ihm immer unheimlicher. Obwohl er sich allein wusste, hörte er Kinderstimmen, die ihn riefen. Er fragte sich, wo diese herkamen, aber seine Suche blieb erfolglos. Ein anderes Mal sah er Fußabdrücke, die ganz deutlich von der Wohnungstür bis in die Küche führten. Wiederum fand er nichts, war sich aber sicher, dass diese Erscheinungen wirklich dort waren. Immer wieder gab es Dinge, die er sich erst nicht erklären konnte, welche er dann aber als Wirklichkeit annahm. Nun blieben die Veränderungen auch in der Nachbarschaft nicht unbemerkt. Den Geruch, der aus seiner Wohnung drang, konnten andere Bewohner des Hauses nicht ertragen und sie beschwerten sich. Man fand schimmelige Essensreste und die Toilette war verschmutzt. „Und mit der Zigarette ist er auch schon eingeschlafen!", wusste ein Mann genau Bescheid. Das Leben des Malers reduzierte sich auf den Aschenbecher und den Blick aus dem Fenster. Nur er wusste, was er dort sah. Er malte immer mehr Bilder, als habe er den Menschen sagen wollen: ‚Hier bin ich! Ich lebe und das geht in mir vor! Seht Euch meine Bilder an!' Bald begann er auch damit, Menschen zu malen. Sie waren nur als verschwommene Konturen sichtbar, jedoch dominierten diese das Bild und Hintergründe waren kaum noch zu erkennen. Immer öfter befand der Maler sich im Zwiegespräch mit der Stimme, zu der es kein Gesicht gab. Einmal, so glaubte er, sagte jemand sehr deutlich zu ihm, dass er unbedingt seine Frau aufsuchen müsse. Sie würde ihn betrügen und seiner Tochter ginge es sehr schlecht. Mitten in der Nacht fuhr er los und als niemand ihn einließ, trat er, fast wahnsinnig vor Wut und Angst, die Tür ein. Er wollte doch nur seine Tochter sehen, hatte gedacht, sie wäre in Gefahr und konnte nicht erkennen, dass das kleine Mädchen friedlich und wohlbehütet schlief. Daraufhin brachte man ihn in ein Krankenhaus. Hier sollte er zur Ruhe kommen. Einige nannten seine Zustände eine Krankheit, andere bezeichneten ihn als verrückt. Manche meinten, man dürfe ihn nie wieder unter Menschen lassen. Viele, die seine Bilder bewundert hatten, blieben jetzt fort. Die meisten hatten wohl Angst vor ihm und niemand besuchte ihn. In der Klinik war man sehr bemüht, ihn über seinen Zustand aufzuklären, ihm deutlich zu machen, dass das, was er erlebte, nicht wahr sein würde. Doch er fand wenig Vertrauen zu den Menschen dort. Wie sollte etwas, das er erlebte, nicht wirklich sein? Mit Wörtern wie „Psychose" und „Schizophrenie" konnte er nicht viel anfangen. Die Medikamente, die er bekam, ließen seine Zustände abschwächen. Er nahm sie nicht gern, hatte er doch durch sie sehr an Gewicht zugenommen. Seine sexuellen Wünsche dagegen nahmen ab. Bewegungen fielen ihm immer schwerer, trotzdem besuchte er oft eine Töpferei, um dort eine andere Seite seiner Kreativität auszuleben. Nach außen hin wirkte er bei allem, was er tat, völlig ruhig und nahezu teilnahmslos. Er aß selten und oft nur, wenn er dazu ermuntert wurde. Er fand sehr wenig Kontakt zu denjenigen, denen es ähnlich ging. Sie schlossen sich in ihren Welten ein, waren ihre eigenen Künstler und erlebten die unterschiedlichsten Dinge, über die sie selten ins Gespräch kamen. Ein weiterer Maler, ein Fotograf, ein Sänger und viele andere, deren Begabungen ansonsten kaum zum Vorschein kamen, saßen in einem Kreis mit dem Maler. Malen war die einzige Tätigkeit, die er mit Inbrunst betrieb. Er malte am Tag und in der Nacht, so dass er manchmal schon etwas gebremst werden musste, weil er sonst keinen Schlaf gefunden hätte. Die Bilder ließen vermuten, wo er sich gerade mit seiner Seele befand. Sie schlossen auf seine Emotionen, über die er nicht sprach, sie waren Erklärung und Ausdrucksmittel und vielleicht ein Werkzeug gegen die Angst. Eines seiner Bilder war fast völlig schwarz. Deutlich waren nur ein Auge, eine Träne und ein Herz zu erkennen. Nach einigen Wochen dann nahte die Zeit des Abschieds. Gemeinsam mit dem Arzt hatte er einen Plan entwickelt, wie er sein eigenständiges Leben gestalten könne. Er schien vorbereitet, wenn ihn die Visionen wieder einholen würden. Zu dem Arzt hatte er Vertrauen aufgebaut, auch wenn er immer noch Zweifel hatte, eine Krankheit zu beherbergen. Sie vereinbarten weitere Termine und er solle zudem seine Medikamente regelmäßig einnehmen. Der Maler verließ die Klinik und hatte sich einiges vorgenommen. Er wollte weiter malen, allerdings wollte er sich dabei auch ein wenig einschränken. Tagsüber wollte er in einer Kunstwerkstatt helfen, um unter Menschen sein und regelmäßig essen zu können. Er wollte ein Leben führen, das für ihn wieder lebenswert sei. Und er wollte wieder Kontakt zu seiner Tochter haben. Er fühlte die Kraft in sich, jetzt für sie da sein und ihr irgendwann erklären zu können, dass manche Dinge eben einfach passiert sind und niemand daran Schuld hätte. Die Frau allerdings war längst in eine andere Stadt gezogen und wollte das Kind und sich schützen. Alle Versuche des Malers blieben erfolglos, so sehr er sich auch mühte. Nur ein Gespräch wollte er mit der Frau führen, sie davon überzeugen, dass er mit allem jetzt besser umgehen könne. Aber die Frau hatte mit allem gebrochen, was sie einst verband. Einige Tage vergingen und es war ruhig geworden in der kleinen Dachgeschosswohnung. Der Arzt, der sich allmählich sorgte, weil der Maler zu den vereinbarten Terminen nicht erschien, hämmerte an die Tür der Wohnung. Bald stand die gesamte Nachbarschaft auf der Treppe. „Den haben wir seit Tagen nicht gesehen!", sagte die Frau, welche gleich als

Erste oben vor der Tür angelangt war und niemand wusste recht einen Rat. Kurzentschlossen und mit den schlimmsten Befürchtungen brachen sie die Tür auf, aber der Maler war nirgends zu finden. Der Aschenbecher quoll über und einzelne Kippen lagen im Zimmer verteilt. Er hatte einige Bilder gemalt, die wild umher lagen. Sie zeigten eine Landschaft. Verschwommen, wirr, aber es war eindeutig das Meer zu erkennen, wenngleich auch dichte Wolken es fast verdeckten und das Wasser sehr aufgewühlt wirkte. Er hätte früher oft Urlaub mit seiner Frau bei Bekannten am Mittelmeer gemacht, meinte eine Frau mit Blick auf die umherliegenden Bilder. Vielleicht sei er ja dort. Sie waren ratlos und fragten sich, was zu tun wäre und meldeten den Maler schließlich als vermisst. Keiner von ihnen sollte ihn je wieder sehen. Einige Wochen später fand ein Wanderer an einem Strand einer malerisch einsamen, von Felsen umgebenen, Bucht in Südfrankreich zwischen Pinien und einer Palme eine Zeichnung. Das Bild zeigte ein kleines Mädchen, etwa vier Jahre alt.

Nachdem ihr kalt geworden war und ich einem dringenden Bedürfnis folgen musste, hatten wir uns wieder ins Innere des Schiffs begeben. Wir wollten uns gleich in dem Raum mit den großen Fensterscheiben wieder treffen, in dem die Sitzreihen wie in einem Flugzeug angeordnet sind und die Zeit der Überfahrt mehr oder weniger unbequem verbracht werden kann. Die Sitze dienen als Alternative für jene, die sich den Luxus einer eigenen Kabine nicht leisten wollen oder können. Als ich noch über die Gänge lief, hing ich meinen Gedanken nach, weil in unserem letzten Gespräch die Meinungen weit auseinander gegangen waren. Sie hatte gemeint, der Maler hätte nie aus der Klinik entlassen werden dürfen. Er sei gefährlich gewesen, vielleicht sogar verrückt... Mir war die ganze Problematik der fehlenden Akzeptanz nicht fremd. Ich halte Menschen, welche die Welt anders erleben, als ich selbst, nicht für verrückt und glaube nicht, dass Menschen, für die Dinge wahr sind, die mir unwirklich erscheinen, unbedingt eingesperrt werden müssen. Letztendlich erlebe ich uns alle als hilflos und unwissend. Eigentlich wissen wir doch überhaupt nichts über uns. Wir vermuten und experimentieren, wir weisen nach und widerlegen uns selbst. Ich bin mir nicht einmal sicher, ob diese Zustände wirklich eine Krankheit sind. Wir erleben alle die Welt unterschiedlich, bewerten Situationen anders, reagieren auf Reize verschieden. Wir sind eben nicht alle gleich. Sperren wir uns deswegen ein? „Ist es gerecht, jemanden einzusperren, noch dazu, wenn keine Gefahr von ihm ausgeht?", hatte ich von ihr wissen wollen, worauf sie mir die Frage stellte, ob ich mir sicher sei, dass keine Gefahr von ihm ausgegangen wäre. Natürlich konnte ich ihr das nicht mit Bestimmtheit sagen. Stattdessen hatte ich sie gefragt, ob sie meine, dass der bloße Verdacht ausreichen könne, um jemanden einzusperren. Haben wir das Recht dazu? Hatte er denn kein Recht, sein Leben selbst gestalten zu dürfen? Natürlich wäre er dabei an Grenzen, Ablehnung und Widerstand gestoßen. Nur tun wir das nicht ständig? Genauso, wie wir lernen müssen, damit umzugehen, muss er es eben auch tun. Und jeder definiert seine Grenzen nun einmal unterschiedlich. Vielleicht geht ja von mir auch Gefahr aus. Oder von ihr. Sicher, das Wegsperren eines Betroffenen ist bequemer für alle. Dann müssen wir uns mit dem Problem nicht auseinandersetzen. Die Frage ist doch eher, welche Rolle wir selbst spielen. Was ist denn unser Problem mit Menschen, die nicht in unser Schema passen? Ist es nicht einfach wieder unsere Angst, die uns so denken und sogar so handeln lässt? Sind es unsere Befürchtungen, die sich uns allem Fremden, allem vermeintlich Gefährlichen, verschließen lassen? Ich kann mich dabei gut in das Erleben solch stigmatisierter Menschen hineinversetzen und habe selbst immer wieder mit Vorurteilen zu tun. Deutlich sehe ich mich noch in der Rolle des Opfers und erinnere mich zu genau, wie ich gemieden wurde, eben weil ich scheinbar „anders" war, „als die Menschen draußen". Letztendlich allerdings bin ich genauso wie andere, besitze aber die Frechheit, mich nicht zu verheimlichen. Natürlich bin ich dadurch angreifbar, sogar noch mehr, wenn ich von Menschen nicht akzeptiert werde, die mir etwas bedeuten. Deshalb hatten mich ihre Worte sehr getroffen. Ihre Äußerungen hatten sofort bei mir einen schlimmen Film in Gang gesetzt, mit dem ich wohl noch nicht fertig bin. Ich hatte in diesem Moment viel von meiner äußerlichen Gelassenheit verloren, was mir zeigte, dass sie scheinbar nicht echt war. Wo ich sonst fast schon professionell reagiere und mein Gegenüber akzeptiere, habe ich mich auf eine persönliche, auf eine emotionale Ebene begeben. Vielleicht bedeutete mir diese Frau so viel, dass ich den nötigen Abstand zu ihr nicht fand. Wir alle haben doch unsere psychischen Unzulänglichkeiten. Sie machen uns individuell und auch menschlich. Warum müssen wir denn überhaupt Menschen wie Dreck behandeln, auf sie verbal oder körperlich einschlagen, nur weil sie nicht so sind, wie wir sie uns vorstellen? Eine Zeitlang sah ich mich als Kämpfer gegen die unbezwingbaren Windmühlen, als Anwalt der Schwachen. Ich hoffte, dass mich auch nur ansatzweise verständlich machen konnte. Warum scheint es denn so schwer, auf andere zuzugehen? Könnte das ohne Angst geschehen? Kann ein Leben überhaupt ohne Angst funktionieren, die uns doch oft auch am Leben hält? Können wir Ängste abbauen? Irgendwann hatte ich erkannt, dass Vorurteile nicht abstellbar sind. Und ich habe festgestellt, dass ich sie zuweilen auch in mir trage. Letztendlich sind wir doch scheinbar alle sehr gefangen in unseren eigenen Welten, wie dieser Maler...

Sie saß bereits in der letzten Reihe, direkt am Fenster, als ich den hellen Raum mit den sogenannten Schlafsesseln betrat. Ein paar Reihen zuvor schlief ein einzelner Mann, noch weiter vorne saß ein Paar, dessen drei Kinder im Gang spielten. Zwei weitere Reisende starrten auf einen Bildschirm, auf dem die aktuellen Meldungen der BBC tonlos durchflimmerten. Unruhen in Pakistan, ein Weihnachtsmann in Stockholm, Neuheiten von einer Messe... Die Welt kommt nicht zur Ruhe. Wahrscheinlich wäre ihr das auch zu langweilig. Ich setzte mich neben sie und war froh, dass ich wieder bei ihr sein konnte.
„Das war wohl ziemlich dumm von mir. Ich hatte nicht nachgedacht, habe aus einem Gefühl heraus gesprochen. Ich kenne den Mann nicht und habe ihn vorverurteilt. Es ist wahrscheinlich genauso dumm, als würde man jemanden wegen der Tatsache verurteilen, dass er aus Ungarn kommt...", sagte sie und lächelte verschmitzt. Ich schwieg, lächelte aber zurück, um ihr zu zeigen, dass ich ihr nichts übel nahm und vor allem, dass ich weiter in ihrer Gegenwart sein wollte.
„Vielleicht hat mich nur Angst zu diesen Äußerungen

getrieben. Aber sind denn meine Ängste und Befürchtungen nicht genauso wichtig, wie die seinen?" Für mich machte dieses Gespräch nun die entscheidende Wendung, jetzt, als sie über ihr eigenes Erleben sprach. „Ich denke, dass es Angst ist, die Menschen zu immer neuen Grausamkeiten treibt. Angst vor dem Tod, den wir einfach nicht akzeptieren können... Wenn wir ihn als Teil des Lebens sehen könnten, verschwände dann die panische Angst davor?" Ich sprach diese Gedanken offen aus und hoffte, dass sie mir eine Antwort geben konnte. „Sind es nicht immer Menschen, deren Leben so wenig erfüllt sind, Menschen, die glauben, dass sie noch etwas verpasst hätten, die nicht ihren Frieden mit der Welt machen können, die nicht in Ruhe gehen können?" In diesem Moment fragte ich mich, was das Leben Jener so unerträglich machte, die freiwillig aus dem Leben schieden. Urplötzlich kam mir der Gedanke, bei dem sich ein Unwohlsein in mir ausbreitete. Ja, hin und wieder verspürte auch ich den Wunsch, dass die Leidenszeit ein Ende hätte und für den Moment wünschte ich mir Frieden und Erleichterung, selbst wenn dies nur mit dem Tod zu erreichen wäre. Und dann wiederum schrie ich nach Leben. „Sie haben diesen Maler also in der Psychiatrie kennen gelernt. Erzählen Sie auch dort Ihre Geschichten?", fragte sie mich mit einem weichen Blick aus blauen Augen, der mich jetzt wieder ein Stück von meinen Gedanken entfernte, wogegen ich in diesem Moment auch nichts einzuwenden hatte. Ich nickte mit dem Kopf: „Mittlerweile schon, ja... Hin und wieder erzähle ich die Geschichten auch in der Psychiatrie." „Aber ist das nicht furchtbar schwer? Warum tun Sie das? Können Sie damit glücklich sein, wenn Sie fast täglich mit dem Leid der anderen konfrontiert werden?" Wenn sie wüsste, wie oft ich mir diese Frage schon selbst gestellt hatte... „Vielleicht tue ich das, um Menschen etwas von dem mitzugeben, was ich erlebt habe und was mir letztendlich geholfen hat, mein Leben weiterzuleben. Vielleicht auch, weil ich diese Kontakte immer noch brauche, um selbst stark zu bleiben. Ich empfinde dabei ein gutes Gefühl, wenn ich Menschen letztendlich aufbrechen sehe, die ihr Leben wieder meistern wollen. Selbst wenn ich nur für den Augenblick etwas Hoffnung vermittle, kann dies ein großer und beflügelnder Moment sein. Für mich und für diejenigen, die ich irgendwie erreiche. Manche zehren Jahre davon, so wie ich auch. Diese Augenblicke sind für mich wahrscheinlich ebenso wichtig, wie für den Betroffenen. Die Grenze zwischen dem Betroffenen und dem Begleiter ist, meiner Meinung nach, ohnehin ein schmaler Grat. Wie sollte ich mich auch vor mir selbst abgrenzen? Und nicht jeder Begleiter weiß, dass er auch Betroffener ist… Mir geht es gut dabei, wenn ich das weitergebe, was ich selbst habe erfahren dürfen. Es waren Geschichten, die mich wieder nachdenken ließen, es war Musik, die lange verschlossene Tränenkanäle öffnete, es waren Lieder, die alles vereinten. Es waren Geschichtenerzähler, Musiker und Gesprächspartner, die mich wieder ich selbst werden ließen. Sie waren lange für mich da, und manche sind es auch heute noch…" Wieder schwiegen wir eine Weile bis sie wissen wollte, wo ich das alles erlebt hätte. Ich überlegte in diesem Moment nicht mehr lange, wie weit ich ihr vertrauen konnte und wie sehr ich mich öffnen sollte. Ich hatte es ja ohnehin schon getan: „Die intensivsten Erfahrungen meines Lebens machte ich in einer psychotherapeutischen Behandlung. Ich traf auf viele Menschen und Therapieformen. Gegen manche wehrte ich mich, andere hatten schon nach kurzer Zeit Erfolg. Verschüttete Gefühle setzten sich durch Musik frei, Geschichten eröffneten mir einen Zugang zum eigenen, viel zu selten beachteten, Empfinden und ich machte mir dadurch wieder Gedanken über die eigenen Werte, nach denen ich lebte. Auch das Schreiben konnte für mich sehr heilsam sein, und das ist es mitunter heute noch. Es öffnet manchmal verborgene Türen. Wenn ich mir das Geschriebene durchlese, bekomme ich manchmal einen völlig neuen Blick auf mich selbst. Ich habe einige Antworten gefunden und gleich wieder neue Fragen gestellt… Wenn ich selbst schreibe, erreiche ich Ebenen in mir, die mir sonst nahezu verschlossen bleiben. Ich kann die Vergangenheit bereisen, stoße Gefühle an und Gedankengänge, die mir letztendlich hilfreich sein können. Es kann aber auch sehr unangenehm werden. Dann, wenn nicht Verarbeitetes in mir berührt wird. Wobei ich mich oft frage, inwieweit Verarbeitung überhaupt möglich ist. Ein Rest bleibt immer, denke ich… Es gibt Tage, an denen ich kaum noch fähig bin, etwas zu tun, weil meine Gefühle meinen Körper fast lähmen. Oft geht es mir beim oder nach dem Schreiben so…" Sie schwieg und sah auf die Linien, welche die „Scandinavia" in die Ostsee zeichnete. „Sie haben das alles selbst durchgemacht?" fragte sie, das Gesicht immer noch auf das Wasser gewandt. „Ich denke, es hat mir das Leben gerettet...", gab ich zurück und fragte mich, ob ich mit diesem Satz nicht schon zuviel gesagt hatte. Sie sah mich an, doch von Entsetzen konnte ich in ihrem Gesicht nichts ausmachen. „Vielleicht ist das der Grund, warum ich mit Menschen arbeite, die Hilfe benötigen. Nicht, um mich selbst größer zu fühlen, denn dafür fühle ich mich oft viel zu klein, sondern weil ich sie lieben gelernt habe. Weil ich fast nirgendwo anders solch intensive Beziehungen aufbauen konnte..." „So eine Beziehung, wie wir sie gerade aufbauen?", fragte sie mich. ‚Möglich', dachte ich. „Und hat Ihnen das alles etwas gebracht?", wollte sie wissen. „Ich hatte in der langen Zeit viele Begegnungen, aus denen ich mehr oder weniger etwas mitnahm. Es gab so viele Themen und letztendlich doch nur eines: unsere Gefühle. Manches bedeutete mir mehr, anderes weniger, aber nie war es so, dass es mich nicht betraf. Das erste Mal hatte ich das Gefühl, mich wirklich kennen zu lernen und nicht mehr den verstecken zu müssen, der ich bin. Ich habe sehr viel über mich erfahren, auch dass ich ein großes Problem mit Abschieden habe..." Nach einer langen Zeit, immerhin nach fast drei Jahren, galt es Abschied zu nehmen. Abschied von den Menschen, die mir so viel bedeutet hatten, von denen, die mir, alleine schon durch ihr Zuhören, so geholfen hatten, Abschied von denen, die dafür gesorgt hatten, dass ich mich nicht selbst verabschiedet hatte... Wie schwer mir dieser Abschied gefallen ist, wurde mir erst in einem fremden Land klar... Meine Gedanken flogen drei Jahre zurück, und ich ließ meine Begleiterin daran teilhaben. Plötzlich spürte ich sie wieder, diese nordafrikanische Hitze, und wieder hatte ich das Gefühl, als würde ich das alles genau in diesem Augenblick erleben.

Am Rande der Sahara

Das letzte Stück Pizza ist gegessen und während mein Blick über das quirlige Treiben vor den im maurischen Baustil errichteten, schneeweißen Gebäuden rund um den Yachthafen von Port el Kantaoui schweift, bewundere ich noch einmal den Künstler, dessen Zeichnung sich langsam zu einem ansehnlichen Werk entwickelt. In den schönsten und kräftigsten Farben, welche den Anblick der malerischen Umgebung nahezu widerspiegeln, porträtiert er eine junge Frau. Für Kunst habe ich mich nie sonderlich interessiert und wahrscheinlich verstehe ich auch nicht viel davon, aber ich weiß, was mich anspricht, was meine Seele berührt. Hier ist es diese blonde Frau, vermutlich eine Touristin, die es an diesen tunesischen Prestigeort der Reichen und Schönen verschlagen hat. Dabei spricht mich nicht unbedingt das Aussehen dieser Frau an, sondern, vielmehr das, was der Künstler aus ihr macht. Obwohl sie es gut zu verstecken scheint, zaubert er ihr Innerstes auf das Blatt Papier. Neben makelloser Schönheit entsteht ein sehnsüchtiger Blick, wonach auch immer. Er bringt das aufs Papier, was auch ich ziemlich gut kenne. Ich sah diese Straßenkünstler schon in Paris, aber keiner von ihnen hatte die Intensität von diesem hier. Gerne würde ich mich selbst von ihm malen lassen, jedoch beschleicht mich bei der Vorstellung, mich auf einem öffentlichen Platz abbilden zu lassen, irgendwie ein Gefühl der Pein. Ich fühle mich zu hässlich und zu unbedeutend, um mich zeichnen zu lassen und die Zeit dieses Mannes zu verschwenden. Ihm, der sich dafür bezahlen lässt, würde es wahrscheinlich egal sein. Oder doch nicht? Das Bild, das jetzt langsam vor der Vollendung steht, sieht wahrhaft nicht lieblos dahingemalt aus. Warum bin ich es mir eigentlich schon wieder nicht wert, etwas für mich zu tun? Es ist doch nur ein Bild. Ein Bild, gemalt von einem Straßenmaler, den ich nie wieder sehen werde. Ich würde es doch nur für mich haben wollen und möchte damit nicht hausieren gehen. Es soll schon wieder alles perfekt sein: die Kleidung, der Gesichtsausdruck, der Hintergrund. Nicht eine Momentaufnahme eines Dienstagnachmittags aus meinem Leben soll dort abgebildet sein, sondern die durchgestylte Erscheinung, die ich gerne wäre. Der Hang zur Perfektion ist eine Hürde, die ich mittlerweile schon wieder ins Unermessliche hochschraube. Wenigstens erkenne ich das jetzt sofort. Trotzdem kann ich mich nicht dazu entschließen, auf dem Stuhl Platz zu nehmen. Bevor ich ins Grübeln gerate, reißt mich Anja aus meinen Gedanken. Seit zwei Tagen haben wir nordafrikanischen Boden unter den Füßen und ich habe mich immer noch nicht entschieden, an einer Fahrt in die Wüste teilzunehmen. Ich hatte mir immer vorgenommen, dass, wenn es mich schon einmal auf diesen Kontinent verschlagen würde, ich auch einen Teil seiner legendären, faszinierenden Schönheiten sehen werde. Wir geben uns hier dem Pauschaltourismus hin und haben nur eine Woche Zeit. Ich versuche, ein wenig auszuspannen und mich meinen eigenen Herausforderungen zu stellen. Es sind nur ein paar hundert Kilometer bis zur Sahara. Früher waren das für mich keine Entfernungen gewesen. Ich reiste sehr viel, damals, vor meinem Zusammenbruch vor fast drei Jahren. Meine Reisen verliefen ohne Frieden und waren rastlos. Sie waren eine Suche, bei der ich nichts gefunden hatte. Innerliche Zerrissenheit trieb mich durch die Länder, ohne dass ich jemals den Anker werfen konnte, der mich eine Weile hätte aufhalten können. Vielleicht habe ich es gar nicht gewollt. Manchmal glaube ich, dass ich nicht auf der Suche, sondern auf der Flucht gewesen bin. Ich war auf der Flucht vor dem, was meine Augen hätten sehen und, was viel schlimmer schien, vor dem, was mein Innerstes hätte fühlen können. Und nun? Jetzt habe ich Angst vor dieser Reise in die Wüste. Die Ereignisse der letzten Jahre haben mich dazu gebracht, wieder über mein Leben nachzudenken und sie haben mir meine Ängste bewusst gemacht. Während ich früher mit dem Brecheisen durch das Leben gegangen bin, halten mich nun noch nicht abgelegte Ängste fest und beschneiden mich in meiner Freiheit. Das macht mich wütend. Ich bin ein Mensch, der tief in sich ständig den Drang nach Freiheit und einer gewissen Unabhängigkeit verspürt. Kann ich überhaupt unabhängig sein? Ich glaube nicht, weder materiell, noch emotional. Unabhängigkeit würde ja bedeuten, auch sämtliche sozialen Kontakte zu zerbrechen. Niemand kann mir erzählen, dass er sich in der Einsamkeit wohl fühlt. Ich glaube eher, dass sie verbittert. Wo sind nur meine Gedanken wieder? Es ist bereits dunkel geworden. Die weißen Gebäude sehen noch märchenhafter aus im üppigen Licht der Strahler. Es wirkt hier alles so unwirklich, ein krasser Unterschied zum Rest des Landes. Genau diesen Rest will ich jedoch kennen lernen. Für eine individuelle Reise fehlt diesmal die Zeit. Zudem fühle ich mich noch nicht sicher und würde mich gerne in die Obhut eines Führers begeben, obwohl ich mir schon jetzt vorstellen kann, dass ich mich innerhalb von Regeln und eines sturen Zeitplans wieder gefangen fühle. Eigentlich kenne ich mich doch ganz gut. Warum gelingt es mir nicht, meinen Gefühlen zu vertrauen? Eine Nacht will ich wenigstens noch darüber schlafen, bevor ich eine Entscheidung fälle. An der Ausfallstraße von Port el Kantaoui stehen viele Taxis. Ihre Fahrer springen uns wild gestikulierend entgegen. Das ist mir zuwider und wir wechseln die Straßenseite, um dort ein anderes Auto anzuhalten. Prompt stoppt eine gelbe Droschke und kaum haben wir in dem verrauchten Renault Platz genommen, fährt er ungefragt los. „Sousse, Hotel Marabout, you know?" „Sure, five Dinar". "No!", schreie ich und auch Anja brüllt sofort „Anhalten!" „Okay," beschwichtigt der beleibte Fahrer, „four Dinar...", aber weder Anjas, noch mein Geschrei verringern sich. Fast weinerlich stammelt der Tunesier: „Well, three Dinar..." Warum nicht gleich so? Früher hätte ich wahrscheinlich jeden Preis gezahlt, nur um den anderen nicht zu enttäuschen. Langsam fängt es an, mir Spaß zu machen, wenn ich mich selbst entdecken kann. Gerade in einer solchen Situation, in einer Welt, in der gehandelt und gefeilscht wird, was das Zeug hält, ist eine gestärkte Persönlichkeit von Nutzen, will ich nicht völlig betrogen werden. Leider gelingt es mir noch nicht, an jedem Tag diese Stärke zu zeigen, aber dieses kleine Erfolgserlebnis ist ein weiterer Baustein zum gefestigten Ich.

Das Abendbrot war üppig und viel zu viel für meinen kaputten Magen. Es ist belastend, ständig darauf achten zu müssen, wie ich mich ernähre, zumal ich gerne esse und der innere Schweinehund einfach nicht anzuleinen ist. Damit werde ich wohl irgendwie klarkommen müssen, aber wahrscheinlich noch nicht heute. Ich zahle eben einen hohen Preis dafür, dass ich einen ruinösen Raubbau an meinem Körper betrieben habe. Alkohol kann viel zerstören: die sozialen Kontakte, die Gesundheit, das Leben. Die anbrechende Nacht fühlt sich angenehm warm an und nun spüre ich einen gewissen Charme, den ich diesem Hotel nicht zugetraut hätte. Der Swimmingpool ist beleuchtet, die Palmen blähen majestätisch ihre Blätter auf und an der Bar nebenan bedient uns Murat. Ich liebe diesen tunesischen Tee, den er uns auf den Tisch stellt. Grüner Tee wird mit viel Zucker sehr heiß gekocht und danach mit Minzeblättern in viel zu kleinen Gläsern serviert. Ich bekomme nicht genug davon. Beim Teetrinken fallen mir abermals einige körperlich und geistig Behinderte auf, die in diesem Hotel ihren Urlaub verbringen. Irgendwie tut es mir leid, dass ich jeden Abend zusehen kann, wie sie sich besaufen. Ich achte auf Kleinigkeiten, bin mir einiger Dinge jetzt mehr im Klaren und habe eine andere Einstellung, als noch vor wenigen Monaten. Das kam nicht von heute auf morgen. Mir wird wieder bewusst, wie viel ich in der letzten Zeit geschafft habe, auch wenn es für mich schwer ist, diese Erfolge zu sehen. Immerhin fasste ich den Mut, noch einmal von vorne zu beginnen. Ich schmiss den Job, den ich hatte, einfach hin und sortierte die unwichtigen und belastenden Dinge aus meinem Leben. Es hatte lange gedauert, ehe ich soweit war. Ich musste ein zweites Mal gehen lernen. Gehen, reden, und vor allem denken und fühlen. Ein ehrlicher Weg sollte es sein, ehrlich mir selbst gegenüber. Seit fast drei Jahren bin ich nun in der Therapie. Zu ihrem Beginn war ich nicht einmal mehr fähig, mit dem Auto zu fahren, verließ zeitweise das Bett nicht, fühlte mich nirgendwo sicher und bewegte mich nur noch wie in Trance. Es ist ein riesiger Schritt für mich, überhaupt hier zu sein, nach meinem Zusammenbruch, der einen tiefen Einschnitt in mein bisheriges Leben bedeutete und Veränderungen bringen sollte. Seitdem ist dies erst meine zweite, längere Reise. Ich sehe Anja an und bin froh, dass sie da ist. Sie hielt in dieser wohl schwersten Zeit meines Lebens zu mir. Auch für sie war es nicht leicht gewesen und es hatte nach einem Schritt nach vorn oft zwei zurück gegeben. Trotzdem hat sich das Warten gelohnt, haben die vielen gegenseitig erlittenen Schmerzen und Verletzungen sich irgendwann ausgezahlt. Vor einem Jahr erst waren wir auf Mallorca, waren auf den Spuren von Frederic Chopin und George Sand gewandelt, und das erste Mal in meinem Leben hatte ich einen Urlaub genießen können. Ich hatte mich wieder hinaus gewagt, hatte am Anfang meiner neuen Zeit gestanden und fast nur noch Ruhe in mir gespürt. Jegliche Eile und Hast waren von mir gefallen. Die milde Sonne hatte es im Wintermonat Dezember gut mit uns gemeint und die Schönheit dieser Insel, abseits des Touristenstroms, war einmalig gewesen. Unser Gastgeber Ernesto hatte uns rund um die Uhr verwöhnt und unsere Gedanken waren nur bei uns gewesen. Nicht einmal hatten wir an die Daheimgebliebenen gedacht, die Verwandten, die Freunde, die Band und schon gar nicht an die Arbeit. Wir hatten nicht einmal unseren über alles geliebten Hund vermisst. Selbst die Therapie war für mich weit weg gewesen. Ich hatte einfach die Gegenwart gelebt, ganz im Gegensatz zu sonst. Ich hatte das Leben zulassen können, vielleicht zum ersten Mal, seit langer Zeit. Viel zu schnell waren diese Tage vergangen und zum Abschied ist mir unwohl gewesen. Ich hatte diese Insel nie wieder verlassen wollen und meine Tränen gespürt, so sehr liebe ich Mallorca und dieses neue Lebensgefühl. Schönheiten und Genuss hatte ich lange nicht zulassen können, aber auf dieser Insel in der fremden Umgebung war es mir nicht so schwer wie sonst gefallen. Es hätte auch jeder andere Ort auf der Welt sein können, ich hätte mich überall wohl gefühlt. Ich war mit mir selbst im Reinen gewesen. Wo ist nur dieses positive Gefühl der Mallorca-Reise? Was belastet mich heute? Ist es meine Unentschlossenheit wegen der Wüstentour oder etwas anderes? Wir werden von jähen Trommelschlägen aus unserem Gespräch gerissen. Heute unterhält eine orientalische Musikgruppe mit Bauchtänzerinnen die Hotelgäste. Die Musikanten bestehen nur aus drei Männern, wovon einer die T´bol, eine große doppelseitige Trommel, schlägt und ein anderer die Zukra, eine in Nordafrika verbreitete Art des Dudelsacks, spielt. Für mich das eindrucksvollste Instrument ist jedoch die Darbouka. Sie übertönt alles und wird von ihrem Spieler mit einer Intensität geschlagen, dass sich der Rhythmus sofort tief in meinen Körper überträgt. Es ist erstaunlich, welchen Sound diese Band ohne jegliche Hilfsmittel, wie Verstärker, erzeugt. Ihr merke ich an, dass Musik und Rhythmik „aus den Bäuchen" kommen. Trotzdem sie als Touristenattraktion herhalten müssen, haben sie sichtlichen Spaß daran, sich selbst zu unterhalten. Aus ihnen spricht die pure Lebensfreude. Zwei der Bauchtänzerinnen scheint das Publikum egal zu sein, denn sie gehen vollkommen aus sich heraus. Im Stillen male ich mir aus, wie es wohl während einer richtigen Party abgehen würde, auf der die Araber unter sich sind. Ich sehe es als Kunst an, vor einem gelangweilten Publikum die Fassung zu bewahren. Wahrscheinlich hätte ich an einem bestimmten Punkt das Konzert abgebrochen, dann nämlich, wenn sich niemand dafür erwärmen kann. Oft habe ich die Menschen beneidet, die ihre Strukturen verlassen und ausgelassen tanzen können, ohne den Blick in die Umgebung zu richten. Mir selbst ist das selten gelungen. Meistens war ich dann betrunken und sicher einen lächerlicher Anblick gewesen, wenn ich mich über die Bretter schleppte. Mir fehlte jedes Selbstvertrauen, um aus mir herauszugehen und zu mir zu stehen. Ab und zu tanze ich mit Anja durchs Wohnzimmer, aber das reicht völlig aus. Ich erinnere mich an einen Auftritt mit meiner Band. An jenem Abend hatte einfach alles gestimmt: das Publikum, der Sound und die innere Einstellung. Ich hatte Mut zu meinen Emotionen gehabt und es geschafft, auf der Bühne meine Lieder zu leben. Selbst meine eigenen Bandkollegen waren überrascht gewesen, weil sie mich so noch nicht erlebt hatten. In dieser Nacht war ich meiner eigenen Musik sehr nahe und ich hatte ein gutes Gefühl, selbst bei den traurigen Liedern. Plötzlich bekomme ich Lust, wieder auf der Bühne zu stehen. Der letzte Auftritt liegt schon fast ein Jahr zurück und viele Dinge haben mich in der vergangenen Zeit aufgehalten, etwas für die kreative Seite in mir zu tun. Eine der Bauchtänzerinnen tänzelt auf mich zu und will mich animieren, mit ihr auf die Bühne zu gehen. Wenigstens kann ich jetzt schon lächeln, wenn ich „Nein" sage. Bei aller Liebe, ich mache mich nicht zum Schauobjekt beim abendlichen Umtrunk der Pauschalurlauber. Ich schaue mir die Darbietung weiter an und bewundere die Araber, die ganz ohne Alkohol aus sich heraus gehen können. Vielleicht bin ich deswegen zum Alkoholiker geworden. Mit Alkohol im Blut hatte ich wenigstens einen Teil meiner Gefühle und Triebe ausleben können. Weil ich das so sehr brauchte, hatte ich immer exzessiver getrunken. Ich hatte immer mehr gewollt und es nicht mehr stoppen können, als wäre ich süchtig nach Leben gewesen. Worauf ich hingearbeitet hatte, war allerdings der Tod. Ich überschritt eine Grenze, die Konturen verschwammen und ich befand mich in einem Kreis aus nicht ausgelebten Emotionen, der Sehnsucht nach ihnen und der Sucht nach dem Stoff, der befreite und betäubte, und der Erkenntnis, dass dies nicht mein Weg sein konnte. Nicht einmal die Entzugserscheinungen und die Todesängste, die ich dabei ausstand, hielten mich davon ab, weiterzutrinken. Ich brauchte lange und erst die Erkenntnis eines kaputten Magens und der Chance auf eine Diabetes, bis ich es schaffte, der Sucht vorerst zu entfliehen. Von jenem Tag an vor sieben Jahren trank ich keinen Schluck Alkohol mehr, so schlecht es mir auch manchmal ging. Mein Körper erholte sich einigermaßen, trotzdem schlief noch immer etwas in mir, was erst später zum Ausbruch kommen sollte... „Bonsoir Madame et Monsieur, was wünschen Sie?" Der Kellner hat endlich den Weg zu unserem Tisch gefunden. „Masa-l-chair, nothing, schukran." Ich mag es nicht, in einem fremden Land sofort mit der deutschen Sprache konfrontiert zu werden. Schließlich möchte ich meine Kenntnisse erweitern und wenn es schon nicht in der Heimatsprache des Landes sein kann, dann wenigstens im Englischen. Riesige Hotelanlagen sind wahrscheinlich der falsche Ort dafür. In diesem Moment spüre ich meinen Wunsch, in die Wüste zu fahren, wieder stärker. Die Folkloregruppe beendet den letzten Tanz, indem ihr einziger männlicher Tänzer in einer akrobatischen Meisterleistung Vasen, Flaschen und Krüge übereinander gestapelt auf dem Kopf durch die Menge bugsiert. Mit dieser Vorführung schickt uns Tänzer Habib in die Betten.

Langsam komme ich aus dem Wasser. Ich fühle mich nicht besonders wohl, aber es tut gut, im Meer zu schwimmen. Es macht mich lebendig, wenn das salzige, glasklare Wasser mich trägt und ich mich mit langen Stößen über den Fischen hinweg bewegen kann. Das Meer ist heute sogar etwas unruhig und ich komme mir vor wie ein Kind, das ausgelassen in den Wellen spielt. Es ist einfach schön, die Natur und mich zu spüren und trotzdem merke ich etwas Beklemmendes in mir. Ist es der überlaufene Strand, der dieses Gefühl in mir auslöst? Normalerweise fühle ich mich in der Abgeschiedenheit wohler, aber ich muss zugeben, dass der volle Strand mit seinen Bars und Teppichhändlern durchaus seinen Reiz auf mich hat. Das wundert mich ein wenig, denn eigentlich ertrage ich Menschen nur in kleinen Dosierungen. In manchen Augenblicken fühle ich mich noch immer scheu. Ich kann sehr offen sein und auf Menschen zu gehen, nur manchmal eben holt mich immer noch die Vergangenheit ein und dann bin ich in meinen Reaktionen wieder wie ein Kind. Das Bewusstsein, dass es so ist, hilft mir in solchen Situation weiter. Der Wind tut mir gut. Endlich kann ich atmen und das gibt mir ein Gefühl von Leben. Ich habe Angst vor der Hitze, glaube manchmal dass sie mir die Luft nimmt. Die Tunesier kleiden sich schon herbstlich. Ein Paar mit dicken Lederjacken kommt den Strand entlang gelaufen, während ich bei den Temperaturen fast das Gefühl habe, kurz vorm Kollabieren zu stehen. Oft gehe ich ins Wasser, um mich abzukühlen. In der Wüste wird kein Wasser sein... Heute muss ich mich entscheiden. Auf der einen Seite steht das unsichere Gefühl, den Strapazen nicht gewachsen zu sein, andererseits aber die Gewissheit, es tief zu bereuen, wenn ich mich dazu entschließe, nicht zu fahren. Ich würde wieder vor der Situation weglaufen und das ist genau das, was ich nicht will. In zwei Stunden kommt Barbara, die Reisemanagerin, ins Hotel und es wird die letzte Gelegenheit sein, diesen Ausflug zu buchen. Anja bekommt nicht mit, dass ich mich neben sie auf das Handtuch lege. Sie ist ein Sonnenkind, könnte den ganzen Tag hier liegen und hat keine Probleme damit, die angenehmen Seiten des Lebens zu genießen. Ich reise gerne mit ihr und bin froh, dass sie hier ist und dass ich endlich über die Dinge reden kann, die mich wirklich bewegen. Mein ganzes Leben lang habe ich versucht, diese Dinge mit mir selbst zu klären und war damit schon als Kind überfordert gewesen. Wo kommt nur diese Angst her? Ich nehme das Buch in die Hand, in dem ich schon seit einigen Tagen lese. Es ist von einer Psychotherapeutin geschrieben. Vor kurzem erst habe ich angefangen, mich über meine Krankheit, die ich nicht unbedingt als solche sehe, zu belesen. Ich will einfach mehr wissen und glaube, dass ich jetzt dazu bereit bin. Schon damals, während meiner Zeit auf der Station, hatte ich es als spannend empfunden, etwas darüber zu erfahren, welche Macht die Gedanken über einen Menschen ausüben können. Allerdings hatte ich die Informationen, die mir die Therapeuten über mich selbst gaben, nur in ganz geringen Mengen zulassen können. Ich hatte die gesamte Wahrheit nicht in dem Maße ertragen, obwohl ich gierig darauf gewesen bin, sie zu erfahren. Deshalb hatte sich der Schleier vor dem Spiegel, den sie mir vorhielten, nur allmählich gelüftet. Mein Gehirn scheint einen Schutzmechanismus zu besitzen, der sich jedes Mal einzuschalten scheint, wenn ich mit den Informationen überfordert sein könnte. Also war es mir nur in winzigen Schritten möglich, nach und nach die bittere Wahrheit über mich selbst zu erfahren. Ich versuche, durch die Sichtweise von außen, noch eine andere Perspektive zu mir selbst zu bekommen. Noch immer bin ich mehr der „Kopfmensch", der sich bestimmte Umstände rational erklären können muss. Die emotionale Seite vernachlässige ich meistens, dabei ist gerade sie so verdammt wichtig...

Es ist fast Mittag und ich muss mich jetzt entscheiden, ob ich in die Wüste mitfahren will. Was ist nur, wenn ich unterwegs einen Herzanfall erleide? Hier am Strand spüre ich wieder meine Angst. Warum spann sich denn mein Gehirn solche Dinge zurecht? Das ist doch Quatsch. Ich habe in den ganzen Jahren, in denen ich Angst davor hatte, nie einen Infarkt erlitten und die Angst ist wohl lediglich eine Schutzreaktion auf die Gedanken an den möglichen Tod. Leider steigerte ich mich in der Vergangenheit so sehr in diese Gedanken hinein, dass mein ganzer Körper heftig darauf reagierte. Er beschleunigte den Puls, kalter Schweiß trat mir auf die Stirn und die Atmung wurde schneller. Auf meine Körperreaktion reagierte natürlich wieder mein Kopf, der mir sagte, dass es nun soweit wäre und ich dem Tod nahe war. Ich erlebte den Teufelskreis der Angst hautnah und merke, wie er gerade jetzt wieder anfängt, neue Runden zu drehen. Ich rede mit Anja über meine Gedanken, sage ihr, dass ich sicher sterben werde, aber ich nicht vorhabe, dies heute noch zu tun. Selbst wenn mir in der Wüste etwas Unvorhergesehenes passieren würde, dann wäre es eben so und ich könne nichts dagegen machen. Dann würde ich immer noch genügend Zeit für meine Angst haben. Wie groß ist die Wahrscheinlichkeit und ist es das wert, dass ich mich schon vorher darüber verrückt mache? Soll ich jetzt mein ganzes Leben im Bett verbringen? Dort würde ich mich doch auch nicht wohl fühlen. Auch dort kann ich sterben, und sollte es dort passieren, würde ich den verpassten Chancen hinterher trauern, im Leben etwas erlebt zu haben. Natürlich habe ich bereits viele Dinge in meinem Leben erfahren, bei weitem… Meistens jedoch hatte ich Dinge getan, die meine Sehnsüchte nicht befriedigten. Ich habe alles und eigentlich nichts gesehen. Mir geht es jetzt, nachdem ich Anja diese Gedanken mitgeteilt habe, schon wieder besser. Ich fühle die Kraft, die ich brauche, um auch diesen Schritt zu gehen. Der Sand fühlt sich gut an, der durch meine Zehen rieselt, als ich ins Hotel gehe, um bei Barbara den Ausflug zu buchen. Sie ist eine wirklich nette junge Frau, die mir ohne gespielte Freundlichkeiten gegenübersitzt. Ich glaube, um dies zu erkennen, habe ich ein gutes Gespür entwickelt. Hinter mir steht schon wieder der Süddeutsche, der gerade meint, mal unbedingt mit Barbara reden zu müssen. Wir sind erst seit drei Tagen hier, aber jedes Mal, wenn ich diesen Kerl gesehen habe, beschwerte er sich über irgendetwas. Auch jetzt hat er seine finsterste Miene aufgesetzt und ich mache mir Gedanken, ob er sich jemals einen entspannten, erholsamen und glücklichen Urlaub gegönnt hat. Ich will diese cholerischen, ewig nörgelnden Typen nicht um mich herum haben, nicht jetzt. Mit einem Lächeln muss ich registrieren, dass ich vor einiger Zeit auch noch einer von diesem Kaliber gewesen bin. Ich habe zwar meinem Ärger nie so schnell Luft gemacht, wie dieser Zeitgenosse hier, aber er war oft vorhanden gewesen. Heute habe ich einige Sichtweisen geändert, nehme Situationen oft, wie sie kommen und lebe dadurch ruhiger. Mir ist bewusst, dass sich ein fremdes Land oder überhaupt Menschen nicht zwangsläufig auf meine Lebensgewohnheiten und Bedürfnisse einstellen und ich ein Stück Eigenverantwortung trage. Mit dieser Erkenntnis lebe ich schon wesentlich entspannter und ich ärgere mich nur noch über persönliche Angriffe. Zudem kann ich mit einer Portion Humor vieles leichter verkraften, denn oft sind es doch Kleinigkeiten, an denen wir uns hochziehen, ohne, dass wir auf das blicken, was eigentlich hinter unserer Frustration steckt. Ich frage mich, warum wir uns das Leben gegenseitig oft so schwer machen müssen. Ein paar Worte, ein Lächeln, und manches läuft fast von allein. Nichts wie weg hier! Am Besten sofort in die Wüste, in der Hoffnung, dass wir dort nicht von diesen Urlaubsterroristen gestört werden. Barbara schickt mir ein gequältes Lächeln. Tut mir leid, meine Liebe, aber das hier ist Dein Problem... Als ich wieder an den Strand komme, hat sich ein riesiger Stein in mir gelöst. Es ist ein gutes Gefühl, das mir sagt, dass ich mich für das Richtige entschieden habe. Die Zweifel sind weg und das ist scheinbar das Erlösende. Natürlich kann immer noch etwas schief gehen, aber das nehme ich mit meiner Entscheidung in Kauf. Wichtig ist, dass ich sie vertreten kann. Ich kann zuhause im Bett, oder hier am Strand sterben, oder ich kann aufstehen und anfangen zu leben.

Ich sitze an der Stadtmauer der alten Festung aus der Dynastie der Aghlabiden. Die haben im 9. Jahrhundert in dieser Gegend geherrscht und den Grundstein für die tunesische Eigenstaatlichkeit gelegt. Der beeindruckende Blick auf die Moschee und die Kasbah lässt mich wieder bewusst werden, dass diese Welt so anders als die meine ist. Kurz weht ein

Hauch von Geschichte um mich herum, ich sehe die Berberkämpfe, die römischen Legionen und britische und deutsche Soldaten. Ich war immer historisch interessiert, vor allem an den Lehren, die ich aus den Ereignissen ziehen konnte. Ist es nicht oft Unwissenheit und fehlendes Auseinandersetzen mit schon einmal Dagewesenem, das uns in neue Kriege treibt? Meine Sinne werden hier ständig mit neuen Reizen gefüttert. Mittlerweile empfinde ich die Gerüche, die mir in der Nacht unserer Ankunft noch wie Gestank vorgekommen waren, als angenehm. Zumindest auf dem Markt ergibt sich eine seltsame Mischung aus dem Smog der über Zweihunderttausend-Einwohner-Stadt und den orientalischen Düften der angebotenen Gewürze. In manchen Momenten fühle ich mich durch die Hitze, gemischt mit Abgasen in der meist still stehenden Luft, belastet. Nur heute bringt der Wind etwas Bewegung ins Meer und löst ein angenehmes Empfinden in mir aus. Eine gefüllte Teigrolle, deren Inhalt ich zwar nicht genau definieren, aber von der ich nicht genug kriegen kann, ist innerhalb kürzester Zeit auf dem Weg zu meinen Verdauungsorganen. Ich mag die arabische Art, Speisen zu würzen. Wenn ich auch nicht viel vom Kochen verstehe, weiß ich doch wenigstens, was mir schmeckt. Die Katze neben mir wartet, dass ich ihr einen Bissen abgebe. Mir fällt auf, dass die Katzen hier sehr dünn und klein sind und es scheinbar sehr schwer haben, für ihr Überleben zu sorgen. Daran sehe ich wieder, wie hart die Realität ist, nicht nur für Katzen. Ich habe mich oft gefragt, warum Menschen nicht miteinander harmonieren können. Warum denken wir immer, dass uns jemand etwas nehmen könnte? Vielleicht geht es ja auch nur denen so, die ohnehin nicht genug bekommen können. Ist es diese große Angst, im Leben zu kurz zu kommen, die uns habgierig werden lässt? Bietet dieser Planet nicht genug für uns alle? Ich jedenfalls möchte keine Angst mehr haben... Als wir vorhin durch die engen Gassen der Medina von Sousse streiften, spürten wir das erste Mal ein Stück des Flairs ursprünglichen, arabischen Lebens. Auf Perfektion wird hier kein Wert gelegt. Ein schiefes Dach ist genauso unwichtig wie der zerbrochene Krug vor dem Laden. In den Souks, den Märkten, wurden wir schon manches Mal etwas eindringlicher auf irgendwelche Waren hingewiesen, die wir nicht benötigten. Wobei andere sich vielleicht geschmeichelt fühlen, so umgarnt zu werden, empfinde ich diese Art mehr als Belästigung. Ich bin eher kühl, bevorzuge zwar eine Beratung, aber lehne jegliche Penetranz ab. Meine persönliche Grenze der Belastbarkeit liegt dabei, je nach Tagesform, ziemlich niedrig. Bei manchen Menschen empfinde ich die bloße Anwesenheit als Belästigung. Das Wissen darum bereichert mich jedoch, denn ich kann mich auf die Situation einstellen und sie ertragen oder sie sogar verlassen, je nach Möglichkeit. Manchmal sogar entsteht aus einer anfänglich unangenehmen Situation später eine angenehme. Ich wurde gewarnt vor einer Reise in dieses Land: „Fahr nur nicht dorthin, das ist doch keine Mentalität!", wurde mir gesagt. Keine Mentalität? Wie sollte das denn aussehen? Natürlich treffe ich hier auf Mentalitäten, genauso vielfältig, wie in jedem anderen Land. Natürlich wollen die Menschen auf Märkten ihre Waren verkaufen und vieles dreht sich um das Geld, doch leben wir anders? Auch in Deutschland werde ich zur Kasse gebeten, meistens höflich und oft lange nicht so freundlich. Sicher gibt es typische Merkmale, mit denen die Bewohner eines Landes charakterisiert werden können, doch laufen wir nicht Gefahr, sie zu pauschalisieren? Ich kann mich auf die Gepflogenheiten der Menschen eines Landes einstellen und versuche, jede Mentalität zu respektieren und zu akzeptieren, solange nicht gegen Menschenrechte verstoßen wird und auch meine eigenen Grenzen akzeptiert werden. Das setzt natürlich voraus, dass auch mein Gegenüber Toleranz in sich trägt. Es war sicher auch ein eher ungebildeter Mensch, der mir voller Sarkasmus entgegenbrachte, dass ich armer Deutscher wohl nicht genug Geld besäße, um ihm seinen Plunder abzukaufen. So wie er möglicherweise nicht weiß, dass in Deutschland bei weitem nicht alle Menschen im Reichtum schwelgen, wollte ich mich keinesfalls dem hingeben, zu sagen, alle Araber wären widerlich penetrant und nur auf mein Geld aus, auch wenn mich seine Bemerkung ärgerte. Vielleicht war er ja tatsächlich nur auf mein Geld aus, oder er war nur frustriert aufgrund irgendwelcher Erfahrungen. Ich wollte es in diesem Moment nicht weiter ergründen. Neugierig war ich dennoch. Warum kann ich solche Begegnungen nicht sofort wieder vergessen? Warum interessieren mich die Beweggründe des anderen? Freunde nannten mich damals schon einen Psychologen. Warum habe ich es nur nie zu einem gebracht? Ich setze mich

oft damit auseinander, wie Menschen „funktionieren", mag dabei keine Vorurteile, obwohl ich selbst welche in mir trage und sich in diesem Land bereits einige davon bewahrheitet haben. Vielleicht muss das aber auch genau so passieren, solange ich mich im typischen Touristen-Klischee bewege, einer der Haupteinnahmequellen des Landes. Trotzdem versuche ich immer wieder, meine eigenen Vorurteile kritisch zu hinterfragen. Es gab Zeiten, in denen ich ähnliche Sichtweisen hatte, wie diejenigen, die mir dringend von dieser Reise abrieten. Ich scherte alles und jeden über den sogenannten Kamm, gab Weisheiten weiter, die ich nicht selbst erlebt hatte und dachte selten tiefer darüber nach. Ich versuche, die Gewohnheiten zu respektieren, aber auch, mir selbst Respekt zu verschaffen. Die Umgangsformen, die in diesem Land, zumindest beim Handeln, herrschen, sind mir persönlich zu aufdringlich. In Anjas Augen habe ich eine ganz eigene Art und Weise entwickelt, mir Abstand zu Menschen zu verschaffen, die mir zu nahe kommen: Meine Ablehnung würde vorerst freundlich erfolgen und würde der andere dann noch einen weiteren Versuch des Vorstoßes wagen, verfinstere sich mein Gesicht so sehr, dass demjenigen wohl jedes Wort im Halse stecken bliebe... Gut so! Ich bin froh, dass ich jetzt jemanden habe, der meine Handlungen, ja mein ganzes Wesen, reflektiert, auch wenn es manchmal sehr unangenehm sein kann. Anja ist der Spiegel meiner Seele und ich hoffe, dass er nicht so schnell zerbricht...
Gerade kommt sie vom Bäcker und wir gehen gemeinsam über die von kleinen Läden und Cafés belebte Avenue Bourguiba hinunter zur Strandpromenade. Eigenartig, ich fühle mich seltsam wohl und kann es genießen. Die Hitze stört mich nicht. Ich empfinde sie sogar als angenehm. Selbst das Chaos auf dem Platz Farhat Hached, dem Zentrum der Neustadt, wirkt nicht bedrohlich. Solange ich mir meine innere Ruhe bewahre, kann mir das Ganze nichts anhaben. Hier läuft eben alles viel emotionsgeladener ab. Aber auch ein Tunesier braucht Phasen der Entspannung, was ich an den wasserpfeifenrauchenden Männern in den Cafés sehe. Auch hier ist die männerdominierte Gesellschaftsordnung deutlich zu spüren, wobei Sousse allerdings schon weltoffen ist und wir vielen Frauen in europäischer Kleidung begegnen. Seit 1930 kämpfte Tahar Haddad für die Rechte der Tunesierinnen.

Habib Bourguiba, ab 1957 für dreißig Jahre Tunesiens Präsident, setzte sich ebenso verstärkt für diese Bestrebungen ein. Einmalig in der arabischen Welt damals war die Union des Femme Tunesiennes, eine Frauenbewegung. Das alte Erbrecht wurde abgeschafft und das Wahlrecht den Frauen zugesprochen. Frauen können mittlerweile öffentliche Ämter bekleiden und Berufe ausüben, die früher nur Männern offen standen. Die europäische Emanzipation blieb auch in Tunesien nicht ohne Wirkung. Islamische Bewegungen stellen heutzutage das Recht der Frau wieder in Frage. Dagegen wehren sich mehrheitlich intellektuelle Frauen. So gründeten Ärztinnen, Soziologinnen, Juristinnen und Professorinnen die Bewegung der demokratischen Frau. Ich halte die westliche Art zu leben sicher nicht für die gerechteste und in Bezug auf Werte nicht für besonders fortschrittlich, jedoch kann eine Gesellschaft, die auf massiver Unterdrückung anderer basiert, in meinen Augen nicht bestehen. Familienoberhäupter, die patriarchisch den Weg der Söhne und Töchter bestimmen, ohne dass diese eine wirkliche Entscheidungsfreiheit besitzen, wie sie ihr Leben gestalten wollen, wirken auf mich nicht sonderlich freiheitsliebend, sondern eher machtbesessen. Kinder führen diese Lebensweisen natürlich traditionell weiter, weil sie bereits so sozialisiert wurden und oft keine anderen Möglichkeiten kennen lernten, ihre eigene Freiheit zu nutzen und die Freiheit des anderen zu akzeptieren. Wahrscheinlich drehen wir uns dabei schon seit Jahrtausenden im Kreis. Es wird wohl in jeder Gesellschaftsordnung Mächtige geben und diejenigen, die von ihnen abhängig sind. Für eine andere Gesellschaftsordnung ist die Menschheit einfach nicht bereit. Wie viel Platz zur Entfaltung lassen denn die Mächtigen dem überwiegenden Teil der Bevölkerung? Solange die Mehrheit der Menschen ihren Platz in einer Gesellschaft findet, auf dem sie sich emotional geborgen fühlen kann und eine Aufgabe besitzt, in der sie Anerkennung erlangt und ein finanzielles Auskommen hat und neben ihren Grundbedürfnissen wie Atmen, Essen, Trinken, Sex und einer Behausung auch ihren individuellen Anforderungen gerecht werden kann, wird es wahrscheinlich keine großen Probleme innerhalb dieser Gesellschaft geben. Kippt jedoch das Verhältnis, weil die Masse derer, die am Existenzminimum oder darunter leben, sich enorm vergrößert, könnte es selbst in unserer, seit sechzig

Jahren befriedeten, westlichen Welt wieder zu kriegerischen Auseinandersetzungen kommen. Trotzdem halte ich die westliche Demokratie, bei allen Makeln, für die angenehmste und fortschrittlichste Gesellschaftsordnung, die es in Europa je gab. Niemand verhungert mehr, wir besitzen relative Entscheidungsfreiheiten und Entwicklungschancen. Es gibt Menschenrechte, die hart erkämpft wurden und nicht selbstverständlich sind. Dessen sollten wir uns einfach bewusst sein und für sie kämpfen, jeden Tag aufs Neue. Das beginnt schon im Kleinen, in der Familie, auf Ämtern, im Beruf. Sollte nicht jeder in seinem Umfeld darauf achten, dass diese Werte von niemandem missbraucht werden? Denn schnell kann aus einer Demokratie wieder eine Diktatur werden, was wieder offene Gewalt und Unterdrückung bedeuten würde. Was mir immer fehlte, war das Bewusstsein, selbst für mein Leben verantwortlich zu sein, ihm selbst eine Bahn zu geben. Ich besitze jetzt diese Chance, indem ich versuche, mich von meinen anerzogenen Zwängen zu befreien. Manche Menschen kommen nicht einmal auf den Gedanken, dies zu tun, weil sie das Gefühl von Freiheit nie kennen lernen durften und ihre Ketten als ewiges Stigma hinnehmen. Ich merke hier deutlich den Konflikt der Kulturen und auch den Konflikt in mir. Solange Frauen oder Minderheiten in einer Gesellschaft durch Religion und Gesetze in ihren Freiheiten beschnitten werden, ist diese für mich nicht vertretbar. Allerdings werden wir unsere relative Demokratie den Menschen in der arabischen Welt nicht mit Waffen schmackhaft machen können. Sie können sich nur über den Weg der Bildung und Erkenntnis selbst dafür entscheiden. Oder eben dagegen. Solch eine Entscheidungsfindung kann sich zu einem jahrhundertelangen Prozess entwickeln, weil Denkstrukturen, die bei weitem älter als ein Menschenleben sind, nicht einfach aufgegeben werden. Wie oft haben wir denn den Mut zur Veränderung? Menschen verändern sich nun einmal erst, wenn sie bereit dazu sind, wenn sie eine Notwendigkeit sehen. Das habe ich an mir selbst erfahren. Nur durch die „positive" Beeinflussung und das Vorleben von Werten kann wahre Überzeugungsarbeit geleistet werden. Warum sollen Menschen in islamischen Ländern glauben, dass in unserer westlichen Welt ein „besseres" System herrscht, wenn sie mit ansehen müssen, dass Werte meistens auf das eigene Konto reduziert werden, dass mit jeder Ware

Kasse gemacht wird, dass zwischenmenschliche Beziehungen oft auf der Strecke bleiben und lediglich Illusionen verkauft werden. Wenn zudem noch Kriege stattfinden, um westliche Lebensweisen zu vermitteln und um Demokratie in die Herzen von Kinder zu bomben und nebenbei gleich einmal Rohstoffe und neue Absatzmärkte gesichert werden, müssen wir uns über Terror und seiner Zustimmung nicht wundern. Kulturen können sich nur annähern, wenn beide Seiten bereit sind, die jeweils andere zu verstehen. Das kann durch Offenheit, Bereitschaft zur Selbstkritik und Verständnis für die Lage des anderen geschehen. Sollten wir uns nicht immer wieder die Frage stellen, warum ein Mensch so wurde, wie er ist? Erst dann werden die Hintergründe seines Handelns klarer und wir können uns dementsprechend auf ihn einstellen.

Es wird bereits dunkel und der Strand ist nahezu menschenleer. Wir wandern mit nackten Füßen durch den jetzt kühlen Sand und wieder habe ich das Gefühl, über meine Beine ein Stück Leben in mich aufzunehmen. Morgen wird dieser Sand Wüstensand sein, ein Etappenziel auf dem Weg zu einer neuen Erfahrung...

Der Fernseher läuft leise auf dem Hotelzimmer. Irgendwie widert er mich an, aber wiederum brauche ich jetzt ein Stück aus der Heimat. Wir liegen im Bett und mir ist nicht nach Reden zumute. Ganz plötzlich musste ich eben die Abendveranstaltung des Hotels verlassen. Ein Zauberer war engagiert worden, die Hotelgäste zu unterhalten. Kein David Copperfield mit seinen durchgestylten Illusionen, sondern ein Magier mit Tricks, die ich bereits aus Kindertagen kenne. Trotzdem hatte ich mir die Darbietung bis zum Schluss ansehen, und vielleicht auch selbst wieder ein Stück Kind werden wollen. Früher durfte ich selten ein Kind sein. Ich fand mich einfach nicht in die Rolle hinein. Meine Kindheit endete frühzeitig mit einem Verlust. Waren es diese Erinnerungen, die mich dazu zwangen, in die Abgeschiedenheit des Zimmers zu flüchten. Eine innere Spannung droht mich zu zerreißen. „Sei doch nicht traurig...", versucht Anja mich zu trösten Sieht sie schon wieder meine Tränen? Doch, ich möchte jetzt traurig sein. Es ist gut, dass ich es spüre. Wie lange habe ich nicht gefühlt, sondern alles verdrängt, was in mir war? Doch, ich möchte jetzt weinen. Ganz sicher. Jahrelang konnte ich es nicht und auch jetzt suchen sich die Tränen noch einen mühseligen Weg. Es ist egal, wie traurig ich bin, denn ich bin froh, wieder menschlich empfinden zu können und möchte mir das mein Leben lang bewahren. Zu oft merke ich, wie belastend es ist, wenn Tränen ihren Weg nicht finden. Ich darf es, ich darf traurig sein, auch wenn mir ein Leben lang etwas anderes beigebracht worden ist. Sei es durch meine Mutter, die ihren Gefühlen keinen Raum gab, oder meinem Umfeld, das aus Menschen bestand, bei denen ich nur bestehen konnte, wenn ich mich durch besondere Härte und Rohheit auszeichnen konnte. Jetzt gönne ich es mir einfach: Ich darf auch mal klagen, jammern, es rauslassen verdammt, wenn es danach nur weitergeht. Das Loch durfte nicht zu tief werden, denn dann würde es nur schwerer, es wieder zu verlassen. Ich werde es mit meinen Emotionen ausfüllen, um einen sicheren Stand zu erlangen, einen Gegensatz zum freien Fall in die Schwärze von Depressionen und körperlichen Symptomen. Aber so einfach, wie ich es mir vorstelle, ist es in dieser Nacht nicht. Ich bekomme wieder Angst vor der Wüste und die Zweifel, ob ich mich für das Richtige entschieden habe, fressen meinen Willen an. „Was passiert, wenn...?" Warum muss eigentlich immer etwas passieren? „Natürlich geht es Dir schlecht, wenn Du es Dir vorher schon einredest..." Sie hat recht, Anja hat recht, aber wie stelle ich es ab? Zudem wiegt das salzige Wasser meiner Tränen schwer im ganzen Körper. Sie belasten mich, drücken auf mein Herz, verursachen Schwindel. Mir wird schlecht und ich vereine alle Symptome in mir, wegen denen ich die Therapie aufgesucht habe. Nur die Panik hat bereits abgenommen. Ich bin unendlich traurig und kann nur ahnen, was das ist. Ich habe viele Ereignisse in meinem Leben noch nicht emotional aufgearbeitet, was aber spukt heute Nacht in meinem Kopf umher? Ich fühle die Tabletten in der Tasche. Ganze dreimal habe ich sie benutzt, in drei Jahren. So stark die Panik auch geworden ist, ich wollte mich nicht in eine neue Sucht begeben. Jedes Mal war ich stolz gewesen, wenn ich auch ohne Medikamente über eine Krisensituation gekommen bin. Ich habe es bereits oft geschafft, sie zu Hause zu lassen. Aber hier, in der Fremde, geben sie mir einen gewissen Halt. Tranqualizer mit ihrem hohen Suchtpotential können keine dauerhafte Lösung sein. Ich sollte es selbst schaffen, mich in einer Krise wieder zu beruhigen und immer öfter kann ich es auch. Nur traue ich immer noch nicht meiner Stärke. Mittlerweile gehe ich aber nur noch einen Schritt zurück, nachdem ich zwei nach vorn gemacht habe, und nicht mehr umgekehrt...

Wieder bevölkern tausend Dinge meinen Kopf und ich hatte eine unruhige Nacht mit sehr wenig Schlaf. Mir ist schlecht. Natürlich ist mir schlecht. Wo sind denn bloß meine guten, meine beflügelnden Gedanken hin? Es ist noch früh am Morgen, als wir zu Mohammed und Hedi in den Bus steigen. Die Hitze des bevorstehenden Tages ist bereits deutlich zu spüren. Ich suche sofort die hinteren Plätze auf. Sollte es mir schlecht gehen, soll niemand meine Nervosität oder Angst spüren. Für einen Augenblick bereue ich meine Entscheidung. Gerade dieser Zwiespalt bringt mich wieder aus dem Gleichgewicht. Ich habe nur drei Stunden geschlafen. Hat mein Zustand etwas mit dem Zauberer vom gestrigen Abend zu tun? Interpretiere ich wieder zuviel in die Situation hinein? Vielleicht ist meine Übelkeit wirklich nur meine Aufregung, wie es Anja vermutet. Ich glaube eher, dass mein Unwohlsein aus meinen Vergangenheitserinnerungen herrührt, die mir allerdings nicht wirklich klar erscheinen. Es macht mich irrsinnig, wenn ich nicht weiß, woher meine Gefühle kommen. Vielleicht muss ich mich nicht ständig ergründen, sondern auch einmal akzeptieren, dass es mir schlecht geht. Ich schaue aus dem Fenster und ziehe mir eine Gardine so vor das Gesicht, dass ich notfalls hinter ihr verschwinden kann. Schon zu dieser Zeit ist heftiger Verkehr in der Innenstadt von Sousse. Mohammed versteht es, sich mit Gewalt durchzusetzen. Soll das ein Vorgeschmack auf die Dinge sein, die da noch kommen können? Mir geht es trotzdem nicht schnell genug voran und ich spüre die Unruhe wachsen. Mein Magen rebelliert, denn ich habe vorhin kein Frühstück herunter bekommen. Ich habe eine Tüte dabei, in die ich mich notfalls übergeben kann. Der Bus ist noch angenehm leer. Trotzdem überlege ich, auszusteigen und mir ein Taxi zurück zum Hotel zu nehmen. Noch sind wir nicht so weit entfernt und es wäre möglich. Sind wir erst mal weiter außerhalb der Stadt, wäre es sicher schwierig, mich im Notfall zurück zu transportieren. Wohin eigentlich? Hier könnte sicher kein Arzt etwas mit meinem Problem anfangen. Gibt es in Tunesien eigentlich psychiatrische Einrichtungen? Wie gehen die Menschen hier mit ihren seelischen Problemen um? Welche Verhaltensweisen sind ihnen anerzogen? Ich kann mich an ein Gespräch mit Afrah erinnern, einer Tunesierin, die schon seit einiger Zeit in Deutschland lebt. Sie sagte mir damals, dass es in ihrem Land zwar einige private, niedergelassene Psychiater und Psychologen gebe, aber vergleichbare Einrichtungen wie in Westeuropa nicht denkbar wären. Ja, ich hatte wirklich Glück, dass mir die Welt, die mich krank gemacht hat, wenigstens die Möglichkeit bot, wieder ein Stück weit zu gesunden. Ich bereue es, hier nicht mehr Zeit zu haben, um auf diese Dinge einzugehen. Warum denke ich nur schon wieder daran, wie es anderen geht? Habe ich mit mir nicht genug zu tun? Meine Angst hat mich gerade fest im Griff und ich will versuchen, ihr etwas entgegenzusetzen. Mir geht es schlecht, aber ich versuche, mich nicht in die Panik hineinzusteigern. Ich sehe meine Therapeutin und versuche, mir ihre Ruhe und Ausgeglichenheit zu verinnerlichen, mit der sie in unseren Gruppenrunden saß und die mir oft so gut getan hat. Ein Ausspruch von ihr war oft: „Es ist eben so..." Daran muss ich denken. Ja, ich akzeptiere, dass es mir jetzt schlecht geht und laufe nicht davor weg. Das kleine Kind möchte beruhigt werden. Auch Anja geht es nicht gut. Ihr bekommt das Busfahren nicht. Ich fange an zu erzählen, von damals, von meiner Zeit als Fußballfan, von der Gewalt, aber auch von den wenigen Momenten der Herzlichkeit untereinander. Zumindest hatte ich es damals so empfunden. Ich erzähle ihr von meinem Leben unter Rockern und in Kneipen, in denen ich mich Tag für Tag ein Stück weiter vergiftet hatte. Dort hatte ich meine sozialen Kontakte, meine Welt, mein Leben. Ich spüre wieder Emotionen hochkommen, halte sie jedoch zurück. Ich will hier nicht heulen! Aber schon das Reden erleichtert. Wahrscheinlich habe ich noch sehr viel zu bearbeiten. Ich rede über Dinge, die mich in meinem Leben bewegten, ich rede über das Gefühl, nicht geliebt zu werden und darüber, wie ich als Kind mit schwierigsten Anforderungen des Lebens allein zurecht kommen musste. Zu früh und zu oft war der Tod mein Begleiter, nur hatte ich mit niemanden darüber reden können. Ich hatte mir eine Scheinwelt aus vorgegaukelter Heiterkeit geschaffen, durchtränkt von Alkohol. Jede weitere kleine oder große Verletzung hatte ich ins Unbewusste zu den anderen geworfen. Damit wollte ich mich einfach nicht auseinandersetzen. Ich werde ruhiger und kann mich wieder der Gegend widmen. Wir fahren durch das Sahel, was im Arabischen soviel wie Küste bedeutet und dessen spärliche Vegetation einem Wüstenreisenden wahrscheinlich wie das rettende Ufer des Sandmeeres vorkommen muss. Hier in Tunesien ist damit die östliche Küstenregion gemeint. Endlose Olivenhaine prägen das Bild. Ich empfinde den Anblick eher als langweilig. Vielleicht liegt das aber auch daran, dass ich mich im Inneren nicht wohl fühle. Die schönste Gegend wirkt in mir trübe, wenn mein eigenes Befinden nicht gut ist. Ich habe sehr lange gebraucht, um zu erfahren, dass es meine Emotionen sind, die meinem Körper zusetzen. Verdrängte Gefühle, die ihren Weg an die Oberfläche suchen. Theoretisch kann ich mir das Ganze mittlerweile erklären. Nur in Zeiten, in denen ich mich in einer Krise befinde, sind diese Mechanismen für mich nicht greifbar. Vielleicht sollte ich auch nicht soviel nachdenken, sondern einfach fühlen. Nur, wie komme ich dahin? Tief in mir weiß ich, dass ich nicht krank bin, dass diese übermäßigen Gedanken an Krankheit und Tod mir die Zeit stehlen, die ich benötige, um mein Leben zu leben. Wie wahrscheinlich ist es, jetzt zu sterben? Wahrscheinlich unwahrscheinlich, wie bisher in meinem Leben. Ich will jetzt in die Wüste! Ich habe mich entschieden!

Mohammed fährt wie ein Verrückter. Bis zur Wüste sind es noch einige hundert Kilometer und der Zeitplan scheint eng zu sein. Der Stärkere dominiert auf der Nationalstraße 1, welche die arabische Welt zwischen Algerien und Ägypten verbindet. Diese Hetzerei kommt mir bekannt vor. Damals bin ich nicht anders gefahren, immer unter Zeitdruck, den ich mir selbst schaffte. Ob es die Fahrten waren, die ich für die Firma zu erledigen hatte, in der ich arbeitete oder wenn ich mit der Band unterwegs gewesen bin oder auch jede andere Fahrt: Sie begannen und endeten immer in einer ruhelosen Raserei. Oft fühlte ich mich während dieser Reisen allein. Ich hatte nur irgendwo ankommen wollen, wo auch immer. Vielleicht hatte ich Angst, etwas zu verpassen. Vielleicht das Leben? Mein Leben? Was ist mein Leben? Wobei fühle ich mich gut? Es macht mich wahnsinnig, wenn ich von Selbstzweifeln aufgefressen werde und nicht vorwärts komme. Was muss ich in meinem Leben ändern, damit es mir gut geht? Heute bin ich bei den Fahrten ruhiger, kann sie fast genießen. Es dauert eben alles solange, wie es dauern soll, denn alles hat seine Zeit. Was soll ich auch tun? Als Kind bin ich gerne verreist und Auto oder Bahn gefahren. Was ist nur passiert, dass ich mich jetzt dabei so gefangen fühle? Ich denke an meine Zeit in der Klinik. Psychotherapie, was konnte ich damit schon anfangen? Es war mir unerklärlich, wo meine körperlichen Leiden herkamen. Ich hatte mich solange gequält, bis nichts mehr gegangen war. Meine Organe versagten, mein Kreislauf kollabierte, alles brach in mir zusammen. Zumindest fühlte ich mich so. Nach einer jahrelangen Odyssee durch Krankenhäuser und Arztpraxen war das nun meine letzte Hoffnung gewesen. Ich bin dem Tipp einer jungen Neurologin gefolgt, mehr aus Verzweiflung, als aus Einsicht. In dieser Zeit hätte ich nach jedem Strohhalm gegriffen, der sich mir anbot. Dass dieser genau der richtig war, erfuhr ich erst viele Wochen später. Fast drei Jahre ist es jetzt her, als ich schlotternd vor der Tür der Station stand. „Jetzt hast du es geschafft, nun bist du bei den Verrückten!", war mein Gedanke. Ich zweifelte an mir. War ich wirklich verrückt? Mein Körper funktionierte nicht mehr, was sollte das alles mit der Psyche zu tun haben? Ich schätzte mich als starker Mensch ein, der alles wegsteckte, überall durchging, emotionslos... Einzig in meinen Liedern lebte ich Emotionen aus, in dem, was ich schrieb. Nur hatte ich es einfach nicht mehr geschafft, auf der Bühne zu stehen oder meiner Arbeit nachzugehen. Was war denn nur mit mir los gewesen? Ärzte sagten, dass ich, bis auf einen vom Alkohol geschädigten Magen, völlig gesund war. Welche Probleme hatte ich und welche Konflikte trug ich in mir? Was machte mein Leben so wenig lebenswert? Ich konnte es damals nicht sagen. Die Schranke zwischen meinem Körper, dem Unbewussten und dem Bewusstsein sollte sich nur sehr langsam öffnen. Ich befand mich irgendwo zwischen Todesangst und Todessehnsucht. Einerseits hatte ich Angst vor dem Tod, andererseits wünschte ich mir, dass die Qualen endlich aufhören würden. Es dauerte lange, ehe ich einigermaßen zur Ruhe kam und noch viel länger, um mich mit dem Gedanken anzufreunden, dass Körper und Seele eine Einheit bilden. Lange lebte ich in meinen Vorstellungen, ohne jemanden wirklich zuzuhören. Nach und nach erkannte ich meine

Konflikte. Oft fiel es mir schwer, den Therapeuten zu vertrauen. Woran sollte ich nur glauben? Wer war Freund, wer Feind? Das ganze Leben schien aus Suggestion zu bestehen. Ich glaubte an etwas, was ich mir selbst oder andere mir schön redeten. Eine Kunst scheint es zudem zu sein, an das zu glauben, womit es mir besser gehen könnte. Muss ich nicht erst ergründen, was für ein Mensch ich bin und wobei ich mich wirklich wohler fühle? Die Antworten scheinen oft in frühen Jahren zu liegen, in dem, was einen Menschen seit jeher begleitet. Kann ich nicht erst glücklich werden, wenn ich meinen Träumen folge? Dem Leben einen Sinn zu geben ist eine Kunst, die viele meiner Begleiter nicht beherrschten. In meinem Umfeld hat es viele Säufer gegeben, viele gestrandete Existenzen, die es nicht besser wussten. Es war schwierig, aus dem zu fliehen, was mir die Umwelt von Anfang an mitgab. Wie sollte ich auch flüchten, wenn ich nicht glaubte, dass es auch etwas Besseres für mich geben würde und wenn ich ohnehin nicht an mich glaubte? Gelänge das, indem ich meinen Sehnsüchten nachgehe? Es war ein langer Weg durch eine schmerzhafte Therapie, der es mir ermöglichte, mir wieder ein Stück Leben zu Eigen zu machen. Lange Zeit dauerte es, um zu begreifen, dass auch mein Dasein lebenswert ist und ich ein Recht auf mein Leben habe und dass ich etwas wert bin. Ich hatte wie eine Maschine gelebt, ohne mich zu spüren, in Ängsten und Zweifeln und hatte keine erfüllenden Beziehungen zu anderen Menschen mehr zulassen können. Dazu war ich einfach zu lange mit meinen Ängsten allein gewesen und dennoch sehnte ich mich nach Anerkennung und Liebe. Ich glaubte, kein liebenswerter Mensch zu sein. Dass meine körperlichen Zustände Depressionen und verdrängte Gefühle waren und ich mich aufgrund der Wucht, mit der sie über mich kamen, in Panikattacken hineinsteigerte, war nur mühevoll und schwer zu verstehen. Manchmal verstehe ich es nicht einmal heute. Das Phänomen „Mensch" ist wohl nur im Ganzen zu sehen. Weder der Körper, noch Geist oder Seele stehen allein für sich. Sie bilden eine Einheit. Krankt eines davon, wird das andere meistens beeinflusst. Wichtiger Faktor dabei scheint die Umwelt zu sein. Jedes noch so kleine Erlebnis hat mich geformt und geprägt. Mir fehlten eindeutig positive Einflüsse. Ich wurde oft in meinem Leben enttäuscht, verletzt und gedemütigt. Den Schmerz darüber habe ich in mich gefressen, nie geredet oder geweint. Nur in meinen Liedern fand ich ein kleines, aber bei weitem nicht ausreichendes Ventil. Diese verdrängten Gefühle waren meine Schmerzen, mein Schwindel, meine Übelkeit. Lasse ich meine Gefühle nicht mehr zu, bin ich unfähig, zu leben. Ohne die „schlechten" Gefühle gibt es auch keine „guten". Will ich keinen Schmerz mehr zulassen, kann ich auch keine Liebe mehr empfinden. Gefühle sind Gefühle und dazu da, gelebt zu werden. Sonst gehen wir einfach kaputt. Es ist ein schmerzhafter Weg, aber es lohnt sich, ihn zu gehen. Was sollte ich aus meinen tiefen Enttäuschungen heraus tun? Sollte ich aufhören zu leben? Ich liebe das Leben und hoffe auf gute Zeiten. Die können allerdings nicht kommen, wenn ich mich Kontakten verweigere, mich auf nichts mehr einlasse, aus Angst, enttäuscht zu werden. Beziehungen zu Menschen laufen nicht einfach so, sie wollen erarbeitet und gepflegt werden, ständig neu. Das will ich mir ins Gedächtnis prägen, denn nur so bin ich fähig, meinem selbstzerstörerischen Drang in Beziehungen nicht nachzugeben.

Als ich nach sechzehn Wochen stationären Aufenthaltes in die ambulante Gruppentherapie gewechselt war, ist es an der Zeit gewesen, Erkanntes ohne die schützenden Stationsmauern im Leben umzusetzen. Ich war mir von Anfang an bewusst gewesen, dass nun der schwierigste Teil dieses Weges beginnen würde. Einmal wöchentlich hatte ich die Möglichkeit, von der Therapeutin begleitet zu werden, ansonsten musste ich mich alleine durch mein Leben kämpfen. Schwer genug war es zudem, dieses Leben als mein Leben zu akzeptieren. Manch einer glaubte, er käme aus der Therapie und alles sei gut, ein anderer wartete auf den Tag, an dem es ihm, wie durch Geisterhand, einfach besser gehen würde. Und es gab Welche, die hofften, dass eine Pille all ihre Probleme lösen würde. Naiv zu glauben, dass es so einfach wäre. Ich denke, es braucht viele, kleine Schritte, sich weiterzuentwickeln und über Jahre, mitunter Jahrzehnte, Angeeignetes zu korrigieren. Als Erstes steht dabei wohl die Erkenntnis, die Klarheit über die eigenen Gefühle und so genannte Schwächen, als zweites die Akzeptanz und später das Lernen neuer Bewältigungsstrategien. Ich fühle mich an einigen Tagen stark und bereit, diese Herausforderung anzunehmen, an anderen verkrieche ich mich wie eine Mauerblume. Doch für mich gibt es keine Wahl, denn ich will leben, und das intensiv. Es gibt so viele Gefühle in mir, die gelebt werden wollen und ich könnte es nicht ertragen, zu gehen, ohne in meinem Leben wahrhaftig und ich selbst gewesen zu sein. Bei diesem Gedanken kommt wieder ein wenig Angst in mir auf, die ich aber auch als solche erkenne und erlebe. Von der Panik bin ich weit entfernt, und das ist gut so…

Schon von weitem habe ich das große Amphitheater von El Djem gesehen, der Stadt, die auf den Ruinen des antiken Thysdrus gebaut worden ist. Es bot einst fünfunddreißigtausend Zuschauern Platz und ist das zweitgrößte Amphitheater nach dem Kolosseum von Rom. Nun sind wir eine Weile uns selbst überlassen und ich genieße es, für ein paar Momente dem Käfig des Busses entronnen zu sein. Hier ist es jetzt schon sehr heiß und die Händler bieten ihren üblichen, völlig übertreuerten, Kitsch an. Vor einem der Läden steht eine Lautsprecherbox, aus der wir mit einer ohrenvergiftenden Mischung aus arabischen Volksweisen und Technoklängen erdrückt werden. So gewinnt der Inhaber zumindest mich nicht als Kunden. Nachdem wir das Amphitheater ein halbes Mal umrundet haben, finden wir den Eingang. Leider teilen wir uns diesen Platz mit mehreren Busladungen voll Touristen und wir brauchen eine Weile, ehe wir über das steile Treppenlabyrinth eine halbwegs ruhige Stelle finden, von der aus wir das Innere der Arena besichtigen können. Die Löwengruben sind noch gut erhalten und auf einer Seite waren die Zuschauerränge rekonstruiert worden. Ich sehe Russel Crowe als Maximus tot auf dem Boden liegen, sein Mitstreiter verlässt die Szenerie mit den Worten: „Wir werden uns wiedersehen, aber jetzt noch nicht…" Im Film ist ein Mann gestorben zur Rettung des Imperiums. Doch was war Rom? Eine nachvollziehbare Frage, die sich Marc Aurel kurz vor seinem Tod stellte. Marcus Aurelius Antoninus, bekannt für seine philosophischen „Selbstbetrachtungen", verbrachte die meiste Zeit seines Lebens im Krieg. Hatte er sich immer vor den vier von ihm beschriebenen Irrwegen hüten können?
„Wenn du sagen musst, diese Vorstellung ist nicht notwendig oder diese Vorstellung zerstört die menschliche Gemeinschaft oder dies ist nicht deine wahre Meinung oder das ist ein Beweis

dafür, dass der göttlichere Teil in dir dem sterblichen, das heißt dem Körper und seiner Lust, unterlegen ist. Denk daran, dass niemand ein anderes Leben verliert als das, was er lebt, und dass keiner ein anderes lebt als das, was er verliert. Insoweit kommt das längste Leben mit dem kürzesten auf dasselbe hinaus. Für jeden zählt nur das gegenwärtige. Nicht darüber diskutieren, wie beschaffen der wahrhaft gute Mensch sein muss, sondern selber einer sein!" Wie gut ist aber ein Mensch, der ganze Legionen in den Tod führt? Die Römische Republik war aufgrund ihrer Fortschrittlichkeit sicher eine Errungenschaft. Trotzdem führte sie immer wieder Kriege gegen ihre Nachbarn und darüber hinaus. Schon hier ging es um Ressourcen und Bekehrungen. Natürlich hatten Anrainer wie die Germanen grausame Kulturen, aber was unterschied sie von den Römern? Spielten sich nicht auch innerhalb des römischen Reiches ganz menschliche Mechanismen ab, indem sich seine Bewohner am Leid anderer ergötzten und durch den Versuch, eigene Triebe stellvertretend in den blutigen Vorstellungen auszuleben? Brauchen Menschen Blut- und Gewaltdarstellungen? Sind wir im Laufe der Jahrhunderte sensibler geworden? Womit stillen wir heute unseren Blutdurst? In Videospielen, in Filmen, in der Realität? So wie damals die Menschen mit Brot und Spielen bei Laune gehalten worden sind, scheint diese Aufgabe heute das Fernsehen mit Action und Tittytainment übernommen zu haben. Während Gewalt dabei allgegenwärtig ist, verkümmern unsere eigenen Gefühle. Wir unterdrücken unsere Wut, indem wir ein, an die gesellschaftlichen Umstände angepasstes, Leben führen. Sexualität hat kaum noch die Möglichkeit, sich zu entwickeln, da selbst Pornofilme zur besten Sendezeit keine Barriere mehr finden. Gibt es einen Unterschied zwischen der brutalen Unterhaltung von damals und der von heute? Wer denkt im Angesicht von blutigen Qualen in Horrorstreifen oder Actionfilmen an die Gefühle der Opfer? Ich erlebte es oft, dass sich manch Zuschauer an den realitätsgetreuen Effekten von Kriegsfilmen ergötzte, ohne jemals den Krieg in Frage zu stellen. Mittlerweile sind wir soweit, dass wir Kriege nicht mehr nur verfilmen, sondern die realen Kriege, wenn auch realitätsentfremdet und mit einer zweifelhaften Botschaft verpackt, frei Haus ins Wohnzimmer flimmern lassen. Schockierende Bilder drängen sich zwischen Werbung für

Damenbinden und Orangensaft. Bagdad geht in Flammen auf und der Kommentator spricht von Eingriffen mit chirurgischer Präzision. Wir beobachten die Operationen aus sicherer Entfernung und sehen nicht ansatzweise das Leid, welches hinter jeder Bombe steckt. Aber welches Verhältnis hat schon Leid und Tod zum materiellen Gewinn, der dadurch entsteht? Schon in der Antike ist am Tod verdient worden. Rings um die Gladiatorenschulen hatten sich ganze industrielle Komplexe gegründet, um rundum gelungene Unterhaltung zu bieten, gegen einen Obolus, versteht sich. Das Amphitheater von El Djem ist ein imposantes Bauwerk, das mich jetzt allerdings nicht mehr begeistert. Ich trotte zum Bus zurück und will diesen Ort verlassen. Ein junger Araber schleicht mir hinterher und raunt: „Haschisch, Marihuana, Heroin, Kokain…" Ich lehne schroff ab und mache mir Gedanken, wie er wohl darauf kommt, dass ausgerechnet ich so etwas gebrauchen könnte. Sogenannte illegale Drogen habe ich in meinem Leben eher selten genommen, ich beschränkte mich auf eine andere. Ich hatte gedacht, dass der Alkohol weniger schädigend wäre. Oft habe ich die menschlichen Wracks in meinem Umfeld gesehen, doch dass ich mich selbst zerstören könnte, lag mir fern. Möglicherweise hatte ich die Ansicht, dass ich über den Dingen stände. Im Nachhinein war es sicher die Salonfähigkeit dieses Suchtmittels gewesen, weshalb es leicht war, ihm so zu verfallen. Niemand in meinem Umfeld sah etwas Gefährliches darin, wenn ich mich jeden Tag besoff. Im Gegenteil: die meisten machten mit. Haschisch, Marihuana, Heroin, Kokain, wie es mir gerade angeboten wurde, gab es in der ehemaligen DDR nicht, Junkies begnügten sich mit dem Schnüffeln von Klebstoff. Zudem wurde auf ausreichend Abschreckung gegenüber Drogen gesetzt. Aber Alkohol, die Volksdroge Nummer Eins, fand nur in den wenigen Stationen innerhalb der Psychiatrie Beachtung. Und auch heute hat sich daran nicht viel geändert, nur dass wir eben auch mit harten Drogen zu kämpfen haben. Ein Kampf gegen Windmühlen, denn in Zeiten von Massendepressionen betäubt sich mittlerweile an ganzes Volk. „Nein, behalte Deinen Mist, ich bin in jeder Beziehung clean!", denke ich, als ich in den Bus steige. Zumindest was das betrifft habe ich in meinem Leben jetzt eine klare Linie.

Wieder fahren wir durch Olivenhaine, die sich bis zum Horizont erstrecken. Ich höre Hedi zu, der uns erzählt, dass den Tunesiern diese Bäume heilig sind. Zwischen Dezember und März werden sie abgeerntet. Das geschieht in Handarbeit, indem sie mit einem Schafshirn abgekämmt werden. Teilweise wird diese Arbeit von wehrpflichtigen Soldaten verrichtet. Alle zwei Jahre erlebt ein Baum diese Ernte, wobei er ungefähr einhundertfünfzig Kilogramm seiner kostbaren Früchte verliert. Das Öl aus ihnen wird von den Tunesiern für die Unterstützung von Massagen oder zur medizinischen Anwendung genutzt. Zudem ist es der Exportschlager schlechthin und beschert vielen Tunesiern ihr Einkommen. Nur zweimal im Jahr, während der Regenzeiten im Frühjahr und im Herbst, erhalten diese Bäume Wasser. Ansonsten wirkt die Landschaft karg wie das ausgetrocknete Flussbett des Wadis, den wir gerade überqueren. Diese Flüsse tragen nur während des Regens Wasser, danach verschwinden sie schnell wieder und was bleibt ist eine verschwemmte Spur im Sand. Ich fühle mich diesem Fluss seltsam verbunden und mein Gehirn assoziiert mir eine Metapher: „Mein Tränenfluss ist wie ein Wadi, der selten Wasser trägt, und mein Herz eine Wüste, deren kleine Oasen am Rande meines Weges es mit Leben anreichern." Von nun an betrachte ich jedes Mal, wenn wir so einen Fluss überqueren, diesen mit anderen Augen. So ausgetrocknet ein Stück Erde erscheint, es wird immer wieder mit Leben durchspült, ebenso wie die kärgste Wüste. Ich ertrage meine Schmerzen und mein Unwohlsein, weil ich weiß, dass dahinter wieder Leben erscheint und es mir besser gehen wird. So belohne ich mich jeden Tag selbst.

Wieder sehe ich meine Therapeutin und frage mich, ob ihr Wesen wirklich so ist, wie es mir in den Gruppenrunden erscheint. Ihre ruhige Art gibt mir die Möglichkeit, mich ein Stück fallen zu lassen, ihr zuzuhören und Gedanken in mir aufzunehmen. Ich frage mich, wo sie ihre Emotionen lässt. Sie kann sie wahrscheinlich gut verstecken, trotzdem halte ich sie für sehr gefühlvoll. Was gibt es schon für Gründe, um in die Tiefen der menschlichen Seele einzutauchen, wenn nicht ein persönliches Interesse und eine gewisse Affinität zu diesen Dingen vorhanden sind? Oft erlebte ich sie sehr müde, besonders in den letzten Tagen vor ihren Urlauben. Anfangs hielt ich sie für sehr kalt und unnahbar, ähnlich meiner Mutter. Vielleicht sollte dieser distanzierte Ausdruck ein therapeutisches Mittel sein, vielleicht auch nur Schutz vor zu anhänglichen Patienten. Doch diese Kälte nahm ich ihr nicht ab. Vielleicht diente sie wirklich nur als Schutz, vielleicht ist sie Teil ihrer Persönlichkeit, irgendwann angeeignet in der eigenen Lebensgeschichte. Und dennoch spürte ich eine starke Emotionalität bei ihr, die sie für mich erst authentisch machte, als Therapeutin und als Mensch. Ich glaube, es ist schwierig, nahezu täglich als Prellbock für Emotionen herhalten zu müssen und trotzdem stelle ich mir vor, wie es sein könnte, wenn ich ein Therapeut wäre. Könnte ich dem Ganzen gewachsen sein? Diese Frage stelle ich mir immer wieder. Ich ertappe mich dabei, mehr aus dem Leben meiner Therapeutin erfahren zu wollen, vielleicht sogar zuviel...

Wir passieren Sfax, die zweitgrößte Stadt Tunesiens. Weithin sichtbar sind große Anlagen zu erkennen, die zur Phosphatindustrie gehören. Glücklicherweise lassen wir sie schnell hinter uns, denn das ist nicht das, was ich sehen will. Ich bin erst wieder froh, als die Straße uns so nah an die Küste führt, dass wir die Flamingos, die durch das Meer waten, fast mit der Hand greifen können. Es scheint, als würden sie die Ebbe genießen, bevor sich in ein paar Stunden wieder die Flut im Golf von Gabes zwischen Sfax und der Insel Djerba ergießt. Ich habe schon mehrfach versucht, die Augen zu schließen, aber ich finde keine Ruhe. Ist es die Erwartung der Wüste oder die wankende Unsicherheit meines Lebens, die mir zu schaffen macht? Welche Ziele habe ich denn jetzt noch? Früher waren Partys, Saufen und Musik mein Lebensinhalt gewesen. So wie ich meine Einstellung zum Leben wechselte, änderte sich auch meine Musik und das, was ich schrieb. Natürlich verstanden das weder einige meiner Zuhörer noch ein Teil meiner Bandmitglieder. Ich fühle, dass ich an einem Wendepunkt in meinem Leben stehe. Es wird Zeit, weiterzugehen und die lethargisch erstarrten Jahre zu überwinden. Vor einem Jahr noch hatte ich mir wenig für mich selbst vorstellen können, heute habe ich so viele Ideen, dass es mir schwer fällt, sie zu ordnen. Etwas fast Verstorbenes ist in mir wieder zum Leben erweckt worden. Oft liegen doch die Antworten und Bestimmungen für ein Leben schon in der

Kindheit und Jugend. Wo waren damals meine Interessen, welche Träume hatte ich? Diese Fragen können der Schlüssel für die Tür zu einem erfüllten Leben sein. Ich habe immer gern gelesen, Filme gesehen und Musik gehört. Also wollte ich schauspielern, Bücher schreiben und Musik machen. Zwei Dinge habe ich zumindest angefangen. Ich schreibe Geschichten und Texte und habe eine Band. Im Leben war ich oft genug ein Schauspieler gewesen, wenn es darum gegangen war, anderen und mir etwas vorzuspielen. Diese Rolle beherrschte ich glänzend. In wenigen Aufführungen hatte ich auch wirklich geschauspielert. Eigenartig, dass ich genau dann meine Emotionen leben konnte. Brauche ich dafür Rollen? Eigentlich ist es egal, die Hauptsache ist doch, dass ich das Ventil finde, um mich zu befreien. Vielleicht werde ich meine Erlebnisse irgendwann in einem Buch verarbeiten. Ich fühle mich gut, wenn es anderen Menschen etwas bedeutet, was ich schreibe und das ihnen ein Stück Mut gibt. Vielleicht kann ich mich erst wohl fühlen, wenn ich anderen etwas abgeben kann. Es ist mir ein Bedürfnis, meine Erfahrungen weiterzugeben. Wie oft bereue ich, dass ich so wenig aus meinem Leben gemacht habe... Wie viele Gehirnzellen habe ich versoffen? Früher war ich schnell in meinen Überlegungen, heute brauche ich Zeit. Ich hätte so gerne studiert, war immer an der Erweiterung meines Wissens interessiert, weil es so viel Erkundenswertes auf der Welt gibt. Bis die Jahre der Stagnation eintraten und mein Leben sinnlos geworden war. Dafür überschlagen sich heute meine Gedanken. Ich könnte soviel tun, habe so viele Interessen und bin wissbegierig wie einst. Manchmal habe ich dabei das Gefühl, mich zu überfordern. Trotzdem ist es ein gutes Gefühl, aufbrechen zu wollen. Eines ist sicher: es wird nicht leicht... Mache ich deshalb die Ausbildung in einem sozialen Beruf? Ist sie eine Chance, doch noch etwas in meinem Leben zu bewegen? Ich wollte mich verändern. Die Therapie gab mir erst den Mut, an mich zu glauben und etwas Neues anzufangen, doch immer wieder mache ich Rückschritte und verfalle in meine alten Verhaltensmuster. Ich kann meine neuen und positiven Sichtweisen nur leben, wenn ich im Training bleibe. Das gelingt mir am Besten, wenn ich meine eigenen positiven Gedanken weitergebe. Sicher will ich dabei kein rosarotes Weltbild vermitteln und ich versuche immer, mir eine realistische

Sichtweise zu erhalten. Ich kann Menschen, die Ähnliches erlebt haben wie ich, ein Stück meiner Erfahrungen mit auf den Weg geben. Mich berühren Menschenschicksale. Fühle ich mich selbst im Elend anderer wohl? Manchmal unterdrücke ich meine Tränen in den Gesprächen und doch bin ich froh, dass sie da sind. Es war schon vorgekommen, dass ich auf der Heimfahrt von der Arbeit hatte heulen müssen... Oft wecken diese Gespräche auch in mir ein positives Gefühl. Indem ich anderen Mut zuspreche, gebe ich mir selbst etwas davon und ich sehe in meinem Leben einen Sinn. Aber mir geht es auch oft sehr schlecht in der Ausbildung. Neues und Unbekanntes scheine ich genauso schwer zu verdauen, wie Abschiede. Ich denke an meine Arbeit in einem Kinderheim. „Was sind schon ein paar Wochen mit Kindern?", hatte ich gedacht. Aber gerade die waren mir dann ans Herz gewachsen. Hier erfuhr ich noch einmal hautnah, was mir selbst in meiner Kindheit gefehlt hat. Schon nach einiger Zeit hatte ich das Gefühl gehabt, auch in den Herzen der Kinder angekommen zu sein. Sie waren so unvoreingenommen und echt in ihren Gefühlen gewesen. Ich musste mich zusammenreißen, um beim Abschied nicht vor den Kindern zu weinen. Warum eigentlich? Wäre es nicht richtig gewesen, ihnen zu zeigen, dass es gut ist, zu seinen Emotionen zu stehen? Ja, ich weinte um diese Kinder, zuhause in Anjas Armen. Und ich war stolz darauf... Ist diese Wahl die eines Berufs oder eher eine Berufung? Ich habe doch noch andere Träume. Was ist wirklich das große Ziel in meinem Leben? Eine künstlerische Karriere, eine Familie, oder der neue Beruf?

Ein kleiner Ort liegt auf dem Weg, dessen Anblick bei einigen Reisenden Übelkeit auslöst. Geschächtete Schafe hängen zum Ausbluten vor den Häusern, Schädel liegen auf der Straße, auf Leinen baumeln die Innereien und das Fleisch der getöteten Vierbeiner und die nächsten tierischen Kandidaten warten schon auf das Ritual, das ihr Leben beenden soll. Zwischen der christlichen und der islamischen Kultur ist der Streit entbrannt, welche Art des Tötens wohl die humanere wäre: der Luftröhrenschnitt des Schächtens oder die Massenschlachtmaschinerien der westlichen Länder. Das Ergebnis ist in meinen Augen das gleiche. Nur bin ich mir nicht sicher, ob auch hier Fleisch im Überfluss produziert wird, um es später wegzuwerfen. Diese Art des Umgangs mit Leben finde ich äußerst fragwürdig. Muss es mir makaber erscheinen, ausgerechnet jetzt Hunger zu bekommen? Neben den toten und lebendigen Tieren wird am Straßenrand Brot gebacken. Zu gerne würde ich das urige Fladenbrot probieren, dessen alleiniger Anblick mir schon das Wasser im Munde zusammenlaufen lässt. Diese Kleinigkeiten sind es, die mir das Leben bereits versüßen können, die Einfachheit eines nicht ganz kreisrunden Brotes, das ich gerne mit der Frau am Straßenrand teilen würde. Leider ist das Einzige, was sie von uns mitbekommt, der Gestank des Diesels. Hedi hat es immer noch eilig und in Mohammed ein williges Ventil seines Zeitdruckes gefunden. Wenig später sehen wir rechts eine Haftanstalt. Sie ist ziemlich klein und steht in keinem Verhältnis zu deutschen Gegenstücken der Massenverwahrung. Hedi erzählt uns, dass die Todesstrafe in seinem Land nicht mehr existiert. Nur noch einige Kilometer trennen uns vom libyschen Nachbarland. Dort gäbe es die Todesstrafe noch, meint Hedi. Er ist davon überzeugt, dass sie die Kriminalität eindämmen würde. Ich überlege, ob ich jetzt eine Diskussion darüber anfange. Ist es nicht wichtiger, die Hintergründe von Kriminalität zu ergründen, um vielleicht an den Ursachen anzuknüpfen und Lösungswege zu finden? Da scheint die arabische Welt sich kaum von der westlichen zu unterscheiden. Persönliche Rache steht scheinbar vor der Ursachenforschung, vor einer kollektiven Erweiterung des Bewusstseins und somit vor dem Schlüssel einer vielleicht friedlicheren Welt. Selbst in Europa schaffen wir es nicht, die Erkenntnisse, die wir haben, umzusetzen, weil wir, wenn es uns selbst betrifft, allzu menschlich reagieren. Die Welt ist nicht viel besser geworden, nur die Art der Unterdrückung hat sich geändert. Kriminalität in Kreisen von Politik und Wirtschaft scheint bis hin zum Mord salonfähig zu sein. Dabei spielt es meiner Meinung nach keine Rolle, ob jemand Menschen aufgrund von wirtschaftlichen Interessen schleichend umbringt oder ein ganzes Land überfällt und Tausende ermordet. Wie können denn Menschen integriert und ihre Einstellungen verändert werden? Indem ihnen Gewalt angetan und der Tod als legitimes Mittel benutzt wird? Was macht den, der für das Gesetz tötet, besser, als den, der aus Habgier, Triebhaftigkeit oder im Affekt tötet? Es ist eine Illusion zu glauben, dass wir

Westeuropäer in einer gerechteren Welt leben. Sie ist vielleicht in einigen Belangen humaner und den Menschen geht es scheinbar so gut, wie noch nie, aber wenn wir vorgeben, Diktatoren stürzen zu müssen, nehmen wir auch den Tod von Zivilisten in Kauf. Ich frage mich, wie ich reagieren würde, wenn mir ein Unrecht geschehen würde. Sicher, ich würde eine grenzenlose Wut in mir spüren, aber würde ich körperliche Gewalt anwenden? Das konnte ich nicht einmal tun, als ich dem Dieb meines Motorrades begegnet bin… Und wie wäre es, wenn jemand meinem Nächsten etwas antun würde? Möglich, dass auch ich eine dunkle Seite in mir besitze, dass auch ich die Fähigkeit habe, zu töten, aber würde Rache etwas verändern? Gewalt wird immer wieder Gewalt erzeugen, das lehrt die Geschichte, das lehrte mich die Straße. Es ist ein Teufelskreis, bei dem wir den Anfang nicht erkennen und das Ende nicht sehen. Ob sich Menschen jemals aus ihm befreien können? Gesellschaften, denen nichts Besseres einfällt, als Strafen auszusprechen und Ängste zu schüren, sind armselig in meinen Augen. Vielleicht sind wir ja wirklich so arm…

Gabes, die Oase am Mittelmeer, liegt hinter uns. Wir verlassen die Nationalstraße und tauchen ab in eine bizarre Bergwelt, die einer Mondlandschaft gleicht. Teile der „Star Wars"-Filme wurden hier gedreht, an dem Ort, der so unwirtlich wirkt, dass er fast unheimlich ist. In dieser Gegend wohnen einige der letzten Höhlenmenschen. Berber hatten sich, als sie von der Küste ins Hinterland zurückgedrängt wurden, zum Schutz vor der Hitze Unterkünfte in poröse Felsen gehauen. Manche Tunesier wohnen noch immer in diesen Höhlen, andere haben sich nach einer Überschwemmungskatastrophe in flachen Steinhäusern in und um Matmata angesiedelt. Mittlerweile gibt es hier sogar Elektrizität. Ein Arzt kommt alle zwei Wochen in die Gegend. Bei unserem Halt besichtigen wir eine der Höhlen. Fließendes Wasser gibt es nicht. Es wird aus einer im Innenhof stehenden Zisterne entnommen. Der Herd, auf dem Fladenbrote und Gerichte aus getrocknetem Fleisch bereitet werden, ist eine einfache Feuerstelle. In den Wänden des Innenhofs dienen verschiedene Aushöhlungen als Zimmer. Neben einfachsten Lebensbedingungen finde ich einen Fernseher vor. Die von uns besuchte Familie lebt vom Tourismus und lässt sich von Hedi bezahlen. Eine alte

Berberin mit Tätowierungen auf der Haut sitzt am Ausgang und möchte von den Besuchern Spenden. Mir reicht, was ich gesehen habe und ich gehe an ihr vorbei. Draußen steige ich über die Felsen, immer höher, um mir einen Blick über das karge Land zu verschaffen. Ich komme nicht dazu, weil Mohammed zur Weiterfahrt mahnt. Ich hätte gerne in einer dieser Höhlen übernachtet, mir die Geschichten über das Leben in diesen Bergen angehört und mit den Kindern über ihre Perspektiven gesprochen. Vielleicht habe ich ja irgendwann die Möglichkeit dazu, hier oder anderswo einfach am Leben teilzunehmen. Das wäre schon wieder die Erfüllung eines weiteren Traumes…

Der Bus fährt auf der asphaltierten Straße durch die Einöde, die wirklich das Abbild eines fremden Planeten sein könnte. Nun soll es endlich zur Wüste gehen. Nur noch wenige Kilometer trennen uns von unserem Ziel. Kurz vor Matmata kommen uns zwei deutsche Motorradfahrer entgegen. Plötzlich erwacht eine fast vergessene Lust in mir. Früher bin ich oft mit dem Motorrad gereist. Ich werde neidisch, wenn ich an die Unabhängigkeit und Freiheit denke, die diese beiden gerade genießen. Zu gerne würde ich mit ihnen tauschen, wieder auf mich gestellt sein und selbst die Richtung bestimmen. Der Bus hält mich gefangen, bietet mir allerdings im Moment auch etwas Sicherheit. Ich hielt mich früher für unabhängig. Kein Berg wäre mir zu hoch gewesen, um ihn nicht zu besteigen und heute fühle ich mich wie ein alter Mann. Oder wie ein Kind? Ich muss einfachste Schritte wieder erlernen und tue das hier, am Rande der Sahara, und nicht im sicheren Schoß der Therapie. Genau diese Erfahrung brauche ich und ich bin froh, dass ich so mutig bin, diesen Schritt zu gehen.

Hinter uns verschwindet Douz, das Tor zur Sahara. Dort, in der Oasenstadt, beginnt und endet die Weite dieser unglaublichen Wüste. Das Dromedar, auf das ich verfrachtet worden bin, trägt den stolzen Namen Massut. Ich fühle mich wohl, meine Ängste sind verschwunden und ich habe das Gefühl, tagelang auf ihm reiten zu können. Nur wohin? Die Wüste lebt, und wie! Hier sehe ich bestimmt keinen Skorpion und auch die Sandvipern dürften sich davon gemacht haben im

Angesicht der Touristenströme, die kreuz und quer und zu Hunderten durch die Dünen geführt werden. Diejenigen, denen der Ritt auf dem Dromedar als zu gefährlich erscheint, haben die Möglichkeit, mit der Kutsche ein Stück Wüste zu erobern. Ich habe mir das alles anders vorgestellt, einsamer und intensiver. Auf dem Rücken von Massut fühle ich mich trotzdem wohl. Stark und unbezwinglich schwebe ich fast über dem Wüstensand. Die Bewegungen des Tiers empfinde ich als angenehm. Hin und wieder spüre ich, dass Massut seinen Job nicht gerne macht. Nur widerwillig befolgt er die Befehle seines Herren und kommentiert jeden mit einem Jaulen und Murren. Er scheint seinen eigenen Kopf zu besitzen und erinnert mich an meinen Hund, den ich in diesem Augenblick vermisse. Massut ist mir sympathisch. Ich kann ihn zu gut verstehen, denn was kann es Langweiligeres geben, als jeden Tag Touristen in die Wüste zu schleppen? Bis hierher habe ich es geschafft und nun bin ich mir sicher, dass mich nichts so schnell umbringt. Ich kann mir vorstellen, noch einmal hierher zu kommen. Gerne würde ich mit Anja den Nomaden auf ihren Wegen durch die Wüste folgen. Es wäre sicher eine große Erfahrung, die Gewaltigkeit der Natur zu erleben, ihrer Härte zu widerstehen, aber auch ihre Gaben an uns, das Wenige und Grundlegende, mit den Berbern zu teilen. Ich sehe mich bereits auf einer langen Reise...

Wir sind etwas abseits der restlichen Touristen, die jetzt den einsetzenden Sonnenuntergang bewundern, der die Macht hat, sie für kurze Zeit verstummen zu lassen. Endlich kann ich etwas von der Stille der Wüste spüren, von der ich schon so viel gehört habe. Es ist faszinierend, wenn auch nur von kurzer Dauer. Ein Schakal zeigt sich auf einer der Dünen und verschwindet sofort wieder. Vielleicht bedeutet er mir, ihm zu folgen. Ich schaue nach Süden. Wie weit ist Afrika? Wie weit muss ich gehen, bis ich dort bin, wo Afrika am schwärzesten ist? Was würde mich dort erwarten? Könnte ich mir vorstellen, eine Weile als Helfer dort zu arbeiten? Mich zieht es weiter auf diesem von schweren Krisen immer wieder geschüttelten Kontinent. Ich will seine Menschen kennen lernen. Vielleicht könnte ich dort, wo die Not groß ist und selbst Kinder hungern und nicht das Privileg von gesundheitlicher Versorgung und Schulbildung besitzen, einige Zeit verbringen, in einem Projekt arbeiten und meine Erfahrung und

Zuneigung den Hilfebedürftigen entgegenbringen. Nichts löst schönere Gefühle in mir aus, als einem Menschen geholfen zu haben, und sei es nur durch meine Anwesenheit oder mein Zuhören. Ich werde es nie begreifen, warum ein so reicher Planet und Menschen, die fähig sind, Zusammenhänge zu erkennen, es nicht schaffen, Elend, Krankheiten und Hungersnöte zu beseitigen. Hat nicht jeder Mensch das Recht auf ein erfülltes Leben? Gerade in den letzten beiden Jahren, in der Zeit der Therapie, hat sich vieles für mich geändert. Meine materialistischen Ansprüche sind gesunken. Einzig übrig geblieben ist der, mir meine Horizonterweiterung finanzieren zu können. Ich möchte die Welt bereisen können. Unterkunft und Brot würden mir dabei ausreichen. Ja, ich würde gerne helfen in Afrika. Nur alleine diese verdammte Angst und meine eigene Hilfebedürftigkeit halten mich davon ab. Vielleicht ist Afrika noch einen Schritt zu weit entfernt…

Ich öffne die Augen. Wieder kann ich nicht schlafen. Zu viele Gedanken haben in der Nacht mein Gehirn bevölkert. Im Traum war mir meine Mutter erschienen. Vieles zwischen uns ist unausgesprochen. Ob wir nach dieser Reise die Möglichkeit haben, zueinander zu finden? Anja liegt neben mir und kuschelt sich an mich. Mir stehen die Tränen in den Augen, aber diesmal vor Glück. Lange hat es gedauert, bis ich wirklich bereit war, diese Beziehung zu führen. Oft bin ich davor weggelaufen, habe mir große Mühe gegeben, jedes Gefühl für einen anderen Menschen zu zerstören. Und damit zerstörte ich mich. Jetzt, wo es zumindest einen kleinen Zugang zu meinen Gefühlen gibt, möchte ich die Gelegenheit nutzen, das Leben zu probieren. Das, was ich „meine vermeintliche Freiheit" nannte, gab ich für sie auf, mit jeder Konsequenz. Ich erkannte, dass es erfüllender war, Beziehungen zu vertiefen anstatt sie auf oberflächlichen Sex zu begrenzen. Ich hoffe, mit ihr das ziellose Umherirren meines Lebens beenden zu können. Dafür war ich bereit, Opfer zu bringen und Kehrseiten in Kauf zu nehmen. Wäre es anders, würden mir die schönen Seiten des Lebens vorenthalten bleiben. Ohne Treue würde ich wohl keine Liebe erfahren. Zumindest nicht von ihr. Ich entferne mich davon, im Leben alles haben zu wollen und ich fühle mich dabei nicht schlecht. Aus dem Fenster des Hotels sehe ich hinüber zur Moschee, deren

Minarett beleuchtet ist. Wir wollen heute sehr früh aufstehen. Hedi meinte gestern, es wäre sehr wichtig, zeitig aufzubrechen. Der Hahn kräht an diesem Freitagmorgen erst, nachdem der Mullah zum Gebet gerufen hat. Nun lohnt es sich nicht mehr zu schlafen. Ich ärgere mich, dass die Müdigkeit heute schon wieder mein Begleiter sein wird, aber ich werde auch diesen Tag irgendwie überstehen. Was bleibt mir denn anderes übrig, als wieder mitzutrotten? Soll ich hier am Wüstenrand zurückbleiben? Ich will mich nicht entschließen, diese fremde Welt allein zu erkunden…

Schlaftrunken starre ich durch das Busfenster auf den Chott el Djerid, der zum größten Salzseengebiet der Sahara gehört. Er erstreckt sich von der algerischen Grenze bis fast zum Mittelmeer. Wasserläufe aus den Bergen im Norden führen salzhaltiges Wasser in ihn hinein. Einen Abfluss gibt es nicht. Bei über fünfzig Grad im Sommer verdunstet das Wasser und die Salze kristallisieren zu einer trockenen Kruste. Wir halten auf dem künstlich angelegten Damm, der seit fast dreißig Jahren mitten durch den See führt, kurz an, um dieses Phänomen zu besichtigen. Die Dämmerung am Horizont ist nur zu ahnen, als wir den Bus verlassen. Hedi rät uns, auf der Straße zu bleiben, denn unter der trockenen, krustenartigen Oberfläche befindet sich tiefer Schlick. Ich glaube ihm, gehe dennoch ein Stück in den See hinein. Mir ist schlecht und ich will nicht, dass die ganze Busbesatzung zu sehen bekommt, wie ich mich übergeben muss. Danach fühle ich mich befreiter, stelle mich zu Anja hinter den Bus und gemeinsam genießen wir die Weite des Sees im Halbdunkel. Jetzt, im Oktober, ist er völlig ausgetrocknet. Ich bedaure, dass die Sonne nicht scheint, denn hier sollen oft Fata Morganas zu beobachten sein. Wir durchqueren den Chott relativ unspektakulär. Vor dem Bau der Straße war die Reise zwischen den ehemaligen Karawanenstädten Kebili und Tozeur aufgrund der tückischen Salzkruste sehr gefährlich. Im 14. Jahrhundert soll eine ganze Karawane mit über eintausend Kamelen in ihr spurlos verschwunden sein. Mir fällt die Lektüre meiner Kindheit ein. Im Abenteuerroman „Durch die Wüste" beschrieb Karl May die Gefahren des Chotts. Im Gegensatz zu mir war der allerdings nie hier gewesen. Aber auch mein Aufenthalt ist nur von kurzer Dauer, denn bald müssen wir Chebika, die

Bergoase, erreichen. Hedi drängt uns zur Eile und wir nehmen unsere Plätze im Bus wieder ein, den Mohammed gleich weiter über den Damm jagt. In Tozeur verlassen wir das große Gefährt und steigen in Jeeps um. Der Fahrer unseres Wagens ist traditionell wie ein Berber gekleidet und lässt seinem Temperament auf der Piste freien Lauf. Er rast durch die Steppenlandschaft, als gäbe es kein Morgen mehr. Trotzdem nehme ich das Palmenpanorama vor der Bergkulisse zu meiner Rechten wahr, während sich links eine weite Ebene erstreckt. Es dauert nicht lange, bis wir in Chebika sind. Wir steigen über Felsen und vor uns eröffnet sich der Blick auf eine Ruinenstadt. Außer uns befinden sich an diesem frühen Morgen keine Touristen hier. Wir lassen die Ruinen hinter uns, zwängen uns durch Felsspalten und gelangen schließlich zu einem Punkt, der einen atemberaubenden Blick auf das Land freigibt. Ansatzweise ist hier, auf einem der letzten Ausläufer des Atlasgebirges, die nahezu grenzenlose Weite des afrikanischen Kontinents zu spüren. Eine nicht enden wollende Steppe und das Chott el Rharsa liegen zu unseren Füßen und der Blick reicht, bis der Horizont im Dunst verschwindet. Die algerische Grenze ist nicht weit entfernt und schon wieder möchte ich das nächste Land bereisen. Meine Augen können sich kaum von dieser Herrlichkeit lösen. Hier fühle ich die Freiheit meines Herzens und ich möchte, dass dieser Moment nie vorbei geht.

Beim Abstieg gehen wir an einem kleinen Bach entlang, der sich durch einen Palmenhain schlängelt. Ich komme mit Hedi ins Gespräch. Er erzählt mir, dass sich sein Land immer mehr an der westlichen Welt orientiere. Das Bildungssystem ändere sich, es gebe jetzt auch Schulen für Behinderte und Lernschwache. Kinder einkommensschwacher Eltern erhielten Stipendien an den Universitäten, mit sechzig Jahren könne man in Rente gehen und auf Bankkredite gebe es acht Prozent Zinsen. Ich warne ihn, dass bei allen Errungenschaften nicht jede Annäherung an den Westen unbedingt ein Fortschritt sein muss, dass auch in den Demokratien Westeuropas der Werteverfall voranschreitet und es leider viel zu wenig wache Geister gibt, dass sich Menschen unterschiedlicher Kulturen im Grunde sehr ähnlich sind im alten Spiel um Macht und Reichtum. Es ist nicht einfach, nach eigenen Wertvorstellungen zu leben, wenn das Umfeld es so wenig zulässt, aber ich bin immer noch bereit, mich zu wehren. Irgendwie muss ich meinen Platz in dieser Welt finden. Ich will leben, in Frieden. Doch meist geht selbst das nicht ohne Kampf. Die Frage ist nur, auf welche Weise ich kämpfen will…

Als wir zurück zu den Jeeps gehen, sehen wir, wie sich Hunderte von Touristen den Berg heraufquälen. Hedi zwinkert und fragt: „Seht Ihr jetzt, warum es so wichtig war, früh aufzustehen?" Wir fahren noch einige Kilometer weiter in Richtung Tamerza und halten auf einem Plateau mitten in den Bergen. Auch hier bevölkern wieder ein paar Händler den Ort, doch schnell entdecke ich, dass sich ein paar Meter weiter ein Naturschauspiel vollzieht, welches eine größere Anziehungskraft auf mich hat, als tote Skorpione hinter Glas. Aus vielleicht zehn Metern Höhe stürzt Wasser aus einer Felsspalte in einen still liegenden See, der trübe und brackig erscheint. Hier, etwas abseits der Stände, finde ich ein paar Momente der Ruhe. Dieser Ort lädt mich nicht zum Baden ein, sondern zum Nachdenken. Seine Idylle schiebt meine Gefühle an. Ich bin froh, dass ich diesen Ausflug gemacht habe, trotz der Eile und der streng vorgegebenen Route. Ich spüre Traurigkeit in mir, denn mir wird bewusst, dass ich nur noch an wenigen Therapiesitzungen teilnehmen werde, bevor ich mich von dort in mein Leben verabschieden und ich versuchen möchte, selbst ein Stück weiterzugehen. Vielleicht habe ich zu sehr in meiner Vergangenheit gewühlt, zu sehr erwartet, dass mich aus dieser Zeit emotional etwas einholt, und dabei den Blick auf das vergessen, was mich heute traurig macht. Sicher, die Dinge, die in der Vergangenheit geschehen sind, waren auch Auslöser für meine heutigen Sichtweisen oder emotionalen Regungen. Ich will meine Gefühle zulassen, die aus der Vergangenheit und die, welche in die heutige Zeit gehören. Ich möchte das Gefühlsfass nicht wieder zum Überlaufen bringen. Vermeiden ist einfach, aber nicht gesund. Meine Trauer zu vermeiden hat mich verbittert. Und ich bin lieber traurig, als durch Bitterkeit gezeichnet. Ich bin heute traurig, denn ich verlasse in drei Wochen eine Familie. Menschen, die mir das gegeben haben, was ich immer vergeblich gesucht habe. Sie waren für meine Ängste da. Ich habe es gelernt, ihnen zu vertrauen und ich werde sie vermissen, die Pfleger, die Therapeutin, die Patienten, die

Freunde... Aber ich habe eine neue Familie, meine Familie, die zwar noch klein ist, aber der Mittelpunkt meines Lebens werden kann. Als ich damals von der stationären in die ambulante Therapie gewechselt habe, hatte ich den Entschluss gefasst, dieser Zeit und allen Menschen, die mir dort begegnet sind, ein musikalisches Album zu widmen. Ich habe damals ein Versprechen gegeben, das mir noch immer eine Herzensangelegenheit ist. Leider habe ich es noch nicht verwirklichen können, aber ich werde daran arbeiten, vielleicht sogar heute noch. Ich will mich nicht mehr unter Druck setzen, denn alles braucht seine Zeit, auch gute Lieder. Melancholie ist das Wort, das meine jetzige Stimmung wohl am ehesten beschreiben könnte. Ich hatte immer Probleme mit Abschieden, besonders, wenn sie für immer gewesen sind. Dieser Abschied ist aber nicht für ewig, denn ich nehme etwas mit. Ich trage in mir die wertvollsten Erfahrungen, die ich in meinem Leben machen durfte. Sie werden solange bei mir sein, bis ich selbst einmal gehe. Ich bin traurig, aber voller Hoffnung...

Der Berber, dessen Name ich nicht kenne, drängt zum Aufbruch. Natürlich, denn es stehen ja noch die Besuche einer Dattel- und einer Bananenplantage an. Danach dann soll es noch rasch zur Sidi-Oqba-Moschee nach Kairouan gehen. Wir klettern wieder in den Jeep. Kaum ist der Patrol gestartet, wirft es uns in den Sitzen nach hinten. Wie Verrückte jagen wir die Berge hinunter und danach dann durch die weite Steppe. Ich halte Anjas Hand, denn ihr ist schlecht. Auch wenn ich jetzt sensibler auf viele Dinge reagiere, als in der Zeit vor der Therapie, stört mich diese Fahrweise wenig. Sie kommt mir noch sehr bekannt vor, bin ich doch vor nicht allzu langer Zeit selbst in diesem selbstmörderischen Stil über europäische Straßen gejagt. Mir macht es sogar Spaß, in diesem Jeep zu sein, der von einem scheinbar vom Dschinn Besessenen gesteuert wird und ich bedaure, nicht selbst am Lenkrad zu sitzen. Am Ende unserer Fahrt steige ich aus, sehe den Berber an und frage: „Jalla?", was soviel bedeutet wie: „Los, schnell!" Zum ersten Mal kommt Bewegung in das bronzefarbene Gesicht. Er strahlt mich an, nickt und sagt: „Jalla!" Wir warten noch einige Zeit auf die Jeeps mit den anderen und ich spüre Leben in mir. Dieser Augenblick ist mir so wertvoll, weil er so intensiv ist. Ich erlebe diese Momente jetzt öfter, aber noch immer nicht oft genug. Es ist einfach schön, hier in der Einöde zu stehen und ich möchte Anja, die ganze Welt und am liebsten mich selbst umarmen. Ich spüre einen Moment tiefsten Glücks.

Vorhin bin ich etwas genervt gewesen, als wir bei sengender Hitze durch die Plantagen gescheucht worden sind. Mein Körper reagierte wieder mit Anspannung und Unwohlsein. In diesem Moment half es mir, zu wissen, worauf ich so reagiere. Ich hatte einfach die Schnauze voll. Weder wollte ich zu Fuß, noch auf Pferdekutschen mit einem Haufen Touristen diese Anbaugebiete durchqueren. Aber ich war gefangen in dieser Gruppe. Selbst wenn ich losgerannt wäre, hätte es an meinem Zustand nichts geändert. Also musste ich da durch und hielt diesem Gefühl einfach stand. Als ich mir meiner Lage bewusst war, gelang es mir, mich nicht wieder in die Panik hineinzusteigern. Das machte mich stolz und schon einige Momente später plante ich meine nächste Reise, individuell und ohne Massenabfertigung. Ich freue mich über meine positiven Gedanken und darüber, dass es mir gelingt, nicht mehr den Notarzt aufsuchen zu müssen, wenn ich mich in einer seelischen Krisensituation befinde. Anja sitzt neben mir und schläft, wie fast alle im Bus. Selbst Mohammed fährt etwas vorsichtiger. Wahrscheinlich stecken auch ihm die letzten Stunden in den Knochen. Leise tönen arabische Volksweisen aus den Lautsprechern. Sie gefallen mir immer besser. Ich werde mir hier, bevor ich abreise, ein paar Instrumente zulegen, um zu Hause meine Eindrücke musikalisch zu verarbeiten. Die Müdigkeit übermannt mich. Jetzt fordern die wenigen Stunden Schlaf ihren Tribut. Krampfhaft halte ich die Augen auf und versuche, meine Gedanken zu Ende zu bringen. Ich habe die letzten beiden Nächte kaum geschlafen, und da ist es völlig normal, dass ich heute nicht fit bin. Schon der Gedanke hält mich aufrecht. Ich bin immer noch dabei zu lernen. Das muss ich akzeptieren, wie meine Müdigkeit und die Sehnsucht meines Körpers nach Ruhe. Diesmal möchte ich den richtigen Weg wählen, meinen Weg gehen, und nicht den, welchen mir andere auferlegt haben. Wenn ich mein Ängste und Schwächen erkenne, kann ich sie möglicherweise in Stärken umwandeln. Dazu will ich ehrlich zu mir selbst sein, denn nur der ehrliche Weg wird es sein, der mich voranbringt.

Vor dem Bus quält sich die Straße wie eine schwarze Teerspur heiß und zähflüssig durch die goldene Steppenlandschaft, deren Ende nirgendwo zu sehen ist. Zur Linken begleiten uns noch immer die Ausläufer des Atlasgebirges. Ich bin mir sicher, dass hinter der nächsten Kurve noch nicht das Ende lauert, maximal ein Hügel, der mich vielleicht ins Stolpern bringt, aber nicht mehr zu Fall. Die Wüste in meinem Herzen ist um einige Oasen angereichert. Das ist mein Leben und keine Geschichte aus Tausendundeiner Nacht mit Happy End. Natürlich wünsche ich mir für meinen Seelenfrieden ein glückliches Ende, aber kann es immer eines geben? Geht es nicht vielmehr darum, die Krisen des Lebens zu meistern, die Dinge, die da kommen, zu bewältigen und das Leben so zu akzeptieren, wie es ist, mit all seinen Höhen und Tiefen? Die Zeit des Davonlaufens soll ein für allemal vorbei sein. Ich denke, ich kann mein Leben verändern, wenn ich es will. Was ist denn schlimm daran, mich von alten Verbindungen zu lösen, wenn sie in der Verwirklichung meiner Träume und der Entfaltung meiner eigenen Persönlichkeit hinderlich sind? Sicher, einiges tut vielleicht weh, aber am Ende gibt es die Chance, dass ich mich besser fühle. Ich lerne mich kennen, jeden Tag neu. Es ist oft unangenehm, aber auch schön und bringt mich voran. Leben ist Bewegung, Leben ist Veränderung, immer wieder. Angst ist normal, solange sie nicht zur Panik wird. Der Coole sein? Nein, das geht nicht, schon gar nicht, weil ich ein emotionaler Mensch bin. Ich bin ein sehr emotionaler Mensch und es hat Gründe, dass ich wurde, wie ich bin. Manche Dinge geschehen ohne unser Zutun. Ich gebe mir keine Schuld mehr dafür, denn ich bin ich. Es liegen noch viele Kilometer vor uns, aber sie stören mich nicht. Ich bin dabei, mich von diesem Land zu verabschieden. Wieder rüttelt es meinen Leib durch. Die Tränen schütteln mich und finden keinen Weg. Diesmal nicht, aber ich spüre, dass sie kommen werden. Ich bin in Aufbruchstimmung. Ja, ich möchte etwas tun, bevor meine Träume davonfliegen. Endlich habe ich sie wieder gefunden. Ich muss nach Hause, denn ich habe noch viel zu erledigen.

Die Kinder, die in den vorderen Sitzreihen gespielt haben, waren laut geworden. Mich störte das nicht weiter, aber sie bat mich, mit ihr wieder hinaus zu gehen. Über eine Treppe erreichten wir das obere Deck. Von hier hätten wir einen wunderbaren Rundblick gehabt, wenn die Wolken das Meer nicht verschluckt hätten. Wir setzten uns auf eine der kalten Bänke und ich glaubte, in der Ferne schon die polnische Küste zu erahnen. Ich beobachtete den dünnen, schwarzen Rauch, der aus dem Schornstein kräuselte. Was mich auf meiner Reise so eingeengt hätte, wollte sie wissen. Es war mir später bewusst geworden, dass wohl wieder meine gefangengehaltenen Gefühle so sehr auf mir gelastet haben, dass ich mich allem Schönen verschlossen hatte. Ich hatte nach der Begleitung durch meine schlimmste Krise eine Familie verlassen, eine Familie, die ich so nie besessen, eine, in der ich mich geborgen gefühlt hatte. Das schmerzte natürlich, und manchmal schmerzt es immer noch. Diese Abschiedsgefühle waren es, die mir erst spät bewusst geworden sind. Und vielleicht gab es da noch einiges, das ich emotional noch nicht berührt hatte. Manches klärt sich eben nicht in einer Therapie und oft genug habe ich erlebt, wie Menschen immer wieder Anläufe unternommen hatten, um ein Stück weiter zu kommen in ihrer Lebensaufbereitung, in ihrem Dasein. „Es gab eben Dinge, die ich nicht aufarbeiten konnte, Dinge für welche die Zeit noch nicht reif war, denen ich mich erst später stellen konnte, denen ich mich vielleicht sogar noch stellen muss." Mehr konnte ich ihr in diesem Moment nicht sagen. „Sind Sie eigentlich noch mit dieser Frau zusammen?", fragte sie mich und beugte sich nach vorn. Ich versuchte, diese wirklich spannende Frage zu umgehen, denn ihrer Antwort war ich mir nicht bewusst. Hatte ich die Befürchtung, mit Ehrlichkeit meine Chancen bei ihr zu mindern? Und was waren das nur wieder für seltsame Gedanken? Oder war es einfach nur ein Trieb? Selbst wenn ich es gewollt hätte und selbst wenn ich in diesem Moment ganz ehrlich gewesen wäre, hätte ich diese Frage wirklich nicht beantworten können. Ich merkte, dass sie fror und hätte sie gerne gewärmt. „Lassen Sie uns auf eine Reise gehen," sagte ich, „auf eine Reise voller Schönheit und Entspannung…" „Auf eine Reise? Gerne…", sagte sie und ich begann, ganz langsam zu sprechen:

Die Farben von Mahmya

Setzen Sie sich bequem hin. Entfernen Sie alles, was Sie stört und versuchen Sie, sich zu entspannen. Schließen Sie Ihre Augen, lösen Sie sich innerlich und durchwandern Sie langsam in Gedanken Ihren Körper. Beginnen Sie mit dem Kopf, gehen Sie zum Rumpf, zum linken Arm, zum rechten Arm und zu Ihren Beinen. Spüren Sie, ob Sie in ihrem Körper Verspannungen, oder gar drückende oder schmerzhafte Stellen finden. Nehmen Sie diese wahr und versuchen Sie, diese aus Ihrem Körper zu transportieren. Entscheiden Sie, ob Sie das Belastende einfach loslassen können. Nehmen Sie alle störenden Geräusche und lassen Sie diese einfach fallen. Andere Geräusche, die sie nicht stören, nehmen Sie einfach mit. Lassen Sie die Geräusche des Schiffes Sie weiterhin begleiten. Halten Sie die Augen geschlossen und nehmen Sie das Wasser wahr. Können Sie es spüren? Es ist hellblau und ruhig und wir sitzen und liegen auf einer großen, weißen Yacht, die uns nun auf das Meer hinaus bringt. Gerade sind wir mit den kleineren Booten vom Strand von Mahmya, wo wir den ganzen Tag verbracht, gebadet und uns gesonnt haben, zur Yacht gefahren, die etwas weiter draußen ankerte und nun sanft mit uns über das Meer gleitet. Die Sonne steht hoch am blauen Himmel und die über vierzig Grad Wärme empfinde ich als sehr angenehm. Spürst auch Du diese Wärme, aufgefrischt durch den angenehmen Wind, der von der Wüste herüber weht? Wie in einem Märchen fahren wir durch eine Meerenge. Zu unserer Linken sehen wir die weiten Sandstrände der großen Giftun-Insel, auf der rechten Seite die sandfarbenen Felsenerhebungen der kleinen Giftun-Insel. Die freundlichen Mitglieder der Crew mit ihren braunen Hautfarben lächeln uns bei jeder Gelegenheit an. Dort auf der Bank unterm Rettungsring, da schläft ein Kind. Es sind noch mehrere Menschen an Bord, die sich leise in einer fremden Sprache unterhalten, die wir nicht verstehen. Hörst Du sie reden? So fahren wir immer weiter, mit der Wärme der Sonne und der Frische des Windes über eines der paradiesischsten Meere der Welt. Weit hinter uns sind noch andere weiße Yachten zu sehen, von denen wir uns immer weiter entfernen. Wir schauen auf die weißen Linien, die unser Boot ins Wasser schneidet, das sich bald darauf wieder, nur durch ganz kleine

Wellen unterbrochen, zusammenfügt. Nun verlässt uns das Geräusch des Motors und wir treiben noch einige Sekunden dahin, bis eines der weißgekleideten Crewmitglieder den Anker zu Wasser lässt. Die Menschen mit der fremden Sprache haben Flossen und Taucherbrillen angelegt. Nacheinander steigen sie über eine Leiter in das Wasser. Auch wir helfen uns beim Anlegen der Schnorchel und der Schwimmwesten. Ein Crewmitglied lächelt uns an und zeigt zur rechten Seite. „Schwimmen Sie hier entlang, dort ist es am schönsten." Du steigst vor mir die Leiter ins Wasser hinab und gleich darauf folge ich Dir. Ich schiebe alle Bedenken, die ich noch habe, einfach weg. Auch die Haie, die es hier gibt, schiebe ich einfach weit weg, wie meine ganze Angst. Nein, heute wird uns kein Hai begegnen, heute nicht. Ich fühle mich federleicht, als ich durch das warme Wasser gleite, sehe noch einmal zum Boot und schwimme davon, hin zu der Stelle, an der ich einige der anderen sehe. Ich schaue nach Dir und freue mich, dass Du mich begleitest. Noch einige Schwimmzüge und vor uns breitet sich ein riesiges Korallenriff im hellblauen Wasser aus. Ich schwimme ganz nah an die Korallen, die sich in unterschiedlichen Formen und Farben zeigen, gerade, als wollten sie uns einen besonders schönen und unvergesslichen Anblick bescheren. Wir sind nicht allein. Lautlos gleiten Dutzende Fische dahin und einige von ihnen versuchen, Nahrung von den Korallen zu bekommen. Dort ist ein weißer Fisch mit schwarzen Streifen und dort schwimmt ein gelber und da ein ganz blauer. Neben mir taucht noch ein gelber Fisch aus dem Nichts auf und dann wieder ein weißer. Sie zeigen keine Scheu, schwimmen völlig ruhig an mir vorbei, mit geöffnetem Maul und schwarzen Augen. Manche wechseln hin und wieder die Richtung, und auch das geschieht in völliger Lautlosigkeit. Dort ist einer schwarz-weißer Fisch mit Punkten in Orange. Und dort schwimmt etwas Schwarzes unter mir hindurch, was aussieht, wie ein langer Stachel. Ich lasse mich jetzt nur noch treiben und genieße den Anblick, welcher sich vor, unter und neben mir ausbreitet. Meterweit kann ich sehen in dieser faszinierenden, mir bis dahin völlig unbekannten, Unterwasserwelt. Ich scheine in einem riesigen Aquarium voller Friedfertigkeit zu sein, und doch bin ich mitten in der Natur, mittendrin in etwas, das keine Menschenhand geschaffen hat und das seit Jahrtausenden existiert. Ich höre nur noch meinen langsam dahingleitenden Atem, der durch den Schnorchel in meine Lunge strömt. Ich fühle mich unendlich frei und möchte stundenlang durch das Wasser gleiten, federleicht in der Stille mit tiefem Frieden in mir. Immer weiter schwimme ich um das Riff, und schwimme, und schwimme... Ich weiß, dass ich mich jetzt von dieser Welt verabschieden muss und tauche langsam auf. Mit einem kurzen Blick orientiere ich mich zur weißen Yacht, die immer noch vor

Anker liegt. Dann lege ich mich auf den Rücken und gleite auf der Wasseroberfläche dahin. Ich schaue in den wolkenlosen Himmel, während meine Beine sich langsam bewegen, um mich in die Nähe des Schiffes zu treiben. Auch die anderen sind auf dem Weg zurück. Kurze Zeit später erreiche ich die Yacht und steige über die Leiter aufs Deck. Wir sehen uns an und wissen, dass wir soeben eines der schönsten Erlebnisse hatten, die wir uns vorstellen konnten. Bald darauf startet der Bootsmotor und die Yacht fährt in einem großen Kreis, bis sie wieder Kurs auf Mahmya nimmt. Wir sitzen auf dem Deck und schauen noch einmal auf die goldgelben Felsen der Inseln, die uns auf unserer Fahrt begleiten. Langsam werden wir wieder wach, bewegen die Arme und Beine und ein wenig den Kopf. Dabei halten wir die Augen noch kurz geschlossen. Dann recken wir uns und nehmen wieder die Geräusche der Umgebung wahr, in der wir uns befinden. Nun öffnen wir die Augen, atmen tief durch und sind wieder im Hier und Jetzt.

Aus dem blauen Meer war ein grünes geworden und aus den vierzig Grad Hitze Temperaturen um den Gefrierpunkt. Trotzdem sah ich in ihren Augen etwas Warmes und sie lächelte mich an. Danzigs Hafeneinfahrt rückte schnell näher und sie reichte mir ihre Hand. War dies der Zeitpunkt, an dem wir uns, nach einer kleinen Oase des gegenseitigen Erleichterns, wieder in unsere Leben entließen? Am Hafen würden wir in den Bus zum Bahnhof steigen und dort würde es nicht lange dauern, bis mein Zug ankäme. In vier Stunden würde auch ihr Zug fahren, nach Ungarn, ins Ungewisse... So sehr ich mir wünschte, dass sie mich hätte weiter begleiten können, so sehr wünschte ich ihr, dass sie ihren Frieden mit der Vergangenheit finden würde.

Tiefe Wolken hingen über der Bucht von Danzig, aber es schneite nicht. Meine Tasche stand im Dreck neben mir. Dort, wo die Überdachung des Bahnsteigs endete, begann eine Decke aus matschigem Schnee, der wahrscheinlich seit einigen Tagen dort lag. Die dicken Stahlprofile, die das Dach hielten, erinnerten mich an meinen Heimatbahnhof der Vorwendezeit. Das Bahnhofsgebäude mit dem imposanten Turm und der spätgotischen Fassade wirkte grau, passend zum Wetter und zum Bahnsteig und so ganz anders, als noch am Tag zuvor Gamla Stan, die Altstadt von Stockholm, die sich im Schneetreiben malerisch präsentiert hatte. In Gedanken saß ich wieder in einem der Cafés, schaute den Flocken zu und den Stockholmern, die an meinem Fenster vorbeizogen. Die meisten von ihnen waren bis zur Nasenspitze eingepackt. Ganz früh war ich aufgebrochen und mit der Roslagsbanan von dem kleinen Haus in Åkersberga, in dem ich während dieser Zeit wohnte, bis zur Tekniska Högskolan, der Technischen Hochschule in Stockholm, gefahren. Dann bin ich durch die Stadt gelaufen, wohl wissend, dass ich so schnell hier nicht wieder herkommen würde. Ich hatte den Tag genossen, war den Sveavägen herauf und die Drottninggatan wieder hinunter gelaufen. Ich bin noch einmal durch die Gassen gegangen, die mir wie meine Heimat vorkamen, in denen ich fast jeden Winkel kannte und doch immer wieder Neues entdeckte. Ich setzte mich auf eine Bank am Strandsvägen und schaute noch einmal auf die Boote, welche die Menschen durch die Schärenlandschaft brachten. Mit einem Blick auf die stolze Fassade des Kungliga Dramatiska Teatern verabschiedete ich mich und lief zur Centralstation, um von dort mit dem Pendelzug über Västerhaninge nach Nynäshamn zu fahren. Auf Wiedersehen Schweden, hallo Ungewissheit. Wirklich weitergekommen in meinen Überlegungen war ich nicht, wirkliche Klarheit hatte ich nicht. Nun wollte ich erst einmal nach Hause, nach Deutschland, fahren, um dort vielleicht meine Antworten zu finden. Ich hatte den Umweg über Danzig nehmen müssen, wo ich nun am Bahnhof stand. Was war das für eine Begegnung mit dieser schönen, traurigen Frau, die jetzt auf dem Weg nach Ungarn war? Wir waren noch gemeinsam mit dem Bus vom Fährterminal zum Bahnhof gefahren, dann hatten wir uns verabschiedet. Ich spürte in diesem Moment tiefe Traurigkeit aufkommen, die mehr und mehr zunahm und hoffte, nicht mitten auf dem Bahnsteig losheulen zu müssen. Gerne hätte ich mehr Zeit mit ihr verbracht, hätte mit ihr Danzig erkunden wollen, um vielleicht festzustellen, dass es auch in dieser Stadt ähnlich schöne Seiten gibt, wie in Stockholm. Und eigentlich ging es ja nicht wirklich um irgendwelche Städtebesichtigungen. Meinetwegen hätte wir unsere Zeit auch in Berlin, Kairo oder eben Székesfehérvár verbringen können. Warum wünschte ich mir noch mehr Begegnung mit ihr? Vielleicht, weil ich schon lange nicht mehr mit jemanden darüber gesprochen hatte, wie es in mir eigentlich aussah. Ich sehnte mich nach dieser Frau, die erst so geheimnisvoll und dann so natürlich gewesen ist. Nicht einmal ihren Namen wusste ich…

„Ich wollte Ihnen übrigens noch sagen, dass ich Zsuzsanna heiße." Ich zuckte ein wenig zusammen. Fing ich jetzt an zu spinnen? Als ich mich umdrehte, stand sie tatsächlich da, ganz in schwarz gekleidet, mit roten Haaren und blauen Augen. „Was machen Sie denn hier, ich meine, wo wollen Sie hin?" „Ich habe meine Fahrkarte eingetauscht. Nach einigem Hin und Her hat das auch funktioniert, mit Zuschlag, versteht sich…" Der Rest ging im Lärm des aus Bialystok einfahrenden D-18113 der Polnischen Staatsbahnen unter. Als der Zug endlich zum Stehen gekommen war, hatte sie keine Zeit für weitere Erklärungen. Nacheinander bestiegen wir einen Waggon, in dem fast niemand saß. Hätte ich, wie ein Gentleman, ihr beim schweren Koffer helfen sollen, den sie vor mir durch den schmalen Gang wuchtete? „Haben Sie etwas dagegen, wenn wir zusammen sitzen?", fragte sie und wies in ein leeres Abteil. Nein, hatte ich natürlich nicht. Nun sah ich auch noch zu, wie sie den Koffer in die Gepäckablage hievte. Sie schien mir meine Tramplichkeit nicht übel zu nehmen. „Ich habe mich entschlossen, erst einmal nach Hause zu fahren. Ich weiß nicht genau, warum. Ein Gefühl sagt mir, dass ich es einfach tun soll. Vielleicht ist es jetzt noch nicht die richtige Zeit, meinem Vater zu begegnen. Und vielleicht sollte ich dort auch nicht allein hinfahren". Wir sagten eine Weile nichts mehr. Der Zug hielt fast im Minutentakt: „Gdansk Wrzescz", „Gdansk Oliwa", „Sopot", „Gdynia Glowna", verrieten die Schilder. Ihre Augen waren zugefallen. Es schien heute nicht richtig hell werden zu wollen. In einigen Stunden würde uns ohnehin am Nachmittag schon wieder tiefste Nacht erwarten. Als sie ihre Augen wieder geöffnet hatte, sah sie mich eine Weile an. „Sie haben mir noch nicht gesagt, wie Sie heißen!" Ja, das hatte ich wohl wirklich vergessen, dachte ich und holte es nach. „Ich weiß nicht, warum ich mich so wohl bei Ihnen fühle und habe auch ein wenig Angst davor, dass ich mich bei Ihnen vielleicht sogar zu wohl fühlen könnte. Ich habe das schon lange nicht mehr so gespürt, viel zu lange…" Mir wurde etwas seltsam, aber sie hatte genau das ausgesprochen, was auch ich empfand. Auf meiner ganzen Reise hatte ich mich nicht so wohl gefühlt, wie in den Stunden, in denen sie bei mir war. Auch jetzt wäre ich ihr gerne sehr nahe gekommen. Zu sehr sehnte sich etwas in mir nach ihrer Nähe, nach etwas Zärtlichkeit, danach, einfach in den Arm genommen zu werden, sie zu streicheln und gestreichelt zu werden. Wie hätte sie denn reagiert, wenn ich mich jetzt ganz nah neben sie gesetzt hätte? War es der Verstand, der es mich nicht tun ließ, obwohl meine Gefühle mir etwas anderes sagten? Ich blieb ihr gegenüber sitzen und zwang mich, dem nicht nachzugeben, was ich am liebsten getan hätte. „Vielleicht sollte ich Ihnen noch eine Geschichte erzählen," sagte ich zu ihr, „eine sehr wichtige Geschichte. Es gibt einen besonderen Menschen in meinem Leben, dem ich sie gewidmet habe." Jetzt war ich es, der sie nicht ansah. Vielleicht wollte ich ihre Enttäuschung nicht sehen, vielleicht aber auch meine eigene nicht spüren, dass ich mich jetzt so wenig auf uns einlassen konnte. Aber vielleicht machte ich genau das doch in diesem Moment und möglicherweise war ich dabei, mir eine wichtige Frage zu beantworten. Ich schaute die Wand gegenüber an und sprach leise weiter: „Ich glaube, es gibt Tage, an denen ich das Gefühl habe, dass nichts an ihnen geschehen würde, und dann gibt es wieder Ereignisse, bei denen ich denke, sie würden die Welt verändern. Und es gibt Tage, die mir persönlich so wichtig sind, dass sie in meiner Lebensgeschichte einen herausragenden Platz einnehmen. Eben weil diese Tage Vorstellungen und Wertigkeiten verändern können, weil sie vermeintlich schon geschriebener Lebensgeschichte eine entscheidende Wendung verpassen können, weil sich der Horizont einfach erweitert." Einer dieser, ich nenne ihn mal „schicksalhaften" Tage, war:

Ein Tag im November

Ich möchte Dir heute eine Geschichte erzählen. Dabei musst Du selbst herausfinden, ob es sich um eine traurige, oder eine fröhliche Geschichte handelt. Manchmal liegt beides dicht beieinander und ohne die Traurigkeit können wir wahrscheinlich keine wirkliche Fröhlichkeit empfinden. Es ist gut, traurig zu sein und es ist schön, fröhlich zu sein. Mach aus dieser Geschichte das, was Du willst. Erlebe sie so, wie Du sie erleben willst und wie Du sie fühlst. Dabei ist nichts schlecht oder gut, aber: Es ist, wie es ist.

Die Geschichte trug sich im Herbst zu. Es gab da eine Frau und einen Mann. Sie kannten sich seit mehr als sechs Jahren. Zumindest ein bisschen, denn richtig kannten sie sich eigentlich noch nicht so lange. Sie hatten lange Zeit kaum miteinander geredet und die Dinge geschehen lassen, wie sie passierten. Im Grunde war das nicht schlecht gewesen, aber keiner von beiden wusste, wie es in dem anderen aussah und was dieser fühlte. Es gab keinen Plan, wie irgendetwas geschehen oder wohin die Wege des Lebens führen sollten. Sie lebten in den Tag hinein. Eigentlich trafen sie sich anfangs nur in der Nacht. Das aber hatte die Frau irgendwann nicht mehr gewollt. Sie wünschte sich mehr von dem Mann. Sie wollte ihn ganz, mit seinen Gedanken und seinen Gefühlen. Der Mann hatte sich bedrängt gefühlt und eine lange Zeit gezögert. Doch dann hatte auch er seinen Gefühlen nicht widerstehen können und gemeinsam waren sie in eine Wohnung gezogen. Ihre Beziehung war nicht immer einfach. Der Mann hatte schon seit langer Zeit Schwierigkeiten, sich auf andere Menschen einzulassen. Der Frau fiel es schwer, mit dem Mann zu reden. Irgendwann jedoch geschah etwas in ihren Leben und sie veränderten sich. Sie merkten, dass vieles im Dunkeln blieb und sie auffraß, wenn es nicht gesagt wurde. Die Beziehung der beiden zueinander besserte sich. Beide lernten noch einmal einen neuen Beruf. Die Frau, weil sie gerne mit Kindern arbeiten wollte und der Mann, weil er Menschen begleiten wollte, die so in Not waren, wie er es einst selbst gewesen ist. Dabei hatte er ein gutes Gefühl. So lebten sie ihr Leben. Während die Frau viele Kontakte hatte, zog der Mann sich immer mehr zurück. Seine Freunde wurden weniger, wirkliche gab es ohnehin kaum. Der Mann machte schon seit vielen Jahren Musik. In Liedern fiel es ihm leichter auszudrücken, was er wirklich fühlte. An jenem Sonntagabend, an dem diese Geschichte ihren Anfang nahm, hatte er mit seinen Musikerkollegen zusammengesessen, um ein neues Lied zu komponieren. Konzerte gab er in dieser Zeit keine. Die Sorge um die Frau hielt ihn davon ab. Als er wieder nach Hause gekommen war, klagte sie über Schmerzen. Seit Wochen war sie sehr verändert und beide mussten lernen, mit der Situation umzugehen. Die Frau konnte nicht mehr arbeiten, die Tage des Mannes wurden manchmal unerträglich für ihn. Mit den Gedanken war er bei der Frau, aber auch dabei, wie es ihm selbst damit ging. Manchmal fühlte er sich allem nicht gewachsen und hin und wieder, auch wenn es nur kurze Momente waren, dachte er daran, die Frau zu verlassen. Auch der Hund, der seit einigen Jahren bei den beiden lebte, bemerkte die Veränderung der Frau. Er wollte viel Aufmerksamkeit und wich ihr nicht von der Seite. Fast, als wollte er sie beschützen. In jener Sonntagnacht witterte er wahrscheinlich, dass etwas passieren würde. Es lag eine eigenartige Stimmung über dem ganzen Haus. Die Schmerzen der Frau wurden stärker. Beide hatten schon vorher geahnt, dass genau in dieser Nacht das geschehen würde, was unausweichlich war. Eine Stunde nach Mitternacht entschloss sich der Mann, die Frau in ein Krankenhaus zu bringen. Er streichelte kurz den Hund, bevor er der Frau die Treppen hinunter half. Kurz dachte er dabei daran, wie der Hund die Situation wohl empfinden würde. Es war sicher ungewöhnlich für das Tier, dass seine Besitzer mitten in der Nacht aufbrachen und ihn allein zurückließen.

Die ganze Straße schien zu schlafen, nur ein paar Laternen verbreiteten ein diesiges Licht. Nicht einmal ein Tier war zu hören. Auch in der Stadt war kein Mensch zu sehen und selbst im Krankenhaus herrschte eine seltsame Stille. Eine Nachtschwester nahm sie in Empfang und führte sie in einen Raum. Dort blieben sie eine Weile, bis die Formalitäten erledigt waren. Später schaute eine Ärztin vorbei. Sie untersuchte die Frau und meinte, das einzige was man tun könne, wäre zu warten. Der Mann war sehr müde. Schon in der letzten Nacht hatte er nicht geschlafen und auch in dieser würde er nicht dazu kommen, das war ihm klar. Er hoffte, das Ganze so schnell wie möglich zu überstehen. Er half der Frau, die sich kaum noch bewegen konnte, in eine Wanne. Sie sollte dort Entspannung finden und auch die Schmerzen sollten sich so ein wenig lindern. Mit jedem Schmerzschub drückte sie seine Hand so stark, dass er ein Gefühl dafür bekam, was sie durchmachen musste. Durch das Fenster blickte er auf die nachtschlafende Straße. Bald würde sie mit Leben durchflutet sein. Mit Leben? Hier starben auch Menschen, das wusste er leider zu genau. In dieser Nacht wollte er nicht ans Sterben denken, sondern er wollte leben, mit allem, was das Leben ausmacht. Sie konnten wirklich nur warten. Die Frau wusste nicht, ob sie stehen, sitzen oder im Bett liegen sollte. Der Mann konnte sich vor Müdigkeit kaum wach halten. Aus zwei Stühlen hatte er sich ein notdürftiges Lager bereitet, fand jedoch keine Ruhe. Er wusste, dass er hier durchhalten musste, nein, dass er es wollte. Eine Ahnung sagte ihm, dass dieser Tag sein Leben verändern würde. Die Veränderung hatte sich seit langem angekündigt. Richtig bewusst wurde sie ihm wahrscheinlich nicht einmal jetzt. Er fühlte sich innerlich zerrissen, wusste aber, dass er sich nichts sehnlicher wünschte, als diesen Tag endlich überstanden zu haben, um in einen neuen Lebensabschnitt zu gelangen. Wahrscheinlich wartete auf ihn die größte Veränderung in seinem Leben. Es sollte jemand in seinem Herzen Einzug halten, der sich eigentlich schon dort befand. Ja, er liebte dieses Kind schon lange, bevor es geboren worden ist. Nicht umsonst hatte er schon seit Wochen ein Ultraschallbild bei sich, das die Konturen eines Mädchens zeigte. Jedes Mal, wenn er es anschaute, bewegte es sein Herz. Dort wuchs ein kleines, unschuldiges Wesen heran. Er hatte einen erwartungsvollen Blick erkannt, der zu sagen haben schien, wie gut es ihr im Bauch der Mutter ginge, aber wohl auch voller Neugier war, was da noch kommen möge. Seit Monaten wuchs sie heran, im Körper der Mutter. Sie sollte einen glücklichen Start ins Leben bekommen. Ab und zu musste der Mann die Frau daran erinnern, dass sie sich und dem Kind nicht unnötigen Gefahren aussetzte. Er wusste, wie wichtig eine ruhige, entspannte Schwangerschaft für das weitere Leben des Kindes sein würde. Zu viele Menschen hatte er kennen gelernt, die mit ihren Kindern überfordert waren, die aus irgendwelchen Gründen nicht zeigen konnten, dass sie ihre Kinder liebten, sie ablehnten und die es sie schon während der Schwangerschaft spüren ließen. Leidtragende waren immer die Unschuldigsten, wie wahrscheinlich auch deren Eltern einmal unschuldig gewesen sind. Er war in letzter Zeit sehr sensibel darauf zu sprechen, kannte er doch die Auswirkungen dieses Teufelskreises zu genau. Daran wollte er jetzt aber nicht denken. Auch wenn ihm seine Gefühle oft fern waren, spürte er doch eine große Freude und Erwartung: Nun sollte sie endlich kommen, sich vorstellen und sagen: ‚Hallo, hier bin ich, Deine Tochter!' Die Frau spürte sie schon seit langem. Liebevoll hatte sie ihren Bauch gestreichelt und mit ihr erzählt. Auch der Mann hatte es hin und wieder geschafft, das ungeborene Mädchen im Mutterleib zu beruhigen, indem er ihr Geschichten erzählt oder etwas vorgesungen und dabei die Hand auf den Bauch gelegt hat. Ein spannender Tag war es gewesen, als beide vor einigen Monaten in dem abgedunkelten Zimmer des Arztes gesessen haben und der ihnen mitteilt hatte, welches Geschlecht das Kind haben würde. Während der Mann sich nicht viel Gedanken darüber gemacht hat, wünschte sich die Frau sehnlichst eine Tochter. Der Mann hatte sich beides vorstellen können. Er würde mit einem Sohn und einer Tochter leben können, vielleicht sogar mit zwei Kindern. Er war so angespannt und aufgeregt gewesen, dass er das Gefühl hatte, der Situation beim Arzt nicht gewachsen zu sein. Sein Herz drohte zu zerspringen, jedenfalls hatte er es so empfunden. In Panik hätte er fast das Zimmer verlassen, aber er hatte sich dazu gezwungen, zu bleiben. Zu emotional schien ihm der Moment, als der Arzt das Geheimnis entschleierte. Es werde ein Mädchen, das sei sicher... Ein kleines Mädchen! Kurzzeitig waren dem Mann die Tränen in die Augenhöhlen geschossen und nur Mühsam hatte er sie unterdrückt, schließlich habe er diesem Menschen nicht seine Gefühle zeigen wollen, warum auch immer... „Eine Ronja!", hatte die Frau sofort in diesem Augenblick gedacht. Damit war es entschieden gewesen. Eine Räubertochter sollte es also werden. Oft hatten sie über Namen gesprochen, die für das Kind in Frage gekommen wären. Eigenartigerweise hatten sie sich noch keinen Jungennamen überlegt gehabt, als hätten sie gespürt, dass dort ein Mädchen heranwuchs. Ihr Wunsch sollte ihr nun erfüllt werden. Lange hatte sie sich mit dem Namen nicht anfreunden können, der Mann aber fand „Ronja" schön und passend. Er klang nach Wäldern und Freiheit und Liebe, eben wie bei Astrid Lindgren. Er vereinte all das, was in dem Mann vorging: seinen grenzenlosen Drang zur Freiheit, seine Liebe zur Natur, seine Traurigkeit, seine Wut und seine Ängste. Auch wenn er schon lange nicht mehr wie ein Räuber lebte, so sollte dieser Name für die Erinnerung an eine Zeit stehen, in der sich die Frau und der Mann kennengelernt hatten. Äußerlich und im Verhalten war der Mann wie ein Räuber, erschienen, doch im Innersten zutiefst sensibel und zerbrechlich gewesen, eben wie dieser Mattis in der Geschichte der Schwedin. Aber hier ging es nicht nur um den Mann, sondern vor allem um das Kind. Er war auch nicht dagegen, dass seine Frau sich für einen zweiten Namen entschieden hatte: „Loreena", wie die kanadische Reisende und Musikerin, die ihre Stimmungen und Einflüsse auf modern-traditionelle, eindrucksvolle Weise ausdrücken konnte. Die Frau hatte oft Fernweh, reiste gerne in fremde Länder und auch die Liebe zur Musik verband sie mit dem Mann. Ja, auch „Loreena" war schön. „Ronja Loreena", dieser Name brannte sich seitdem fest in die Herzen der Frau und des Mannes ein. So lange hatten sie nun schon auf das Kind gewartet. Der Mann konnte es immer noch nicht fassen, dass er maßgeblich zu diesem Wunder beigetragen hatte. Eines der komplexesten aller Lebewesen entstand hier. Oft musste er an die Unendlichkeit der wunderbaren Faszination des Lebens denken und er war daran beteiligt. Er hatte es geschafft, dass ein neuer Mensch einen Platz im Leben einnehmen würde. Er hatte Leben geschenkt. Richtig begreifen konnte er es auch jetzt noch nicht...

Eine neue Schicht begann, sich auf den Tag vorzubereiten. Der Mann sagte zur Frau dass um acht Uhr sicher alles überstanden wäre. Diese Illusion wurde jedoch mit der nächsten Untersuchung durch die Ärztin zerstört. Der Muttermund hätte sich erst einen Zentimeter geöffnet, zu wenig, um mit der baldigen Ankunft der Kleinen zu rechnen. Sie ließ sich viel Zeit, wollte wohl noch nicht eintauchen in das ungewisse Abenteuer des Lebens auf einer ihr unbekannten Welt. Die Hebammen schauten nur ab und zu herein. Der Mann und die Frau waren unter sich. Sie konnten sich noch gut an den grauen Tag im Frühjahr erinnern, als die Frau dem Mann aus dem Unterricht geholt hatte. Beide hatten im Auto gesessen und die Frau ein wenig gezögert, dem Mann die Botschaft zu übermitteln. Er hatte noch ihre glitzernden Augen im Gedächtnis, als sie von einer Überraschung sprach, die er erraten sollte. Und er spürte noch, wie ihm die Knie seltsam weich geworden waren und er froh gewesen ist, in dem Augenblick gesessen zu haben, als er das Rätsel endlich gelöst hatte. Nie gekannte Empfindungen hatten seinen Körper durchströmt, die er schwer einzuordnen wusste. Aber dass ein Kind das schönste Geschenk war, was die Frau ihm machen konnte, war ihm von Anfang an klar gewesen.

Nun wurde auch draußen sichtbar, dass ein neuer Tag begann. Und es schien ein wunderschöner zu werden. Erste Sonnenstrahlen tasteten sich über das Stück Straße, das im eingeengten Blickfeld des Fensters vom Geburtenzimmer sichtbar war. Der Mann und die Frau wussten, dass sie diesen Tag ihr Leben lang nicht vergessen würden, diesen 27. November. Eine Hebamme kam ins Zimmer und stellte sich als Schwester Nancy vor. Hoffentlich ginge sie dem Mann nicht so auf die Nerven, wie ihre nächtliche Vorgängerin. Aber vielleicht lag seine Abneigung nur daran, dass diese ihn an jemanden erinnert hatte. Er wusste, dass es sein eigenes Unbehagen war, das ihn belastete, der eigene Hang zu einer negativen Sichtweise der Dinge, die Assoziation zur Vergangenheit. Nein, er wollte sich dem jetzt nicht hingeben, sondern der Frau beistehen in den schweren Stunden. Sie hatte unbedingt in dieses Krankenhaus wollen. So könnte sie von ihren Freunden besucht werden. Sie hatten erst überlegt, in die Nachbarstadt zu fahren, um das Mädchen dort zur Welt zu bringen. Zuviel Schlechtes wurde über das Krankenhaus der Heimatstadt erzählt. Von garstigen Hebammen und schlechter Versorgung war die Rede. Der Mann wusste, dass es sich dabei lediglich um die Empfindungen anderer Menschen handelte und er lieber seine eigenen Erfahrungen machte. Vielleicht jammerten die Leute ja zuviel. In anderen Ländern kamen Kinder unter weitaus schlechteren Bedingungen auf die Welt. Obwohl er auf das Geschwätz der Leute nichts geben wollte, stellte er sich innerlich auf einen Kampf ein. Hier musste er, wenn nötig, sich und die Frau verteidigen. Daran allerdings dachte die Frau in diesem Moment nicht. Ihre Schmerzen wurden für sie unerträglich. Sie hatten den Kreissaal gewechselt. Eigentlich wollten sie ihr Kind mit einer Wassergeburt zur Welt bringen. Ein Bekannter hatte davon geschwärmt, wie er seine Tochter im Wasser selbst entbunden hatte. Der Mann hätte es auch gerne getan, aber die Frau wollte sich nun betäuben lassen. Nach einer weiteren Zeit des Wartens verlangte sie den Arzt. Die Frau, welche die gesamte Schwangerschaft so tapfer durchgestanden hatte, war am Ende ihrer Kräfte. Der Arzt jedoch ließ auf sich warten. Bewegung solle die Geburt anregen, wurde ihnen geraten. Sie sollten ein wenig umherlaufen. Der Mann stützte seine Frau, als sie das Zimmer verließen und auf den Gang traten. Jedesmal, wenn ein tiefer Schmerz ihren Körper durchfuhr, umschlang sie den Hals des Mannes, um es besser ertragen zu können. Die letzten Kräfte der Frau schwanden allmählich. Sie wollte das alles einfach nicht mehr. Der Mann versuchte, ihr Mut zu machen, aber auch er konnte sich nur noch mit Mühe auf das Geschehen konzentrieren. Die Erfahrungen der vielen Tage, in denen er professionell mit psychisch behinderten Menschen gearbeitet hatte, waren verschwunden. Denn hier waren die eigenen Gefühle, hier ging es an die eigene Kraft. Das hatte er schon in den letzten Wochen, besonders auf der Arbeit, gemerkt. Er hatte sensibler auf das Geschehen reagiert. Die Tage waren mitunter unerträglich geworden. Hier holten ihn die Ängste ein, die im Laufe seines Lebens entstanden sind. Er hatte den Menschen, die seine Unterstützung brauchten, nicht mehr seine volle Aufmerksamkeit geben köönen. Denn er war es selbst, der jetzt Hilfe brauchte. Aber er hatte Menschen gefunden, mit denen er sprechen konnte. Über seine Ängste, über seine Befürchtungen und seine Zweifel. Was konnte er denn seinem Kind vermitteln, was ihm mit auf den Weg geben? Er hatte nie erfahren, wie es ist, liebevolle Eltern zu haben, Eltern, die in ihm ein Geschenk, und keine Belastung sahen. Er hatte Angst, das Kind ebenso zu verlassen, wie er verlassen worden ist. Natürlich würden die Narben der Wunden seiner Kindheit immer da sein, aber er hatte auch viel gelernt, gerade in den letzten Jahren. Er hatte sich entwickelt, kannte sich nun besser, wusste genau, wo seine Schwächen lagen und wo manche seiner Empfindungen hingehörten. Er lief nicht mehr vor seiner Vergangenheit fort. Der Mann konnte sich jetzt besser verstehen und: Er konnte sich selbst verzeihen. Denn für vieles von dem, was früher geschehen war, trug er keine Verantwortung. Das wusste er jetzt. Gerade jetzt wurden ihm alle verpassten Möglichkeiten seines eigenen Lebens noch einmal deutlich sichtbar. Dort gab es einen neuen, einen jungen Menschen, dem alle Chancen offen standen. Er wollte alles dafür tun, dass dieses kleine Mädchen unter anderen Umständen aufwuchs, als er selbst. Es sollte Liebe erfahren dürfen und nicht in Depressionen, Sucht und panische Angstzustände gestürzt werden. Und es sollte seine eigenen Erfahrungen machen dürfen, ohne dass es dadurch an Selbstvertrauen einbüßte. Der Mann hoffte, zumindest die Kraft dafür zu haben, es versuchen und seinem Kind all dies geben zu können. Er wusste mittlerweile, was im Leben wirklich wichtig war. Die Schäden, die in der emotionalen Welt eines Kindes entstehen können, die Unfähigkeit, Gefühle einzuordnen, das, was er selbst nun wie eine Bürde mit sich trug, sollte seine Tochter nicht erfahren müssen. Sie sollte ihre Gefühle ausleben können. Ihm war klar, dass er ihr nicht alles geben konnte, um ihre Bedürfnisse zu befriedigen. Aber war es nicht auch gut so? Wenn er ihr alles ermöglichen könnte, würde sie sich dann je von ihm lösen können und jemals fähig sein, Beziehungen zu anderen Menschen aufzubauen? Würde sie nicht in diesen Ketten verbittern? Der Mann hoffte, das richtige Maß an Zuneigung zu finden. Um das alles auszudrücken, hatte er schon Tage vor der Geburt ein Lied geschrieben. Ein Schlaflied, in dem er seine Ängste, aber auch seine Liebe zum noch ungeborenen Kind ausdrücken wollte. Denn dieses Kind sollte in Frieden schlafen können, mit der Gewissheit, geliebt und nicht verlassen zu werden. Es sollte zumindest davor keine Angst haben. Sicher, es wird andere Ängste haben, aber es sollte einen festen Halt haben, eine Mutter und einen Vater, die das auch gerne sein wollten, auch wenn der Mann jetzt schon wusste, dass es ihm sehr schwer fallen würde, seine Vorsätze in die Tat umzusetzen. Mit der Frau war er sich jedoch einig, dass nie Gewalt und Alkoholexzesse den Weg der Kleinen begleiten sollten. Zumindest bei ihren Eltern sollte sie dies nie erleben müssen…

Es war kurz vor zehn Uhr, als ein Anästhesist den Raum betrat. Der hielt es für besser, wenn der Mann jetzt den Raum verließe und er die Prozedere einer Betäubung im Wirbelkanal der Frau nicht sehen würde. In dem Mann jedoch regte sich ein Widerstand. Er hatte viele Dinge in seinem Leben gesehen, so viele, die er besser nicht gesehen hätte. Und nun schickte dieser Kerl ihn raus? Trotzdem setzte sich der Mann fast mechanisch in Bewegung in die Richtung, in der sich die Tür befand. Er tat es entgegen seinem Willen, aber er ging. In diesem Moment konnte er nicht einmal sagen, warum. Ein Gefühl sagte ihm, dass es besser wäre, zu gehen. Vielleicht, weil auch er eine Pause brauchte, vielleicht, weil er im Augenblick Zweifel hatte, alles zu überstehen. Er ging die langen Gänge des Krankenhauses entlang, allein mit seinen Empfindungen und

Ängsten. Er vertraute darauf, dass es bei der Geburt keine Komplikationen geben würde, wie die Ärzte so schön zu sagen pflegten. Ein Zweifel blieb dennoch zurück. Warum ließ sie sich nur so lange Zeit? Er erinnerte sich an jemanden, der sechsunddreißig Stunden im Kreissaal verbracht hatte. Sollte er auch zu diesen Pechvögeln gehören? Vor dem Eingang blendete ihn die Sonne. In seiner Müdigkeit nahm er sie als Belastung wahr. Er konnte nicht richtig sehen, als er die Stufen fast hinunter taumelte. Am nahen Imbiss ließ er sich ein trockenes Stück Brot geben. Seit Stunden hatte er nichts gegessen. Ob das flaue Gefühl im Magen nur vom Hunger kam, wusste er in diesem Moment nicht. Er glaubte, dass er die nächsten Stunden nicht durchstehen würde. Etwas schrie in ihm, dass er nun weg müsse. Vielleicht konnte ja jemand anderes der Frau während der Geburt beistehenden. Jemand, der stärker war als er. Im gleichen Moment wusste er, dass dies nicht ginge. Der Mann wollte die Frau nicht allein lassen und niemand anderes als er wäre hier am richtigen Platz gewesen. Nein, um diese Verantwortung wollte er sich nicht drücken, er wollte die Herausforderung annehmen, wie viel Kraft es auch kosten möge. Wieder im Zimmer gab ihm die Hebamme zu verstehen, dass es noch eine ganze Weile dauern würde, ehe, das Kind zur Welt käme. Er könne nach Hause fahren und würde dann von ihnen angerufen werden. Wie in Trance nahm er ihre Worte wahr und war hin und her gerissen, welche Entscheidung er nun treffen sollte. Der Frau schien es gut zu gehen. Zumindest hatten sich ihre Schmerzen gelindert. Sie hatte nichts dagegen, wenn er jetzt fahren würde. Als der Mann vor das Gebäude des Krankenhauses trat, konnte er wieder kaum in die Sonne sehen. Es war wirklich ein herrlicher Tag geworden. Er konnte ihn aber im Moment nicht genießen. Die Müdigkeit kämpfte mit der Aufregung in ihm und er hatte Schwierigkeiten, das Auto sicher nach Hause zu fahren. Dort nahm er sich nicht einmal die Zeit, die Schuhe auszuziehen und fiel aufs Bett. Wenigstens eine Stunde wollte er schlafen. Aber seine innere Uhr tickte so laut, dass er kein Auge zubekam. Was wäre, wenn alles nun ganz schnell gehen würde? Wenn es die Kleine plötzlich doch eilig hätte und er schließlich die Geburt verpassen würde? Das hätte sich der Mann nie verziehen. Wenigstens in der Nähe des Krankenhauses wollte er sein, dachte er, als er wieder auf den Parkplatz vor dem

Gebäude fuhr. Er stellte den Sitz nach hinten und schlief eine halbe Stunde, bevor er dann ins Zimmer zur Frau ging. Ihr Muttermund hatte sich nun endlich etwas geöffnet. Vor sechzehn Uhr würde sie bestimmt da sein, da war der Mann sich sicher. Er fand ein wenig Entspannung, als er einen von den Schwestern angebotenen Tee trank. Es war ein langes Warten. Warten darauf, dass die Fruchtblase platzt, warten darauf, dass der Muttermund sich endlich öffnet, warten auf ein neues Leben. Wieder wechselte die Schicht. Eine Hebamme mit grauen Haaren kam durch die Tür. Gehörte sie vielleicht zu den als garstig beschriebenen Menschen, mit denen man sich so heftig auseinandersetzen müsste? Sie schaute sich um, sagte nichts und verschwand wieder. Nancy, die junge Schwester, welche die Frau schon den ganzen Tag betreute, versicherte, dass sie auf jeden Fall noch so lange bei ihnen bliebe, bis die kleine Ronja geboren würde. Überhaupt kümmerte sich Nancy rührend um die beiden, die von Erschöpfung mehr als gezeichnet waren. Dem Mann kam es seltsam vor, dass Nancy scheinbar die Verantwortung für den Geburtsvorgang übernommen hatte. Immerhin war sie noch in der Ausbildung. Sie versicherte ihm jedoch, dass sie als gelernte Krankenschwester berechtigt sei, all das zu tun, sie lediglich ihre Hebammenausbildung nachhole, um sich noch einmal beruflich zu verändern. Das kam dem Mann sehr bekannt vor und er war sich in diesem Moment sicher, dass Nancy eine der besten Hebammen werden würde: Sie gab klare Anweisungen, war einfühlsam und handelte absolut professionell. In ihrer Gegenwart fühlte auch er sich gut aufgehoben. Nach einer weiteren Weile des Wartens, die Zeit schien jetzt merklich schneller zu vergehen, sagte Nancy ihnen, dass die Kleine nun bald geholt würde. Nun sollte es doch endlich passieren. Von einem Moment zum nächsten spürte der Mann wieder seine ganze Kraft. Die Angst war der Erwartung gewichen. Wie sah die Kleine aus? Würde sie Ähnlichkeit mit ihnen haben? Wem würde sie mehr ähneln? Das Kind steckte im Geburtskanal, drehte sich aber nicht in die richtige Position. Die Fruchtblase war wahrscheinlich unbemerkt schon viel früher geplatzt. Der herbeigerufene Arzt entschied sich dazu, die Geburt mit der Saugglocke zu beenden. Er gab dem Mann zu verstehen, dass dies kein normaler Vorgang sei und fragte ihn, ob er lieber den Raum verlassen wolle. Um nichts in der Welt hätte der Mann dieses in jenem Moment getan. Bis hierher hatte er sich gemeinsam mit der Frau gekämpft und nun wollte er es auch zu Ende bringen. Oder besser: etwas Neues beginnen? Er stand neben der Frau am Bett, die Nancys Worten folgte und presste. Dabei konnte er nicht sehen, was der Arzt tat. Nun ging alles schnell und war für den Mann kaum noch nachvollziehbar. Noch einmal und noch einmal presste die Frau, bis sie unter Tränen „Da ist sie ja!!!" stammelte. Der Mann glaubte, sie in diesem Moment am meisten geliebt zu haben. Alles um sie herum schien vergessen, so empfand er es und er bekam fast nur nebenbei mit, wie eilig die Nabelschnur des eben geborenen Kindes durchtrennt wurde. Das eigentliche Erblicken des Lichtes der Welt ging im Gegensatz zu allem, was vorher war, so unendlich schnell, dass der Mann es kaum bemerkte. Welchen Kampf hatten die Frau und das Kind hinter sich, und plötzlich war sie einfach da. Es gab nur noch sie auf dieser Welt. Die Frau, den Mann und das kleine, blauschimmernde Wesen, das ihm nun entgegen gehalten wurde. Das war sie also, seine kleine Ronja, auf die er so lange gewartet hatte. Er nahm sie behutsam auf den Arm und sah in ihr Gesicht. Im nächsten Augenblick drückte er sie an sich und weinte hemmungslos. Endlich! Das, was er so oft nicht zeigen konnte, erschütterte ihn in diesem wohl emotionalsten Moment seines Lebens. Er weinte und sah wie durch einen Schleier die Tränen in den Augen seiner Frau, der er nun das Kind reichte. Es lag auf ihr und er glaubte, noch nie einen glücklicheren Menschen als die Frau gesehen zu haben. Ja, sie liebten ihre Ronja. Kurz darauf nahm Nancy die Kleine mit sich. Wegen der Geburt mit der Saugglocke musste das Kind untersucht werden. Der Mann nahm das Zimmer wieder wahr, ging zu seiner Frau, drückte, streichelte und küsste sie. Immer wieder wurden seine Augen feucht. So lange hatte er seine Gefühle noch nie gespürt. Er sei ja immer noch ganz gerührt, meinte die Hebamme mit den grauen Haaren, die, an der er vorhin noch gezweifelt hatte. Sie kam zu ihm und streichelte seinen Arm. Das tat so gut. Sie hatte so eine mütterliche Art, bei der er soviel Wärme empfand, dass sofort ein erneuter Tränenkanal sich seinen Weg bahnte. Eine Hebamme hat wohl einen der schönsten Berufe, die er sich vorstellen konnte. Er hatte sich hier gut aufgehoben gefühlt. Das sagte er der Amme. Ein kurzes Lächeln huschte über ihr Gesicht, verbunden mit

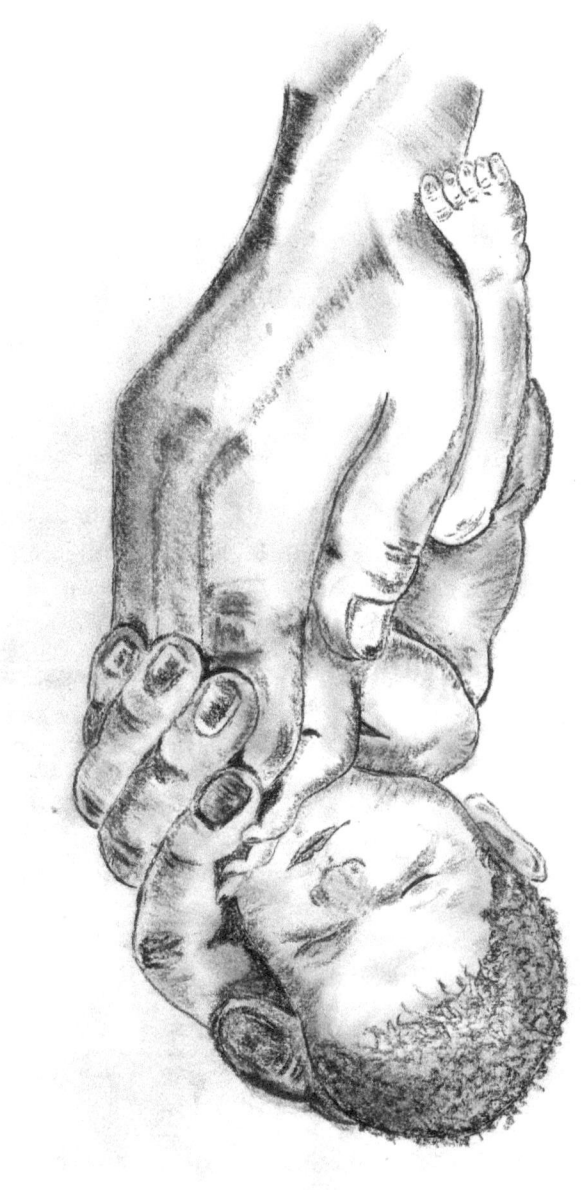

dem Hinweis, dies doch bitte weiterzusagen. Mit Sicherheit hatte der Mann hier nicht die schlechten Erfahrungen machen müssen, von denen vorher soviel geredet worden ist. Er wusste nicht, ob es Minuten oder nur Sekunden waren, bis die Schwester das Mädchen zu ihnen zurückbrachte. Sie ließen die junge Familie nun in Ruhe mit ihren Eindrücken, Gefühlen und der Gewissheit, Leben geschenkt zu haben, das Wertvollste, was ein Wesen besitzen kann. Nur die Großmutter der kleinen Ronja schien etwas ungeduldig und besuchte sie bereits kurz nach der Geburt, nachdem sie schon am Nachmittag im Kreissaal vorbeigeschaut hatte…

Es war bereits dunkel, als der Mann den Parkplatz verließ. Zwei Stunden war er noch im Krankenhaus geblieben, hatte immer wieder das Kind auf den Arm genommen und es geküsst. Dabei hatten ihm jedes Mal die Tränen in den Augen gestanden und er war sich sicher, dass diese Momente zu den intensivsten seines Lebens gehörten. Wie sehr die letzten Stunden an ihm gezerrt hatten, merkte er erst, als er nach Hause fuhr. Er hatte die Frau noch in ihr Zimmer begleitet und sich dann von beiden verabschiedet. Ihn erwarteten nun der Hund, mit dem er noch ein bisschen spielen wollte, und eine Pizza, weil er das immer flauer werdende Hungergefühl im Magen den ganzen Tag vernachlässigt hatte. Konnte jetzt der Alltag wieder beginnen? Und: Wie würde der aussehen? Er wusste, dass sie es gemeinsam schaffen würden. Ohne die Frau war die Wohnung so seltsam leer. Wenigstens dem Hund konnte er durchs Fell streicheln. Eigentlich wollte er mit niemanden reden, aber trotzdem hatte er das Gefühl, etwas loswerden zu müssen. Er wusste, dass Väter gerade dieser Einsamkeit und den Gefühlen so kurz nach der Geburt oft ziemlich hilflos gegenüber standen. Er aber fühlte sich nicht einsam, wusste er doch, dass dort eine Familie war, die sich in guten Händen befand. Seine Familie. Nur noch kurz telefonierte er mit einem Bekannten, um diesem mitzuteilen, dass die Kleine nun auf der Welt sei, mit allen unrelevantrelevanten Eckdaten, wie Zeit, Gewicht und Größe… Plötzlich spürte er, wie die Müdigkeit ihn einholte. Er versank fast in den Kissen seines Bettes. In wenigen Tagen würde seine Frau mit dem kleinen Wesen, welches seine Tochter war, aus dem

Krankenhaus kommen. Bis dahin würde es noch viel zu tun geben…

Das ist die Geschichte Deines Geburtstages, Ronja. Ich erzähle sie Dir, weil dieser Tag ein ganz wichtiger gewesen ist. Vieles vergessen wir im Leben und einiges stellt sich in unserer Erinnerung verzerrt dar. Aber ich will nichts vergessen, schon gar nicht die Geburt von einem ganz besonderen Menschen in meinem Leben.

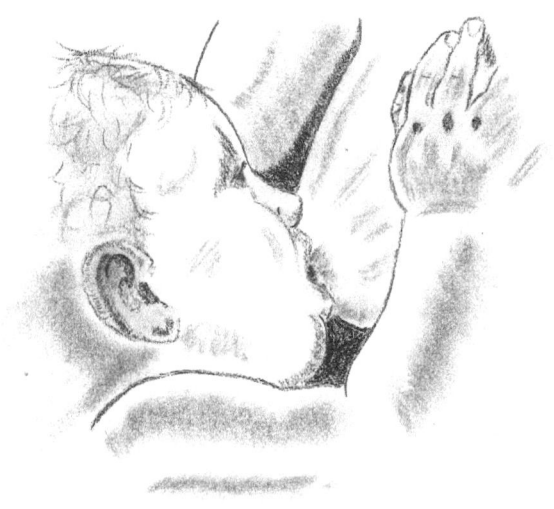

Die Begegnung

In Danzig hatte sie sich dazu entschlossen, mit mir weiterzureisen. Ich hatte Zsuzsanna auf der Schwedenfähre kennen gelernt. Eigentlich hatte sie am nächsten Tag schon in Ungarn sein wollen, aber sie hatte sich dazu entschieden, ihrer Reise eine neue Richtung zu geben. Und ich sollte ein Teil davon sein. Wir saßen gemeinsam im Zug, der sich über viele Stationen zur polnisch-deutschen Grenze quälte. Wir redeten wie selbstverständlich über Ereignisse unserer Leben. Wir redeten wie Freunde von Dingen, über die wir kaum mit jemanden zu sprechen wagten. Obwohl wir uns erst seit einigen Stunden kannten, hatte uns eine seltsame Vertrautheit ergriffen. Ich hatte ihr von meiner Tochter erzählt und von meinen Reisen, von meinen Ängsten und meinen Gefühlen. Geschichten aus meinem Leben und aus meiner Fantasie hatten ihr Gehör gefunden und immer wieder kamen wir auf das zu sprechen, was uns dabei berührte. Nur unsere Situationen, in denen wir uns zu dieser Zeit befanden, ließen wir fast unerwähnt. Wir hatten über unsere Herkunft geredet, über Vergangenes, über die Zukunft und über meine Arbeit, bei der ich Menschen zuhöre. Dabei wusste ich nicht genau, ob sie vielleicht sogar mehr über mich erfahren hatte, als ich von ihr. Wir hatten uns der Magie der Nacht und des Vormittags auf dem Schiff hingegeben, einer seltsamen Konstellation, die schnelles Vertrauen in uns erschuf. Ich glaubte dabei nicht an Übersinnliches, sondern eher an Reize, denen wir erlegen waren. Mit meinen Sinnen nahm ich etwas wahr, das in mir den Anschein erweckte, dass diese Frau noch immer ein Geheimnis in sich trug. In ihr schien etwas Unausgesprochenes wirksam zu sein, etwas, womit sie einfach noch nicht abgeschlossen hatte, etwas, das mir wie eine große Belastung erschien.

Die Landschaft lag unter einer grauen Schneedecke. „Lebork" zeigte das Schild auf dem Bahnsteig des Ortes, in dem wir für kurze Zeit hielten. Es war voller geworden in unserem Abteil: „Ich möchte Ihnen etwas erzählen. Ich weiß nicht, ob es gut ist, aber ich möchte es Ihnen erzählen. Aber nicht hier, wenn es geht…" Sie sah mich fragend an und deutete auf die Tür, die aus unserem Abteil auf den Gang führte. Ich stand auf und ging mit ihr bis ans Ende des Zuges. „Wir kennen uns erst seit ein paar Stunden und ich weiß nicht, ob es gut ist, aber ich möchte Ihnen von Julia erzählen." Mit äußerer Gefasstheit und scheinbarer Ruhe stand sie mir gegenüber. Ich spürte jedoch, dass mich nun das erwarten würde, was ihre Augen so traurig erscheinen ließ, selbst in den wenigen Augenblicken, in denen sie gelächelt hatte. Die Gleise flogen davon und hin und wieder versetzten sie dem Wagen einen Stoß. Das, was hinter uns lag, schien nicht wiederkehrend in grauer Tristesse zu versinken. Wahrscheinlich wollte diese Frau jetzt die Reise rückwärts antreten und dorthin gehen, wo sich kaum jemand gerne aufhält. Sie schien das Gefühl zu haben, dass das, was sie mir sagen wollte, bei mir gut aufgehoben wäre. Sie schaute irgendwo nach draußen, als sie fortfuhr: „Ich bin verheiratet. Mein Mann heißt Harald und ist eigentlich ein Mensch, wie ihn sich wohl viele Frauen wünschen würden. Er ist handwerklich begabt, lieb, ein guter Vater. Nur haben wir uns irgendwie nichts zu sagen. Nicht mehr… Von meinem Sohn Tamás habe ich ihnen ja bereits erzählt. Er ist jetzt dreizehn Jahre alt. Harald kümmert sich zur Zeit um ihn, eigentlich schon seit einer ganzen Weile. Ich arbeite schon lange nicht mehr, bin sehr oft krank, erschöpft, habe Schmerzen und fühle mich wie eine alte Frau. Das mit neununddreißig Jahren…" Noch immer fixierten ihre Augen einen Punkt auf der Fensterscheibe. Völlig ruhig sah sie scheinbar ins Nichts und nahm die davoneilende Landschaft wohl nicht wahr. „Vier Jahre ist das jetzt her, nein acht, den Anfang nahm es vor acht Jahren. Wir hatten uns so sehr ein Geschwisterchen für Tamás gewünscht und fünf Jahre nach seiner Geburt hat es dann endlich auch geklappt. Ich war schwanger geworden. Wir lebten in einer für uns Drei ohnehin viel zu kleinen Wohnung. Dass es nun bald ein neues Familienmitglied geben würde und auch mein neuer, ganz gut bezahlter Job im Büro eines großen Brillenfabrikanten, bewegte uns dazu, ein größeres Zuhause zu suchen. Es dauerte nicht lange, bis wir eines gefunden hatten. Eine schöne große Wohnung, nahe der Havel. Viel Wald in der Nähe, ideal für eine Familie mit zwei Kindern und einem großen Hund. Noch im siebten Monat meiner Schwangerschaft renovierten wir unser neues Heim. Es war nichts Großartiges, aber wir dachten, uns bald darin wohlfühlen zu können. Unsere Familienplanung war mit unserem zweiten Kind abgeschlossen. Die Schwangerschaft verlief, wie man so schön sagt, normal. Nichts Auffälliges... Auch die Geburt verlief natürlich und ohne Komplikationen... Ein kleines Mädchen brachte ich zur Welt. Das war Julia... Aber bald danach wurde klar, dass etwas nicht stimmte. Sie wog nur zweitausendeinhundertneunzig Gramm und hatte eine Lippenkiefergaumenspalte. Während der ersten Untersuchungen fielen dann sehr tiefliegende, kleine Augen, ein Nabelbruch, ein nicht ausgebildeter sechster Finger und verformte Füße auf. Können Sie sich das vorstellen? Aber als ob dies nicht reichte, stellten sich noch ein Herzfehler und Krampfanfälle heraus... Eine genauere Analyse ergab dann Trisomie 13. Kennen Sie das, Trisomie 13?" Ich nickte, wusste, dass bei dieser Störung das dreizehnte Chromosom anstatt zwei- gleich dreimal vorhanden ist. Und ich wusste, dass die Lebenserwartung für die Betroffenen in den meisten Fällen nicht sehr hoch war. „Wir waren schockiert, fragten uns später, warum ausgerechnet uns das passierte. Ich hatte schon davon gehört, dass sich Eltern dann gegenseitig Schuld vorwarfen, im Partner die Verantwortung für Geschehenes sahen. Das passierte uns glücklicherweise nicht. Es dauerte eine Weile, bis wir diese Diagnose überhaupt akzeptieren konnten. Wir redeten uns ein, dass alles wieder gut werde... Nur die Zeichen, dass es nicht so sein würde, waren unübersehbar. Und wir mussten uns der Wahrheit ja stellen, denn die Kleine würde mehrere Behinderungen in ihrem wohl sehr kurzen Leben mit sich tragen. Statistiken sprachen von einer Lebenserwartung zwischen vier und sechs Monaten. Wir mussten es einsehen, dass wir ein Kind bekommen hatten, was uns schon bald wieder genommen werden sollte. In dieser Zeit weinte mein Mann oft. Ich hielt es kaum aus, versuchte immer wieder, mir Freiräume zu schaffen, um ihn nicht leiden sehen zu müssen. Nebenbei managte ich alles, was nun anstand. Ich musste einen Abschied organisieren..." Bei ihren Worten klang ihre Stimme ruhig und ich fühlte mich stark berührt. Gerade, weil auch ich mit Abschieden meine Probleme habe, wollte ich Gesagtes nicht so nah an mich heranlassen, wollte mich emotional nicht beteiligen. Doch längst wusste ich, dass Emotionen so gut wie nicht beeinflussbar sind, in dem Moment, in dem sie kommen. Sicher, ich kann sie verdrängen, ich kann sie herunterschlucken oder aber das Beste draus machen: sie einfach zulassen. Ich schaute in ihre klaren Augen, deren sonst strahlend blaue

Pupillen jetzt blass, zitternd und verschwommen wirkten. Sie sah immer noch aus dem Fenster, als sie weitersprach und erzählte diese Dinge, welche mit tiefen Gefühlen verbunden sein mussten, als berichtete sie von Ereignissen, die jeden anderen Menschen betreffen könnten, nur nicht sie selbst: „Uns war schnell klar, dass Julia bei uns zu Hause leben sollte. In dem Zimmer, das wir Wochen vorher bereits so liebevoll eingerichtet hatten. Sie sollte nicht in einem Hospital leben, sondern in ihrer Familie. Mit ihren Eltern, ihrem Bruder und dem Hund. Sie sollte in ihrem kurzen Leben ein Heim haben und es genießen können. Wir wollten liebevolle Eltern sein, sie so lieben, wie sie war..." Jetzt drehte ich mich kurz zum Fenster, denn mir schossen die Tränen in die Augen. Schlagartig wurde mir klar, was es für diese Familie bedeutet haben musste, mit dieser Diagnose zu leben, mit der Gewissheit, ihr Kind bald verabschieden zu müssen. Für immer. Ich dachte an meine Tochter. War wäre, wenn sie...? Diesen Gedanken wollte ich nicht zu Ende führen. Tief bewegt stand ich nun in diesem letzten Wagen des polnischen D-Zuges und erkannte kaum noch das, was draußen lag. War es das diesige Wetter oder die Schleier um meine Gedanken, was mich nicht mehr klar sehen ließ? War diese plötzliche Schwere im Kopf das Ergebnis aus meinen eigenen Begegnungen und Erlebnissen, meinen schlimmen Fantasien und dem, was sie mir erzählte? Ich glaubte, etwas zu fühlen, was eigentlich dieser Frau zuteil werden musste. Jetzt war der Zeitpunkt, an dem ich meine eigenen Gefühle zurückstellen musste. Nun wollte ich ihr Zuhörer sein, und ich war vielleicht der erste, den sie hatte... „Für unseren Sohn, für Tamás, war die Vorstellung am schlimmsten, dass Julia nie einen Geburtstag feiern würde. So organisierte ich an jedem Siebzehnten im Monat eine Geburtstagsfeier für die Kleine. Sie sollte in ihrer kurzen Zeit viele schöne Geburtstage feiern können." Für eine Weile waren nur die Schienenstöße zu vernehmen. Schließlich fuhr sie fort: „Die ersten Monate nach der Geburt waren sehr schwierig gewesen. Am Anfang konnte Julia das Essen noch schlucken, dann wurde die Nahrungsaufnahme schwerer. Sie hatte großen Hunger, verschluckte sich aber immer häufiger. Tag und Nacht gaben wir ihr zu essen, aber alles ging sehr langsam. Julia hatte oft Bauchschmerzen. Wir vermuteten eine Störung der Produktion von Verdauungsenzymen in der Bauchspeicheldrüse und gaben ihr deshalb spezielle Nahrung. In dieser Zeit bin ich fast zur Ärztin geworden, zur Expertin für die Leiden meines Kindes. Ich habe mich belesen, besuchte Internetforen, knüpfte Kontakte zu Betroffenen. Und ich funktionierte: Job, Haushalt, die Kinder. Als Julia dann vier Monate alt war, mussten wir reagieren und entschieden uns für eine Schließung der Lippenspalte. Die Entscheidung zur Operation fiel uns schwer, hatten wir doch Angst, ihr dadurch das Leben zu nehmen. Wir hofften, ihr damit ein leichteres Schlucken zu ermöglichen. Glücklicherweise überlebte sie den Eingriff, aber es war knapp. Leider war danach alles beim Alten gewesen. Und wenig später mussten wir wieder ins Krankenhaus. Ihr wurde eine Ernährungssonde durch die Bauchdecke gelegt, was diesmal ohne Komplikationen verlief. Danach ging es endlich aufwärts..." Jetzt holte sie tief Luft. „Julia hat nie wieder ein Krankenhaus gesehen. Ihre Krampfanfälle konnten wir gut ambulant behandeln. Wir stellten sie zeitweise auf homöopathische Mittel ein, mit denen wir gut zurecht kamen. Schlimmer waren ihre Verdauungsprobleme. Wir probierten viel aus, bis wir eine Spezialnahrung fanden, die sie vertrug. Die Ärzte hatten Julia wohl abgeschrieben, zumindest die, bei denen wir gewesen sind, hatten nicht mehr viel für Julia tun können. Weitere Operationen erachteten sie als sinnlos, obgleich ich wusste, dass in den letzten Jahren die Lebenserwartung Betroffener bei anderen Behinderungsarten um ein Vielfaches gestiegen war. Entgegen aller Prognosen erlebte Julia aber doch einige, wenige Sommer..." Aus dem Fenster heraus war, bis auf die Lichter einiger Ortschaften und deren schemenhafter Umrisse, kaum noch etwas zu erkennen. Die anbrechende Nacht hatte uns vom Horizont aus verfolgt und war nun fast über uns gekommen. „Jedes Jahr im Sommer besuchten wir Familienfreizeiten in einer Einrichtung. Wir konnten dort einige Wochen zusammen mit anderen Behinderten unsere freie Zeit verbringen. Es waren meine schönsten Urlaube, die aber auch von schlimmsten Gedanken überschattet wurden. Andere Menschen kümmerten sich um unsere Kleine. Wir durften endlich wieder schlafen und durch die Entlastung rückten wir alle ganz nahe zusammen. Julia spielte mit Tieren, durfte reiten, vergnügte sich beim Schaukeln, wurde als Prinzessin verkleidet und spielte sogar in einer Theatervorführung mit. Über allem stand aber immer die Frage, wann es ihr wieder schlechter gehen und wann das Unvermeidliche eintreten würde... Jetzt, im Nachhinein gesehen, war diese Zeit für unsere Familie die intensivste und lehrreichste überhaupt, derer Erfahrungen ich nicht mehr missen möchte. Die Welt der Behinderten war für uns eine neue Welt. Diese Menschen haben uns so viel gegeben. Plötzlich habe ich sie anders gesehen. Sie waren so viel echter in ihrem Fühlen und Handeln als wir... Tamás wollte nach dem ersten Aufenthalt dort nicht mehr mit nach Hause, er wollte dort für immer wohnen..." Wieder atmete sie tief durch, etwas schneller als zuvor und ich merkte, dass etwas in ihr zitterte. Ihre Anstrengung, die Haltung zu bewahren, wurde für mich spürbar: „Mit drei Jahren gaben wir sie in einen Kindergarten. Auch mit diesem Schritt habe ich mich sehr schwer getan. Aber es war richtig, sie abzugeben und eigene Erfahrungen sammeln zu lassen, in der Gruppe, mit anderen Kindern. Das hätten wir Julia zu Hause nie bieten können. Wir suchten uns auch die Hilfe eines Kinderhospizes, obwohl ich das erst überhaupt nicht wollte. Mein Mann nahm oft an Gesprächen mit anderen betroffenen Familien teil, sprach über seine Ängste vor dem Tod unserer Tochter und über das Weiterleben mit einer Schwerstbehinderung... Er sprach in dieser Zeit mehr mit den Menschen dort als mit mir... Ich kümmerte mich um Julia, wollte das Bestmögliche für sie und konnte die Gedanken an den Tod nicht ertragen. Wissen Sie, sie war schon wild, bewegte sich ständig, rollte in ihrem Bettchen umher, konnte ihre Füßchen bis hinter den Kopf legen und sie wippte und schaukelte für ihr Leben gerne. Aber sie brauchte ständig Nahrung, wusste nicht, wann Tag und Nacht war und war immer dann sehr aktiv, wenn wir schlafen wollten. Uns wurde eine Ernährungspumpe vorgeschlagen. Wir hatten Angst, dass sie sich im Schlauch von ihrem Bauch zur Pumpe verheddern würde. Trotzdem probierten wir sie im Hospiz aus, und es funktionierte. Endlich konnten wir nachts wieder schlafen..." Ihre Augen schienen etwas in der Dunkelheit suchen zu wollen. Sie schickte einen weiten Blick ins Land, bevor sie leise fortfuhr: „Wir hatten so schöne Momente mit ihr, ihr erstes Lächeln zum Beispiel. Und wir haben mit ihr gelacht. Aber diese Momente waren selten. Sie kuschelte gerne mit ihrem Bruder, dann lachte sie am meisten..." Der Anflug eines Lächelns lag in ihrem schönen Gesicht, als sie diese Worte sagte, die es auch in meinem Innersten sehr warm werden ließen. „In ihrem letzten Lebensjahr machte sie Fortschritte, die niemand für möglich gehalten hatte. Es war an meinem Geburtstag, da hatte sie sich plötzlich ganz allein aufgesetzt und spielte in ihrem Bettchen im Sitzen. Wenn sie das Gleichgewicht verlor, setzte sie sich sofort wieder auf. Irgendwann konnte sie dann wirklich stehen. Wenn wir ihre Hände fassten und sie führten, lief sie sogar durch die Wohnung. Nie werde ich das vergessen..." Obwohl ich jetzt sehr mit mir selbst beschäftigt war, sah ich, wie auch ihr eine Träne über das Gesicht lief: „Mein Mann wollte mit Tamás und mir mal wieder in einen Urlaub fahren, ohne Julia, ganz für uns... Ich habe es nicht zugelassen. Ich hatte einfach Angst davor, mich zu trennen, hatte Angst, sie nie wieder zu sehen..." Ein kurzes, tiefes Schluchzen begleitete ihre Worte. Sie fing es aber gleich wieder auf und atmete tief ein, fast, als wollte sie es tapfer zu Ende bringen: „Die Mangelernährung ließ sich nicht aufhalten und machte sich besonders beim nächsten Wachstumsschub bemerkbar. Ein Abszess ließ Julia nicht mehr sitzen und nach einem spontanen Oberschenkelbruch erhielt sie einen Dauergips aus Kunststoff. Ihr selbst merkten wir den schlechten Zustand nicht an. Julia hatte viel Spaß, das Gipsbeinchen in der Gegend herumzuwerfen und traf abends regelmäßig und zielsicher mein Weinglas auf dem Tisch. Sie konnte dann sogar wieder in den Kindergarten gehen... Sie liebte es, draußen zu sein, Sonne und Wind im Gesicht zu spüren, wollte immer viel Körperkontakt haben..." Jetzt verstummte sie und hielt einen Moment inne, bevor sie es aussprach: „Sie starb einen Tag vor Weihnachten." Ich spürte, genau jetzt nichts sagen zu dürfen, damit sie endlich fühlen könne. Ohnehin hatte ich nicht viel gesagt, denn zu ergriffen war ich von dem, was diese Frau mir erzählte. „Am 21. Dezember. kam unsere Maus mit Fieber aus dem Kindergarten nach Hause und... Jedenfalls starb sie einen Tag vor Weihnachten." Ihre Stimme war nun kaum noch zu vernehmen: „Und ich war beim Einkaufen... Ich war mit Tamás einkaufen. Wir ahnten es beide, glaube ich. Der Junge drückte die ganze Zeit meine Hand, bis der Anruf kam... Sie war friedlich in den Armen meines Mannes, ihres Papas, eingeschlafen." In diesem Moment vernahm ich nichts anderes mehr um mich herum, als diese Frau, die auf einer weiten Reise durch ihre Erinnerung war, und mich selbst, den, der diesen Weg mit ihr ging. Ich war hin und her gerissen zwischen meinen eigenen Gefühlen und dem, was ich dieser Frau zuteil werden lassen wollte und konnte. „Wir hatten vorher oft versucht, uns vorzustellen, wie es sein würde, wenn Julia stirbt. Und nun war es soweit, und doch so anders, als ich dachte. Es war, als legte sich ein Schleier über mein Leben. Es schien alles so unwirklich… Aber ich wusste, es ist wahr… Sie war nicht mehr da, einfach nicht mehr da! Nicht mehr bei uns…" Sie fuhr sich mit dem Handrücken über das Gesicht. „Julia blieb drei Tage lang zuhause aufgebahrt. Ihr Bruder wollte möglichst viel tun. Das war wohl seine Art Abschied zu nehmen. Er nahm sich einen Waschlappen und wusch seine kleine Schwester. Er hatte in der Vergangenheit Geschwisterseminare besucht, um auf das Leben mit seiner Schwester und ihr Sterben vorbereitet zu werden. Es zerriss mein Herz, als er mir eines Tages sagte: ‚Mama, ich bin doch auch noch da!'… Auch die meisten unserer Freunde und Verwandten wurden von Tamás, einem erst Neunjährigen, angerufen. Viele kamen zu uns, um von Julia in ihrem Bettchen Abschied zu nehmen. Gemeinsam bemalten sie mit uns den Sarg mit den Symbolen unserer Trauerkarte: ein Regenbogen, Sonnenstrahlen und Blütenstaub. Vielleicht wollten sie so noch etwas für Julia tun, was auch immer… Sie konnten sich die Zeit für den Abschied nehmen, die sie brauchten. Und ich hatte eine Beerdigung zu organisieren. Wann sollte ich nur begreifen, dass Julia wirklich gegangen ist?" Sie schaute mich an und ich sah in ihrem Blick Hilflosigkeit. Eine tiefe Hilflosigkeit aus ihren Augen, die vor Tränen kaum noch erkennbar waren. Leise sprach ich zu ihr, mit Mühe, das Zittern in meiner eigenen Stimme zu unterdrücken: „Was würden Sie Ihrer Tochter gerne sagen wollen?" Sie schaute nach unten, als ich ihre Worte fast flüsternd vernahm: „Was ich ihr sagen möchte? Ich denke, ich möchte ihr sagen, dass es so schwer ist und so unglaublich weh tut. Ich bin so unendlich traurig, dass Du gestorben bist. Du hast viel Platz eingenommen in meinem Leben, der wird nun leer sein… Es war nicht immer leicht, aber unglaublich intensiv… Ich bin dankbar, dass ich Dich kennen lernen und erleben durfte und dass Du letztendlich so friedlich in Papas Armen eingeschlafen bist. Entschuldige, dass ich in Deinen letzten Minuten nicht bei Dir gewesen bin. Ich habe getan, was ich tun konnte, für mehr hat es leider nicht gereicht. Ich wünschte, Du wärest hier…" Es waren Sturzbäche voller Tränen, die aus ihr herausbrachen, als sie sagte: „Du hast uns mehr geschenkt, als wir Dir je hätten geben können. Machs gut kleine Maus, ich hab Dich so lieb!" Jetzt suchte sie meine Nähe und sie fand sie. Es waren tiefe Gefühle, die uns fest zusammenhielten. Alle Gedanken waren ausgeschaltet. Ich hielt es nicht für schwierig, diese Momente mit ihr zu teilen. Nein, ich war sogar froh, dass ich jetzt da sein durfte und nahm sie noch fester in die Arme, als sich ihr Innerstes geradezu ausschüttete. Wir standen lange so, während sie die bittern Tränen weinte, die eine Ewigkeit in ihr gewesen sind…

Emotionen sind wie wertvolle Schätze, wie Träume, die wir Menschen haben. Je weiter wir davon entfernt sind, umso mehr sehnen wir uns nach ihnen. Nach den Gefühlen, die das Leben ausmachen, nach dem Gefühl, zu leben. Sie sind das Kostbarste, was wir besitzen können. Sie trennen und verbinden uns. Sie sind unsere Freunde.

Später, als wir wieder saßen, zeigte sie mir eine Karte, auf der geschrieben stand:

Komm
Komm zurück
Komm zurück zu mir
Komm zurück zu mir auf die Welt
auf einem Sonnenstrahl
auf einem Blütenstaub
auf einem Regenbogen

Draußen umhüllte die Nacht das, was vorher als trübe Landschaft durch schmutzige Fenster zu erkennen gewesen war. In einer guten Stunde würden wir Szczecin erreicht haben. Ich wusste, dass unsere gemeinsame Reise hier beendet war. „Wie wird es jetzt weitergehen mit Ihnen? Wo fahren sie hin?" wollte ich wissen. „Ich denke, ich werde zu meiner Familie fahren. Zu lange war ich nicht mehr für sie da. Ich will mit ihnen reden." Sie sah mich jetzt mit festem Blick an. „Ich will mit ihnen über meine Trauer, über meine Schuldvorwürfe sprechen. Ich will mit ihnen weinen und vielleicht wieder lachen können. Ich will jetzt bei ihnen sein..." Ein Lächeln lag in ihrem Gesicht, dem schönen mit den ausdrucksstarken Augen. Ich gab ihr ein Lächeln zurück und sagte nichts mehr...

Der Zug rollte schon eine Weile durch Berlin. Das Lichtermeer und das Gewusel auf den Straßen ließen ein Stück von der Agilität der Stadt vermuten, ohne, dass wir in sie eintauchen mussten. Seitdem wir in Szczecin umgestiegen waren, hatte Zsuzsanna geschlafen. Wir hatten nebeneinander gesessen und einige Male war ihr Kopf gegen meine Schulter gefallen. Es war mir nicht unangenehm gewesen und ich hatte es geschehen lassen. Jetzt stand sie neben mir an der Tür: „Ich hoffe, dass ich mit meiner Familie wieder ins Reine komme. Dann werde ich zu meinem Vater Kontakt aufnehmen, vielleicht mit einem Brief. Ich habe ihm viel zu sagen und möchte auch viel erfahren. Vielleicht gewinnen wir ja etwas. Wir können schließlich nichts verlieren, nichts, was ohnehin schon verloren ist, wenn ich es nicht probiere. Es ist gut und wichtig über das zu reden, was uns bewegt." Sie sah mich mit festem Blick aus blauen Augen an. „Wir müssen aussteigen.", sagte ich, als der Zug in den Bahnhof Zoo einfuhr.

Ich war wieder allein, trotz der vielen Menschen, die an diesem späten Abend noch mit dem Zug unterwegs gewesen sind. Der Wannsee lag hinter mir und ich fühlte mich nicht mehr ganz so einsam wie am Vortag, als die Fähre abgelegt hatte. Wo kam meine Einsamkeit nur her und manövrierte ich mich oft selbst in sie hinein? Hatte ich meine Antworten nicht längst gefunden? Diese Reise war doch noch gar nicht so lange her gewesen, die wir vor wenigen Wochen erst gemacht hatten. Waren wir danach zu schnell wieder in den Alltag abgetaucht? Im hellen Licht der Leuchtstofflampen saß ich auf dem gepolsterten Sitz. Gegenüber stand nur ein Fahrrad, dessen Besitzer im Abteil verschwunden war. Meine Gedanken trugen mich viele Tausend Kilometer fort. Vor mir tauchten Bilder auf, als seien sie drüben an die Wand gemalt gewesen, während der Zug durch die Nacht der Landeshauptstadt entgegen fuhr.

Strandgänge

Wir laufen den Strand entlang, barfuss und langsam. Endlich wage ich es, ein paar Schritte zu gehen und ich spüre Freude, nachdem ich tagelang fast unfähig gewesen bin, mich zu bewegen. Ich kann wieder ein wenig lachen und verstecke mich nicht hinter meinem Sarkasmus, in dessen Anflug ich manchmal meine eigene Beerdigung organisiere. Ich bin dankbar für diesen Moment, an dem ich endlich durchatmen kann, mich die Tropenhitze nicht stört und ich den verlassenen, karibischen Traumstrand genießen kann. Hier, in der Abgeschiedenheit, ist er wirklich einer, gesäumt von Königs- und Kokospalmen. Er ist nicht so strahlend weiß wie der hoteleigene Strand, der ständig gefegt wird und an dem die Besucher aus der westlichen Welt in affenartiger Lautstärke zu allen möglichen und unmöglichen Klängen zum Merengue animiert werden. Hier sind wir allein und hier bin ich glücklich. In weiter Ferne schlägt die Gischt weiß am Riff hoch. Es liegt viel hinter dem Ozean, der uns gerade von zu betreuenden Jugendlichen und Suchtkranken trennt, von CD-Produktionen und Buchveröffentlichungen, Hausarbeiten und Nachtschichten. Wir sind jetzt hier und alles andere scheint weit weg. Überrascht, wie viel das Sparschwein nach zwei Jahren sporadischen Fütterns hergegeben hatte, haben wir einfach gebucht, waren in den Flieger gestiegen und sind aufgebrochen, bevor uns der Alltag wieder einholen kann. Können wir denn überhaupt noch von Alltag sprechen? Immerhin hatte sich einiges verändert. Das Kind, das wir jetzt abwechselnd über den Sand tragen, gab unserem Leben eine neue Richtung. Gerade ein Jahr lang war sie bei uns, ein Jahr, in dem wir uns aneinander gewöhnen konnten. Sie ist jetzt da, und es ist eben so. Weil wir uns auf die Kleine gefreut hatten, nahmen wir die Veränderungen, die sie mit sich brachte, kaum wahr. Und dennoch waren sie da, so unwiderruflich, wie sie selbst... Ich trage das Mädchen und sie legt ihr Ärmchen um meinen Hals und ihr Händchen auf meine Schulter. Sie ist so viel tapferer als ich. Schon auf der Anreise hatte sie die Strapazen von zwei Stunden Bahnfahrt, zehn Stunden Flug, eine fünfstündige Zeitverschiebung in die Vergangenheit und weitere drei Stunden karibische Gelassenheit hingenommen, bis sie endlich in ihrem kleinen Babybett im Hotelzimmer liegen konnte. Sie hatte kaum geschlafen, alles ertragen und es uns mit ihrer Fröhlichkeit leichter gemacht. Ich bin jemand, dem lange Reisen oft unglaublich schwer fallen, jemand, dem die Hitze die Luft zum Atmen nimmt, der Beklemmungen in der Herzgegend und Magenschmerzen hat. Trotzdem reise ich gerne, möchte am liebsten alle Orte der Welt sehen und lasse mich von meinem Unwohlsein manchmal davon abhalten, es wenigstens ansatzweise zu versuchen, diesem Ziel näher zu kommen. In meinem inneren Ohr hat sich Musik festgesetzt. Ich höre ganze Songs, die wieder sofort ihre Wirkung haben. Die Tränen nehmen ihren Kampf mit mir auf und mir gefällt diese spürbare Sentimentalität, die sich bei der melancholischen Stimme von Bob Marley in mir verbreitet. Marley, der große, leider tote, Rastafarikünstler aus Jamaika, der nächsten Insel auf den Antillen. Die meisten Künstler, die ich verehre, sind bereits tot. Sie waren Menschen mit bewegten Leben, Menschen die fühlten, Menschen, die etwas zu sagen hatten und dies auch taten. Warum nur verbindet mich eine so unheilvolle Allianz mit dem Tod? Warum ist er so allgegenwärtig, spürbar fast in jedem Schritt durch mein Leben? Liegt es daran, dass ich mich so selten verabschieden konnte? Ich habe manchmal Träume, in denen mir die Toten meiner Vergangenheit erscheinen. Wollen sie mir etwas sagen? Und was habe ich ihnen vielleicht noch zu sagen? Ich schrecke aus diesen Träumen hoch, habe Angst und spüre meine Tränen. Ich fühle mich wieder wie das Kind, das verlassen wurde, so wie in der letzten Nacht, als meine Großmutter vorbei gekommen ist. Ganz in weiß und still hat sie plötzlich neben mir gestanden, sich meine schlafende Tochter angesehen und ist dann einfach gegangen, wortlos und leise. Ich hasse diese Träume, die mich immer wieder heimsuchen. Zu diesen Träumen kommen meine Visionen aus den Dämmerzuständen, irgendwo zwischen Schlaf und Wachsein, zwischen Tod und Leben. Ich mag sie einfach nicht mehr sehen, die Gesichter mit den weit aufgerissenen Mündern, den toten Augen, die oft fehlen, die totenmaskenähnlichen Fratzen, die sich bis ins Bizarre verzerren. „Sie wachen über uns," sagt meine Frau, „sie kümmern sich um uns. Sie wollen wissen, wie es uns gut geht…" Für mich hat der Tod so gar nichts Gutes. Aber ich hoffe, dass sie Recht hat, dass wir alle unseren Frieden finden, wenn wir wissen, dass es unseren Nächsten gut geht. Ihre Zeit ist vergangen, doch die Toten leben in mir und hin und wieder sind sie da, drücken sich aus dem tief Verschütteten in mein Bewusstsein. Und ich stelle mir gleichzeitig die Frage, warum sich die Lebenden nicht für mich interessieren… Ich fühle mich manchmal gefangen auf engstem Raum. Diese Insel ist mir zu klein. Die ganze Welt ist mir manchmal zu winzig. Hier kann ich nicht einfach ins Studio, ins Arbeitszimmer oder nach draußen gehen. Ich bin hier Wochen mit meiner Familie nahezu allein und ich weiß nicht, ob ich diese hohe Dosierung ertrage. Ganz nah bin ich bei ihr, weiß, dass ich fort will, aber auch, dass ich sie grenzenlos liebe. Der Psychologe nennt das Ambivalenz, ich beschreibe es als Chaos…

Ich habe meine Panikattacken, an denen ich nun schon seit Jahren leide, halbwegs im Griff. Notärzte suche ich in solchen Situationen nicht mehr auf, die ohnehin nichts tun können, als beruhigende Mittel zu verabreichen. Trotzdem reagiert mein Körper manchmal unwahrscheinlich stark mit Anspannungen, mit Unwohlsein, Brechreizen, mit vegetativen Dysfunktionen bis hin zu Lähmungserscheinungen. Ich frage mich, wo das alles herkommt. Ist es immer noch dieses Vaterding, die Thematik, mit der sich Therapeuten an mir die Zähne ausbissen? Dass die Erlebnisse von früher jetzt noch so belastend wirken sollen, kann ich mir schwer vorstellen. Ich setze die Kleine in den Sand und fotografiere sie am fast urwüchsigen Strand. Die Kleine im Wasser, die Kleine unter Palmen, die Kleine vor Palmen und im Arm ihrer hübschen Mutter. Meiner Frau stehen die Braids gut. Fast zwei Stunden hat das Flechten dieser kleinen Zöpfe gedauert, das Ergebnis kann sich wirklich sehen lassen. In diesem Moment bin ich glücklich mit meiner Familie. Die Vergangenheit ist weit weg. Ich fühle mich frei, genieße den Augenblick und weiß, dass morgen schon wieder alles ganz anders sein kann.

Ich liege am Strand und lese, mehr um mich von meinem Unwohlsein abzulenken, obwohl mich das Geschriebene durchaus interessiert. Endlich komme ich wieder dazu, ein wenig zu lesen, nachdem ich diese Liebe meiner Jugend so lange vernachlässigt habe. Warum interessiert mich nur die Lektüre von Frau Panier-Richter über die Lebensgeschichten von Therapeuten? Weil sie Parallelen zu meiner Geschichte aufweist, mir aber auch deutliche Unterschiede klar macht? Weil ich endlich den Menschen hinter dem Therapeuten sehen kann, was mir jahrelang so wichtig gewesen ist, als diese mich scheinbar ablehnten? Ich habe es mir abgewöhnt, Therapeuten auf ein Podest zu heben, je mehr ich über sie nachdachte, sie kennen lernte und je öfter ich selbst therapeutisch arbeitete. Nein, sie sind keine Götter, sind nicht fehlerlos und erst recht nicht meine Ersatzväter! Ich muss mich an den Gedanken gewöhnen, dass ich keinen Vater mehr bekommen werde, dass Zeit nicht aufzuholen ist und ich jetzt selbst Vater bin. Ich finde die Hitze wieder erdrückend. Wahrscheinlich sind die hohen Temperaturen aber nur ein Teil, der zu meinem Unwohlsein beiträgt. Ich will die Menschen um mich herum nicht mehr sehen. Manchmal ertrage ich nicht einmal meine Frau und auch die Kleine nicht, und sofort hasse ich mich dafür, denn dieses unschuldige Wesen hat mit den traurigen und widerlichen Seiten dieser Welt noch keine Bekanntschaft gemacht und noch weniger ist es für diese verantwortlich. Wenn meine Frau mir die Verantwortung für meine Tochter übergibt, fühle ich mich oft überfordert, ja selbst im Stich gelassen... Mir geht es immer schlechter, hier unter den Palmen. Ich fühle mich, als sei ich auf mich reduziert und meine Umwelt gäbe es gar nicht. Dabei wage ich es kaum, mich zu bewegen, weil ich die Befürchtung habe, dann könne alles noch schlimmer werden. Vom Kopf her ist mir klar, dass ich irgendeiner belastenden Situation ausgesetzt bin oder zumindest den Gedanken daran. Ist es immer noch die Angst, verlassen zu werden? Ich bin mir nicht sicher, ob ich jemals darüber hinwegkomme. Mein Körper steht kurz vorm Zerbersten, zumindest empfinde ich es so, und ich hoffe, dass sich die Panikattacke in Grenzen hält. Wie oft ging es mir jetzt an diesem Strand schon so? Oft folgt der Panik eine tiefe Traurigkeit. Meine Gefühle schlagen sich scheinbar wieder auf meinen Körper nieder, finden keine Möglichkeit, ihn zu verlassen. Schon einige Male stürzte ich in dieser Situation in den Ozean. Um mich abzukühlen? Um meine Gefühle abzukühlen? Im Wasser fallen mir sämtliche Schimpfwörter ein, die ich meinem Vater angedeihen möchte. Warum, verdammt, denke ich schon wieder an meinen Vater? Er war doch nie da gewesen und ich habe es doch nie anders gekannt! Was also soll ich denn jetzt noch vermissen? Ich stehe im

Wasser und weiß nicht wohin. Meine Frau kommt mit meiner Tochter nun auch hinein und ich werde ruhiger. Hin und wieder lodert etwas in mir auf, doch ich versuche mich abzulenken, indem ich mit meiner Tochter spiele. Ich werfe sie hoch, plansche mit ihr im warmen, salzigen Wasser und sie schenkt mir ihr kindliches Lachen. Ich versuche die Panik zu überspielen, aber es funktioniert schlecht. Reden müsste ich, das könnte helfen, einfach nur reden... Manchmal reicht es schon, wenn meine Frau sich von mir entfernt, um Wut und Traurigkeit in mir auszulösen. Kaum habe ich das Gefühl, allein gelassen zu werden, brechen in mir panikartige Zustände aus. Muss ich denn wirklich an die Hand genommen werden? Brauche ich so viel Schutz? Ich fühle mich in mir eingesperrt. Wann kann ich endlich stark sein? Wann wird das alles aufhören? Wann werde ich erwachsen? Und wann werde ich denn endlich unbekümmert mit meiner Tochter spielen können, auch wenn niemand jemals mit mir spielte? Ich rede mit meiner Frau, und werde ruhiger. „Weißt Du noch, vor über einem Jahr…?", versuche ich sie an eine Situation zu erinnern, die wir beide an der Ostsee erlebten. Ich saß mit ihr im Sand, ähnlich wie hier, als ich diese helle Stimme hörte, die in tiefster Verzweiflung sagte: „Papa... Wo ist Papa?" Sie gehörte einem kleinen Jungen, der zwischen den Strandkörben nach seinem Vater suchte. Die Mutter beruhigte das Kind, sagte ihm, dass der Papa ins Hotel gegangen wäre und dass er gleich zurückkommen würde. Und ich? Ich saß hinter einem Strandkorb, versuchte, von niemanden gesehen zu werden und heulte. Panik und Heulkrämpfe wechselten sich auch damals schon ab. Ich konnte es einfach nicht mehr aufhalten und wollte es auch nicht. Zu stark war dieser Schmerz der Einsamkeit, der unaufhörlich nach außen drängte. Muss das alles nicht irgendwann ein Ende haben? Müssen diese Tränen nicht irgendwann ausgeweint sein? Wie sollten sie das aber auch, wenn ich so selten weine? Meine Kleine spielt im Sand mit ihrer Schippe. Sie fühlt sich so wohl hier und wieder habe ich Tränen in den Augen. Kann ich Vater sein, ohne jemals einen Vater gehabt zu haben?

Es ist Nacht. Dieses verdammte Hotelzimmer hält mich gefangen. Ich habe das Gefühl, wahnsinnig zu werden und will anderswo sein, nur nicht hier. An einen Ort will ich, an dem ich mich beruhigen kann. Meine Frau bemerkt die Unruhe. Wieder kann ich ihre Nähe nicht ertragen. Ich stehe kurz vorm Explodieren und habe Angst, dass die Kleine in ihrem Babybettchen davon etwas mitbekommt. Soll sie schon früh traumatisiert werden, wenn sie erlebt, wie ich die Einrichtung des Hotelzimmers auseinander schlage? Denn genau das würde ich jetzt gerne tun. Ich sehe meine Frau an, habe dabei das Gefühl, dass ich ihr Angst einflöße und kann mir gut vorstellen, welch irren und rasenden Blick ich jetzt haben muss. In solchen Momenten habe ich Angst vor mir selbst, vor dem, was mit mir passiert. Wohin soll ich denn noch gehen, dass es mir wieder besser ginge? Mir geht es immer schlechter und ich nehme es an jeden Ort mit. Ich nehme alles mit. Neuntausend Kilometer von Zuhause entfernt bin ich immer noch dort, gefangen in meiner Vergangenheit. „Was ist denn los mit Dir?", höre ich meine Frau mit wütendem Unterton. Ich hoffe, dass sie mich jetzt nicht berührt, habe Angst, sie zu schlagen. Was kocht nur so in mir? „Halt Deine Fresse! Hau ab!", sage ich. In diesem Moment tun mir meine Worte schon wieder leid. „Ich bin so verdammt wütend, ich weiß nichts mehr, ich kann nicht mehr!" Mein Körper presst sich zusammen, um es auszuhalten. „Nimm ein Kissen, nimm dieses Scheißkissen und verprügle es!" Ich komme mir blöd vor bei dem Gedanken, das zu tun, was meine Frau mir vorschlägt, nehme es aber zitternd und schlage darauf ein. Ich schlage zu, fester und fester. Ich habe Angst, mich nicht mehr bremsen zu können, spüre aber auch eine befreiende Wirkung mit jedem Schlag. Wie von selbst schlägt meine Faust immer wieder auf das Kissen ein. Jeden Schlag begleiten fragende Gedanken: ‚Warum warst Du nicht da, Du verdammtes Arschloch!? Warum hast Du kein Interesse an Deiner Enkelin? Warum hast Du mich um die Erfahrungen betrogen, einen Vater zu haben? Warum betrügst Du mich immer noch???' Die Schläge auf das Kissen lassen nach. Immer weniger schlage ich darauf ein und zum Schluss streichle ich es fast. Woher kommt nur diese unendliche Raserei in mir? „Weißt Du es immer noch nicht? Du sagst es doch die ganze Zeit… Ruf ihn einfach an, wenn wir wieder zuhause sind. Ruf Deinen Vater an…" Ja, ich würde gerne einfach mit ihm reden und vielleicht damit beginnen, einige Dinge zu verstehen. Und ich will ihm verzeihen können. Aber ich kann ihn nicht anrufen. Was sollte ich ihm denn sagen? Wie ich empfinde? Ich weiß es doch meistens nicht einmal selbst. Meine Gefühle erinnern mich an einen undurchdringbaren Sumpf, an eine Masse ohne feste Bezugspunkte. Ich kann sie schlecht beschreiben, schon gar nicht, wenn ich es soll. Ich sage meiner Frau das, was ich eigentlich ihm, meinem Vater, sagen müsste: „Oft tat es sehr weh, andere Kinder zu sehen, die Väter hatten. Es ist Wut, ich glaube, es ist Wut. Ja, ich bin wirklich sehr wütend, wenn ich an ihn denke. Aber ich bin auch sehr traurig, weil ich mich so nach ihm sehne…" Ich kann mir vorstellen, dass er sicher seine Gründe hatte, mich zu verlassen. Und ich weiß, dass die Zuweisung von Schuld kein guter Berater ist. Wer ist schon schuld? Wahrscheinlich niemand. Im Kopf sind mir diese Dinge klar. Aber das Kind in mir weiß es nicht. Es schreit, es tobt, es hasst, es weint und es liebt. Ich will meine Vorwürfe loswerden. Was auch geschehen ist, wir müssten darüber reden. Mein Vater und ich müssten reden. Über ihn, über Mutter, über mich, über uns. Nur einmal hätte ich hören wollen, dass ich ihm nicht scheißegal bin. Nur einmal hätte er zu mir kommen sollen, wenn er es versprochen hatte, nur einmal über das reden, was uns wirklich berührt. Vielleicht macht es das nicht mehr gut, aber es könnte unheimlich erleichternd sein. Ich schlafe ein und am nächsten Tag bin ich nicht traurig über die Wolken am Himmel. Ich freue mich, dass der wohltuend warme Wind vom Atlantik in die karibische See bläst und gehe im strömenden Regen baden. ‚Ich spüre mich und ich lebe, auch ohne Dich!'

Nun sind wir bereits eine Woche hier. Wir gehen zum Frühstück. Die Kleine auf meinem Arm schaut stolz nach vorne, in voller Erwartung der Dinge, die da kommen mögen. Sie entdeckt den Gecko an der Wand, eines dieser kleinen Tiere, die so schnell verschwinden können, wenn sie sich bedroht fühlen. Der Koch strahlt übers ganze Gesicht und die Kellnerin lächelt uns an. Unsere Tochter öffnet uns alle Türen, denn die Angestellten des Hotels sind vernarrt in das Mädchen. Die meisten von ihnen kommen aus Haiti, dem westlichen Teil Hispaniolas, einem der ärmsten Länder der Welt, zerrüttet von Gewalt, Hunger und fehlender medizinischer Versorgung. Haitianer sind noch ärmer und dadurch billiger als die Einheimischen. Es ist ein Scheißspiel.

Diese ganze Welt ist ein Scheißspiel und wir spielen mit oder gehen unter. Ich mache mir Gedanken über die Einheimischen, frage mich, wie viel Kraft es kosten muss, über Wochen jeden Tag von früh bis tief in die Nacht zu arbeiten und dabei meist freundlich zu sein. Wer von ihnen hat Verwandte in den Bergen, wie viele von ihnen sind obdachlos, nachdem ein Sturm vor einer Woche über die Insel getobt war, Todesopfer gefordert und Schäden in großem Ausmaß hinterlassen hat? Mir geht es noch nicht besonders gut. Meistens ist der Beginn des Tages das Schwierigste für mich. Ich muss mich zwingen zu frühstücken, muss mich zwingen, mich überhaupt zu aktivieren. Ohnehin kann ich aufgrund der Erkrankung nicht mehr viele der Dinge essen, die in Fülle angeboten sind. Ich tue es aber manchmal trotzdem, um es mir danach wieder schlecht gehen zu lassen. Ich kann einfach nicht akzeptieren, dass ich auf viele Genüsse des Lebens verzichten soll. Ich kann eine Krankheit nicht akzeptieren...
Eigentlich haben wir heute nach Santo Domingo fahren wollen, aber die Strapazen scheinen uns zu hoch. Für die Kleine, und wahrscheinlich auch für mich... Wir sind gestern wieder früh ins Bett gegangen, wie fast immer. Das Nachtleben der Insel geht an uns vorüber. Ich würde es nicht wagen, hier meine Tochter allein liegen zu lassen. Weder in diesem Land, in dem sich Kinder gut verkaufen lassen, noch an einem anderen Ort würde ich das tun. Die Vorstellung ist für mich schrecklich, dass die Kleine aufwachen und vor Angst schreien und sich allein und hilflos und verlassen fühlen könne. Sie schläft hier friedlich und wir wachen daneben. Das ist gut so. Einmal bin ich in der Nacht noch einmal losgegangen. Es hatte nicht lange gedauert, bis ich eindeutige Angebote bekam, von Frauen, die durchaus etwas Verführerisches hatten. Für den Moment stellte ich mir vor, wie es wäre, einfach mitzugehen und meinem Trieb nachzugeben. Doch etwas hielt mich davon ab. Vielleicht war es die Falschheit des Spiels, denn das hatte kein Gefühl. Hier ging es um Geld, um Überleben, nicht um Gefühl, nicht einmal um wirklich guten Sex, auf den ich mich nur mit Menschen einlassen kann, denen ich vertraue. Vielleicht hätte ich sogar mit einer der Damen auf der Beischlafebene etwas hinbekommen, aber was hätte ich zerstört? Ein kurzes Erlebnis sollte ich gegen Geborgenheit eintauschen, gegen dieses unbeschreibliche Gefühl, das ich

spüre, wenn ich an einem dunklen Abend heim komme, das Licht im Küchenfenster sehe und dabei genau weiß: ‚Das dort oben ist meine Familie, meine Frau und mein Kind.' Das konnte ich einfach nicht. Ich wusste, dass wir diese Verletzung möglicherweise immer mit uns tragen würden und wollte diesen Schmerz nicht riskieren. Gleich nach dem Frühstück sitzen wir auf der offenen Pritsche eines LKW. Heute traue ich mich weiter hinaus, fühle mich nicht mehr gefangen und genieße die wilde Fahrt durch den dominikanischen Urwald. Ich atme tief ein und spüre Leben. Das hat mir so gefehlt. Warum komme ich einfach nicht dagegen an, wenn mein Körper sich gelähmt fühlt? Ich will keine Gedanken daran verschwenden. Sollte ich heute wirklich noch einen guten Tag haben? Ich bin für jeden dankbar, den ich erleben darf. Meine Tage sind mir sehr wertvoll geworden. In Momenten, in denen es mir gut geht, strotze ich vor Mut und Lebenskraft, mache Pläne und nichts scheint unerreichbar, um mich, vielleicht nur Augenblicke später, weit in mich zurück zu ziehen. Ich drücke die Hand meiner Frau. Sie erfüllt sich heute einen Traum und schwimmt mit Delphinen. Ich fotografiere, sehe mir Tiere an und höre einheimische Musik, vorgetragen von drei Dominikanern auf traditionellen Instrumenten. Einer der Musiker kommt auf mich zu, schaut meine Frau und meine Tochter an, lächelt und sagt zu mir: „Du hast eine wunderschöne Familie! Möge Gott Dich schützen!" Ich wünsche ihm „Vaya con Dios" und weiß in diesem Augenblick, dass mich seine Worte sehr bewegt haben und ich sie wahrscheinlich nie wieder aus meinem Gedächtnis verbannen kann. Mit diesen Gedanken besteige ich die Pritsche des LKW und halte meine Tochter ganz fest.

Wieder gehe ich am Strand entlang, ganz langsam und darauf bedacht, dass ich mich nicht überfordere. Ich beneide die Menschen, die hier Urlaub machen, beneide jene, die ihren Gefühlen freien Lauf lassen, beneide die Gesunden, die scheinbar Sorglosen, die Sportlichen, die Tanzenden, beneide diejenigen, die ihren Traumurlaub genießen. Ich fühle mich abseits, nicht dazugehörig, allein mit meinen Nöten. Wieder habe ich das Frühstück ausgekotzt. Seit einigen Monaten habe ich Gewissheit. Die Gewissheit eines anatomischen Schadens und das damit verbundene Risiko, irgendwann die Krankheit zu erleiden, die mir wichtige Teile meiner Familie genommen hat. Werden sich in meinen Organen die gleichen tödlichen Veränderungen bilden? Ich rechne mir keine hohe Lebenserwartung aus und habe Angst davor, dass meine Tochter sich zu sehr an mich gewöhnt... Ich wollte alles dafür tun, am Leben zu bleiben. Deshalb hatte ich Ärzte konsultiert, mich über Krankheitsbilder informiert und war zu keinem Ergebnis gekommen. Es bleibt die Wahl zwischen risikobehafteten Medikamenten, die zwar in Verdacht stehen, genau die Krankheit auszulösen, die sie verhindern sollen, aber die meine Schmerzen und Beschwerden etwas lindern können, und einer risikoreichen Operation, die, wenn überhaupt, nur Teilerfolge verspricht. Ich habe die Gewissheit, dass all das noch unerforscht ist, dass genetische Faktoren eine Rolle spielen können und Stress ein Auslöser sein kann für die oft todbringenden Veränderungen der Körperzellen. Letztendlich weiß es niemand wirklich so genau, wie diese Abläufe im Körper vonstatten gehen. Wissenschaftler widersprechen sich in ihren Aussagen und oft habe ich das Gefühl, als würde bei ihnen eher die Selbstdarstellung, als wirkliche Erkenntnisse im Vordergrund stehen, als könnten sie sich ihre eigene Unwissenheit nicht eingestehen, vielleicht aus der Befürchtung heraus, ihre Legitimation zu verlieren. Meine Hilflosigkeit lässt mich verbittern. Wahrscheinlich ist nichts im Leben wirklich klar und planbar, schon gar nicht der Tod. Das macht mir hin und wieder Angst. Die Angst lähmt mich, die Ungewissheit macht mich scheinbar krank. Vermeide ich auch deshalb oft den Kontakt zu meiner Tochter? Was ist, wenn ich plötzlich sterbe, wenn ich einfach nicht mehr für sie da sein kann? Muss sie dann das Gleiche durchmachen wie ich? Muss auch sie irgendwann in irgendwelchen Therapieräumen sitzen, in dauerdepressiven Zuständen, im Kampf gegen Angst und Panikattacken? Ich hoffe trotzdem, dass ich sie erst in einem Alter verlassen werde, in dem sie das verstehen kann, was für mich nicht zu begreifen ist. Ich hoffe, dass sie ihre Gefühle zulassen und darüber reden kann, was sie bewegt. Ich hoffe... Manchmal stirbt meine Hoffnung und eine neue tut sich auf, hoffentlich... Ich fühle mich schlecht und erbärmlich. Noch lebe ich, noch habe ich keinen Grund, mich schon zu verabschieden. Ich denke an die vielen vom Krebs Betroffenen, ich denke an Menschen mit anderen unheilbaren

Krankheiten oder an Menschen, deren Krankheiten heilbar wären, die finanzielle Situation eine Heilung jedoch nicht zulässt. Ich denke an Menschen, die an simplem Hunger sterben auf unserer reichen Welt und schäme mich. Ja, ich habe eine Krankheit, aber ich habe wenigstens die Mittel, die sie mir erträglich machen. Warum nutze ich nicht einfach meine Zeit mit meiner Tochter? Weil sich oft meine Beschwerden melden, die mich genauso lähmen, wie meine Gefühle? Weil ich meine Beschwerden nicht einfach ignorieren kann? Weil ich heulen möchte? Ist es letztendlich nicht egal? Die Wertigkeiten haben sich verschoben. Plötzlich ist es mir wichtig, dass ich lebe. Vielleicht sollte ich meine Krankheit akzeptieren, denn ich will, solange sie mich leben lässt, für meine Tochter da sein. Vielleicht sterbe ich ja an etwas ganz anderem, vielleicht bricht die todbringende Krankheit bei mir nicht aus. Ich weiß es einfach nicht. Ja, meine Ängste sind berechtigt, denn ich habe Schlimmes erlebt und sehe erste Anzeichen nun auch bei mir. Aber niemand weiß, welche Richtung das Leben einschlägt und in welcher Gestalt der Tod sich uns annähert. Ich kann meinem Leben nur Tendenzen geben und es erfüllen. Dann habe ich wirklich gelebt.

Es ist unser letzter Abend unter karibischer Sonne, die hier sehr früh vom Firmament verschwindet. Wir sind noch einmal am Strand. Mein seelischer Dämmerzustand hat sich verändert. Ich spüre Traurigkeit, weil ich fortgehen muss und glaube, dass ich mich jetzt auf die Karibik einlassen könnte, zumindest ein bisschen. Ich will mein Leben einfach nicht verpassen. Ich kann schon wieder ein wenig lachen und hoffe, dass ich meinen Stimmungsschwankungen in Zukunft gewachsen bin. Ich freue mich auf anstehende, neue Aufgaben und will sie bestehen. Mehr noch: Ich will in ihnen aufgehen. Heute bin ich noch einmal sehr nachdenklich, fühle aber in mir eine innere Ruhe, zu der ich in den letzten Wochen und Monaten selten gelangt bin. Vieles löst heute Emotionen in mir aus, die ich früher niemals wahrnahm. Ich bin traurig, weil meine kleine Tochter meine Hilfe so sehr braucht und ich sie ihr bisher so selten gegeben habe. Meine Ängste haben ihren Platz, aber sie werden mein Leben nicht mehr beeinflussen. Ich werde mein Leben weiterleben, so lange es dauert. Ich werde diesen Kreis durchbrechen! Ich werde leben! Und wenn es einmal anders kommt, wenn der Tod mich plötzlich mit sich reißt, dann kann ich es ohnehin nicht ändern. Jetzt aber möchte ich für meine Tochter da sein, mich ihr annähern, sie genießen. Ich werde dafür kämpfen, wie ich schon oft gekämpft habe. Und ich denke immer wieder an die Worte des Musikers, mit denen er mir sagte, dass ich eine wunderschöne Familie hätte und Gott mich schützen möge. Ich weiß, dass er Recht hat. Ich fühle mich nicht wohl, wenn ich die grenzenlose Liebe, die ich zu vergeben habe, unterdrücke, genau wie meine Wut. Ich höre Bob Marley, weine und alles wird so leicht...

Als ich im Dunkel des Brandenburger Hauptbahnhofs den Zug verließ, wusste ich sehr genau, wo ich hinwollte. Ich akzeptiere, dass auch Rückschritte und Fehler zu meinem Leben gehören. Was soll ich auch anderes tun? Ich bin nicht fehlerlos und manche Erkenntnisse brauchen ihre Zeit. Sie umzusetzen manchmal noch länger. Ich bin, wie ich bin und das ist gut so. Ich will mich nicht verändern, sondern dazulernen. Ich glaube, Veränderungen geschehen nicht nur im Kopf. Veränderungen will ich fühlen. Ich will spüren, dass es mir nach einer Veränderung besser geht. Ist das nicht der Fall, muss ich eben etwas verändern… Genau wie Zsuzsanna war ich doch nur geflüchtet. Wieder war mir Nähe zu nah. Die Nähe, nach der ich mich sehne. Ich hoffte, dass mir meine Familie diese Flucht verzeihen kann. Vor dem Bahnhofsgebäude setzten sich meine Beine fast mechanisch in Bewegung. Acht Kilometer entschlossener Fußmarsch sollten mir jetzt nichts mehr anhaben. Ich atmete tief die Winterluft und freute mich, meine ganze Lebendigkeit zu spüren. Auf dem Weg brannte sich ein Gedanke immer fester in mein Gehirn: „Ich schreibe ein Buch, natürlich tue ich das! Ich schreibe eine Geschichte mit Geschichten. Und ich werde meine Geschichte schreiben… Wir können alle unsere Geschichten schreiben, denn wir haben es selbst in der Hand. Ich bin mir der Konsequenzen des Lebens bewusst…" Gestern holte ich mein Mädchen aus der Kinderkrippe ab. Ich hatte schon am Telefon davon gehört, stand in der Tür zu dem Zimmer, in dem die Kleinen sich aufhielten und freute mich auf das, was ich gleich zu sehen hoffte. Endlich entdeckte mich meine Tochter. Sie kam tatsächlich auf mich zu, aufrecht, wie ich es mir wünsche. Sie lief mir tapsig entgegen und ich glaubte, dass mich nur ein Engel so ansehen konnte. Mir war in dem Moment, als sie mich so unendlich ergreifend anstrahlte, nicht klar, wer von uns beiden mehr Stolz in der Brust trug. Als sie sich in meine Arme fallen ließ, drückte ich sie fest an mich und mir war völlig egal, dass irgendwer meine Tränen hätte sehen können. Wäre ich nur etwas länger auf meiner Reise geblieben, dann hätte ich diese Schritte verpasst. Ich versprach ihr, dass auch ich versuchen werde, meine ersten Schritte zu gehen, genau wie sie. Schritte, die ich noch nie gegangen bin, in eine mir fast unbekannte Richtung, die mir mindestens genauso schwer fallen werden, wie meiner Tochter die ihren. Aber ich werde es gerne tun, selbst wenn ich mir dabei einen Fuß breche...

Ich hatte noch nicht die Gelegenheit, über meine Gefühle zu reden. Vielleicht tut es ja dieses Buch, unter das ich jetzt einen Schlusspunkt setzen will. Ich denke an Zsuzsanna. Wer nur war diese Frau für mich? Habe ich sie wirklich getroffen, oder war sie nur ein Produkt meiner Fantasie? Ich ertappte mich oft im Zwiegespräch mit mir selbst. Sie schien mir sehr ähnlich zu sein, vielleicht zu ähnlich... Zsuzsanna, wer immer Du warst: Du hast mir geholfen, wieder ein Stück meines Weges zu gehen, mir die Angst vorm Scheitern zu nehmen und damit verhindert, dass ich aufgebe, bevor ich beginne. Danke!

Ich danke allen, die mich zu diesem Buch inspiriert und mir bei der Umsetzung geholfen haben. Ich danke denen, die es gut mit mir meinten. Ich danke meiner Familie. Ich danke meiner Frau und meiner Tochter. Ich liebe Euch!

Nachwort

In den Geschichten gibt es durchaus Ähnlichkeiten zu lebenden und verstorbenen Personen. „Die Begegnung" ist an das Schicksal einer Familie angelehnt, wurde jedoch weitgehend überarbeitet und besitzt somit nicht in jedem Detail Authentizität. Ich danke der Familie noch einmal für die freundliche Genehmigung zum Verwenden ihrer Erinnerungen und wünsche ihr alles erdenklich Gute.

Torsten Gränzer